LES VENTS FURIEUX

DU MÊME AUTEUR
CHEZ POCKET

LES HÉRAUTS DE VALDEMAR

1. SŒURS DE SANG
2. LES PARJURES
3. LES FLÈCHES DE LA REINE
4. L'ENVOL DE LA FLÈCHE
5. LA CHUTE DE LA FLÈCHE
6. LA PROIE DE LA MAGIE
7. LES PROMESSES DE LA MAGIE
8. LE PRIX DE LA MAGIE
9. PAR LE FER
10. LES VENTS DU DESTIN
11. LES VENTS DU CHANGEMENT

SCIENCE-FICTION

Collection dirigée par Jacques Goimard

MERCEDES LACKEY

LES HÉRAUTS DE VALDEMAR

LES VENTS FURIEUX

POCKET

Titre original :
WINDS OF FURY

Traduit de l'américain par
Rosalie Guillaume

Si vous souhaitez recevoir régulièrement
notre zine **« Rendez-vous ailleurs »**, écrivez-nous à :

« Rendez-vous ailleurs »
Service promo Pocket
12, avenue d'Italie
75627 PARIS Cedex 13

ISBN 2-266-08870-X

Dédié à tous les professeurs du monde…

CHAPITRE PREMIER

Ancar, roi d'Hardorn, regardait la salle d'apparat d'un œil morne.

Elle était vide, car il se souciait peu d'écouter les doléances de ses sujets.

Son peuple était là pour le servir. Voilà ce que sa mère lui avait appris. Hulda avait confirmé cette certitude.

Ancar avait droit de vie et de mort sur les gens, car la force était de son côté.

Simple, non ?

Ses sujets avaient mis du temps à comprendre, mais ils y venaient…

Les serviteurs avaient allumé les chandelles murales. Leur lueur jouait sur le sol de granit poli, sur les dorures des murs et sur les riches ornements de cristal.

Sans oublier les bannières de ses ennemis vaincus.

Ancar trouva le vide de la grande salle presque angoissant. Il ne lui restait plus d'adversaire à vaincre ni de défi à relever.

Certes, Hardorn tremblait devant lui. Mais il ne pouvait plus agrandir ses frontières, déjà poussées au maximum.

Personne, pas même lui, n'aurait osé attaquer à l'est, où s'étendait l'Empire, gouverné par l'Empereur Charliss, âgé de deux cents ans. Il aurait fallu être fou pour défier Charliss.

Ou être plus fort que lui !

Ancar savait qu'il ne l'était pas.

Au nord se trouvait Iftel. Ancar avait essayé d'envahir ce pays. Il était encore traumatisé : ses troupes étaient revenues à la capitale sans se souvenir de rien, pas même d'avoir traversé la frontière. Ses sorciers s'étaient volatilisés. Un mur invisible, à la frontière d'Hardorn et d'Iftel, empêchait quiconque de passer.

Inutile de mettre en colère ce pouvoir mystérieux...

Karse bordait le sud d'Hardorn. En guerre contre Valdemar depuis des centaines d'années, gouverné par des prêtres, le pays aurait dû être facile à conquérir.

Mais Ancar avait seulement annexé quelques lieues de terrain. Ensuite, on eût dit que la terre elle-même se dressait contre lui. Les prêtres du Soleil faisaient appel à des forces démoniaques : toutes les nuits, des dizaines de soldats disparaissaient.

Il perdit ces quelques lieucs gagnées à grand-peine quand une Grande Prêtresse prit la tête du clergé du Dieu Solaire.

Ancar aurait pu s'arranger de ces inconvénients.

Mais ne pas avoir conquis Valdemar le désespérait.

Le fruit mûr qu'Hulda lui promettait depuis le début !

S'il baissait les yeux, il verrait sur le sol de la salle d'apparat la carte d'Hardorn et des contrées frontalières. L'Empire était représenté en mosaïque noire, Iftel en marbre vert, Karse en marbre jaune et Valdemar en blanc.

Valdemar, qui aurait dû être le premier royaume à tomber entre ses mains...

Il grimaça de fureur, puis se força au calme, incapable de dire si sa colère était provoquée par Selenay, la chienne qui régnait à Valdemar, ou Hulda, l'Adepte qui lui avait fait miroiter la conquête de ce royaume.

Hulda lui promettait Valdemar depuis qu'elle lui enseignait la magie noire. Elle lui avait dit que le pays et la jeune princesse Elspeth seraient à lui à l'instant où il aurait arraché le trône d'Hardorn à son vieux père.

Ancar avait un faible pour les petites filles. A seize ans, Elspeth était un peu âgée à son goût, mais elle pouvait encore servir à ses petits jeux. Il aurait fait d'une pierre deux coups : doublé son territoire et établi une base pour envahir Karse et Rethwellan. Ces deux pays en sa possession, il aurait pu se dresser contre l'Empire, ou consolider sa puissance en se bombardant Empereur de l'Ouest comme Charliss était celui de l'Est.

Hulda lui avait promis tout ça, affirmant qu'elle était l'Adepte la plus puissante des royaumes frontaliers.

Elle lui avait juré de l'aider et de lui enseigner son art, lui révélant également tous les secrets de son corps voluptueux. A l'époque, il n'avait aucune raison de douter d'elle.

Mais ce qu'elle avait promis ne s'était pas réalisé. Les maudits Hérauts envoyés pour négocier son mariage avec Elspeth avaient appris la mort de son père et découvert les plans d'Ancar. Ils s'étaient arrangés pour avertir Selenay, qui endigua sa tentative d'invasion.

Sa deuxième attaque se passa encore plus mal. La reine leva une armée de mercenaires qui mit en déroute ses soldats *et* ses sorciers, après s'être alliée à Karse !

Tout cela arriva sans que la « puissante Adepte » Hulda s'en aperçoive. La chienne Selenay était toujours sur son trône. Une maudite mercenaire, une capitaine nommée Kerowyn, gardait la frontière.

Rien de ce que tentaient ses troupes ou ses sorciers ne marchait. Kerowyn réussissait toujours à les ridiculiser. Talia, le Héraut de la Reine, était devenue une prêtresse du Soleil, investie du pouvoir de Vkandis par Solaris, la nouvelle Grande Prêtresse de Karse. Et Elspeth avait disparu, partie chercher de l'aide, disait-on.

L'absence d'inquiétude, à Valdemar, semblait indiquer

que la quête de l'héritière était couronnée de succès, même si aucun des agents d'Ancar n'avait pu la retrouver.

Et cette maudite Hulda se tournait les pouces !

Ancar commençait à en avoir assez des femmes.

Et surtout d'Hulda.

Il ne supportait plus ses caprices, ses excentricités et sa vanité. Ce qui lui semblait charmant quand il avait seize ans l'ennuyait ou l'écœurait. Hulda était trop vieille pour jouer les coquettes ! Quand elle faisait ses simagrées, on aurait cru qu'elle était la reine et Ancar son sujet.

Cela l'irritait presque autant que ses échecs répétés. Si elle avait réussi à tenir ses promesses, il aurait toléré son maniérisme.

Mais il n'accepterait pas qu'elle se comporte comme ça sans obtenir de résultat ! Si elle n'avait pas été une Adepte, Ancar l'aurait fait rôtir à petit feu depuis longtemps.

Quand il était plus jeune, il s'était laissé mener par le bout du nez par Hulda.

Mais il avait mûri.

Et il était plus avisé.

Ça n'empêchait pas Hulda de le traiter comme au temps où il était monté sur le trône. Elle ordonnait, et elle s'attendait à ce qu'il obéisse aveuglément.

J'aurais accepté tout ça si elle avait tenu parole...

Elle lui avait juré qu'il serait bientôt un Adepte aussi puissant qu'elle. Elle avait promis de lui apprendre *tout* ce qu'elle savait.

Le pouvoir sans limite qu'elle lui avait fait miroiter ne se matérialisa jamais. La formation magique qu'elle lui donna ne lui permit jamais de dépasser le niveau de Maître. Elle ne lui avait pas appris à utiliser les sources d'énergie magiques, ni même à les effleurer.

Il avait été incapable de manipuler ces forces.

Au moins, tant qu'elle avait été son *seul* professeur...

Dès qu'Ancar eut atteint le niveau de Maître, deux ans plus tôt, Hulda montra de moins en moins d'enthousiasme à le former. Elle supprima l'entraînement journalier, prétextant qu'il n'en avait plus besoin. Il en fut ravi, jusqu'au moment où il comprit qu'un exercice régulier était la clé de tout progrès en magie.

Il lui demanda de reprendre les séances, mais elle trouvait toujours une bonne excuse pour remettre sa formation au lendemain.

Au début, il l'avait crue : Hulda avait « recruté » des sorciers pour surveiller la frontière avec Valdemar, espérant découvrir des faiblesses dans les défenses. Elle s'occupait d'organiser le travail et de renforcer les sorts qui forçaient les sorciers à agir contre leur volonté.

Après plusieurs semaines du même boniment, Ancar avait eu de sérieux doutes.

Au bout de quelques mois, il décida de prendre les choses en main.

Ancar s'assurait les services de sorciers depuis sa première tentative contre le trône de Valdemar, les plaçant sous un sort de contrainte pour les empêcher de fuir. Il « recrutait » des sorciers de tout niveau, si faible qu'il fût. Ancar avait obligé ses prisonniers à lui apprendre tout ce qu'ils savaient.

En même temps, il s'était procuré tous les écrits, les grimoires ou les carnets personnels des sorciers, et tout ce qu'il avait pu trouver sur la magie dans l'Empire. Beaucoup de ces informations lui avaient été utiles. Il était sûr qu'Hulda ne connaissait pas tout ça.

Mais rien ne lui avait permis d'obtenir la récompense qu'il convoitait…

S'il ne se trompait pas, seul un Adepte pouvait utiliser le pouvoir des nodes, l'endroit où se rencontraient les lignes de puissance. Toutes ses tentatives avaient échoué.

Ancar n'était toujours pas un Adepte. Et il ignorait à quelle distance de son objectif il était.

Il avait essayé de trouver un Adepte pour lui servir de professeur. En vain. Il était possible que ceux-ci évitent Hardorn. D'après ses lectures, le type d'Adepte qui consentirait à le former serait également du genre à ne pas vouloir partager son pouvoir. C'était le problème avec Hulda. La chienne avait peut-être empêché les Adeptes de s'approcher de lui ! Ancar ne serait pas étonné de découvrir qu'elle l'empêchait d'avoir un professeur pour qu'il reste inférieur à elle.

Hulda avait commis une erreur : le sous-estimer, penser qu'il supporterait longtemps d'être un roi de paille.

Hardorn ne pouvait avoir qu'un chef.

Et ce ne serait pas Hulda.

Une servante arriva, attendant silencieusement qu'Ancar remarque sa présence.

Il l'admira un moment, pas pour son physique, mais pour la nouvelle livrée qu'il avait commandée. Ecarlate et doré : le rouge du sang et l'or de la richesse qu'il avait l'intention de s'approprier. Le vêtement était assorti à son nouveau blason, remplaçant le chêne insipide de son père : un serpent ailé couleur or, prêt à frapper, sur un fond rouge sang.

Hulda aurait dû remarquer ce changement. Elle pensait avoir Ancar sous sa coupe, mais elle se trompait. Il avait placé dans son entourage des espions soigneusement choisis. Leur loyauté n'était pas assurée par des sorts, mais par la peur.

Celle de perdre quelqu'un ou quelque chose à quoi ils tenaient plus qu'à leur vie : un être cher, par exemple. L'avantage, c'était qu'un ascendant de ce type restait indétectable par magie.

Ces serviteurs épiaient les moindres gestes d'Hulda et les rapportaient à Ancar. Sachant que l'Adepte était incapable de voir le passé, il était sûr qu'elle ignorerait ce qu'il faisait pendant qu'elle était occupée. D'autant plus qu'elle était aussi incapable de lire dans l'esprit des gens…

Ancar non plus n'avait pas cette aptitude, mais peu lui importait. Tant qu'Hulda ne torturait pas les serviteurs, son secret était à l'abri.

Elle avait peut-être des valets à sa solde pour le surveiller. Ancar y avait pensé. Il en tenait compte dans ses plans.

Sa préférence pour les très jeunes filles était bien connue, ainsi que la fâcheuse tendance des gamines à ne pas survivre à la rencontre. Il appréciait toujours ces plaisirs, mais il utilisait aussi les filles à des fins magiques. Une mort douloureuse et prématurée libérait une extraordinaire quantité d'énergie.

Hulda ne se doutait de rien…

Il attendait qu'elle soit occupée, choisissait une tendre agnelle dans ses « réserves » et se retirait au cœur de ses appartements…

La servante qui attendait à l'entrée était la femme de chambre d'Hulda. D'âge moyen et d'aspect ordinaire, elle était discrète et obéissait parfaitement aux ordres.

Dommage qu'elle ne soit pas plus jeune…

Ancar lui fit signe.

La femme avança, les yeux baissés. Puis elle se prosterna au pied du trône.

— Parle, ordonna Ancar

— Hulda est dans ses appartements avec le muletier dont je vous ai parlé, Majesté…, chuchota la servante.

L'acoustique de la salle d'apparat empêchait quiconque d'entendre une conversation se déroulant près du trône — si les interlocuteurs ne parlaient pas trop fort. Ancar avait choisi la pièce pour cette raison.

Le roi haussa un sourcil. Ce muletier devait être extraordinaire ! C'était la quatrième fois qu'Hulda couchait avec lui. On murmurait dans les cuisines que le bougre avait la force et l'endurance de ses mulets... Sans compter des attributs plus intimes, dont aucun n'était une intelligence exceptionnelle. L'homme était bête à manger du foin.

Ancar s'était arrangé pour que son ancienne tutrice entende parler des capacités physiques du muletier. Elle avait aussitôt mordu à l'hameçon...

Le seul intérêt du bonhomme, trop simplet pour faire un espion, serait de garder Hulda occupée pendant un moment.

Ancar se demanda combien de temps durerait le nouveau « jouet » d'Hulda, réputée pour ne pas se montrer tendre avec ses amants...

— Très bien, dit Ancar. Vous pouvez partir.

La servante sortit à reculons et ferma la porte. Ancar ne se leva pas tout de suite. Il préférait attendre qu'Hulda soit toute à ses occupations...

Il ne pouvait pas y avoir plus d'un monarque en Hardorn. Tôt ou tard, il trouverait un moyen de se débarrasser d'Hulda.

C'était quand même dommage : la seule femme de plus de quinze ans qu'il ait jamais trouvée désirable !

Il se consola en pensant qu'il serait agréable de l'humilier et de lui ôter toute capacité de le défier, en laissant intactes son intelligence et ses connaissances.

Ce serait un triomphe encore plus grand que de conquérir Valdemar !

Malheureusement, ça n'arrivera jamais. J'aurais trop peur qu'elle trouve un moyen de se libérer... Elle n'accepterait pas de m'être soumise. Ce serait gaspiller un pouvoir que j'utiliserais mieux à autre chose. Quand je serai un Adepte et que je l'aurai vaincue, elle devra mourir.

Ancar se leva et se rendit dans ses appartements.

Pas ses appartements *officiels*. Les autres...

— Montez la garde, ordonna-t-il au soldat debout

devant la porte. Dites à mon chambellan qu'on ne me dérange pas, sauf en cas d'urgence.

Le roi emprunta un couloir peu fréquenté. Au bout, un escalier menait à une des parties les plus anciennes du château, une tour ronde qui avait autrefois servi à soutenir les sièges.

Ancar détenait la seule clé de la porte du niveau inférieur. Il ouvrit, vérifiant les sorts de protection pour s'assurer que personne n'avait fait intrusion dans la tour en son absence. La serrure était en cuivre : pratique, car ce métal conservait une trace des manipulations magiques !

Au premier étage, Ancar gardait sa collection de jeunes paysannes dans une série de cellules aussi bien aménagées que les chambres d'amis du château, même si elles étaient un peu petites. Un sort de silence empêchait les jeunes filles de communiquer entre elles, et un sort de contrainte les forçait à se nourrir et à se tenir propres.

Il régnait dans la pièce une atmosphère de terreur qu'Ancar trouvait délicieuse.

Hulda croyait que la tour servait seulement à « entreposer » les jeunes filles enlevées par ses soldats et soigneusement sélectionnées pour leurs capacités émotionnelles. Elle n'était jamais allée plus haut que le deuxième niveau.

Ancar avait absorbé suffisamment de pouvoir dans la journée. Il n'aurait pas besoin des « services » des jeunes prisonnières.

Il dépassa le deuxième niveau. Le râtelier et les coffres pleins d'instruments de torture ne l'intéressaient pas pour l'instant.

Traversant la pièce, il monta les marches menant au troisième et dernier niveau.

La pièce sans fenêtre était plongée dans les ténèbres. Ancar alluma une chandelle à l'entrée. Il n'utilisa pas la magie, voulant garder ses forces pour ce qu'il avait décidé de faire. Il aurait besoin de tout son pouvoir, le grimoire était clair sur ce point.

Il fit le tour de la pièce, allumant toutes les chandelles murales.

La salle ronde était garnie d'étagères regorgeant de livres : le résultat de sa quête de savoir et de puissance. Des grimoires, des rouleaux de parchemins, des fragments de manuscrits... Tous écrits à la main : personne n'aurait confié des connaissances de cet ordre à un imprimeur. Ancar collectionnait ces ouvrages depuis des années, mais il avait commencé à les étudier et à essayer les sorts quand Hulda avait cessé de lui prodiguer son enseignement, deux ans plus tôt.

Ancar avait décidé de lancer un nouveau sortilège. Il ignorait ce qu'il était censé accomplir, mais il espérait que c'était un moyen de puiser de l'énergie dans les nodes.

Pour devenir enfin un Adepte.

Il avait trouvé mention des nodes dans ce grimoire. La description correspondait aux nœuds d'énergie d'où partaient les lignes de puissance auxquelles il était jusque-là incapable de se connecter.

Ce manuscrit était incomplet. Il manquait beaucoup de pages et certains paragraphes étaient illisibles. Voilà pourquoi il avait hésité si longtemps avant d'essayer ce sortilège : son but était expliqué dans les pages manquantes, celles qui restaient étant à demi effacées par le temps et les moisissures.

Depuis une semaine, il avait envie de jeter le « sort de recherche ».

Il avait décidé que ce serait le jour idéal.

Le sort décrivait comment se connecter aux nodes, mais il ne disait rien sur les précautions à prendre pour rendre l'opération moins dangereuse.

Ancar n'avait jamais vu Hulda établir des protections particulières quand elle puisait dans les nodes. Mais peut-être les mettait-elle en place *avant* de lancer le sort principal ?

De plus, la formule n'était pas celle qu'Hulda utilisait. Ce sort demandait la construction d'un « Portail ». Ancar supposait qu'il s'agissait d'un chemin vers la puissance du node. Il savait qu'il était impossible de « toucher » directement ce genre de choses.

Depuis qu'il avait atteint le niveau de Maître, Ancar voyait les nodes de pouvoir et les lignes de puissance qui s'y raccordaient. Mais il ignorait que cette source d'énergie pouvait servir à quelque chose. Il l'avait appris quand Hulda y avait puisé du pouvoir pour envoyer une troupe d'insectes magiques venimeux attaquer une ville frontalière de Valdemar.

Elle lui avait dit qu'il ne pourrait pas faire la même chose tant qu'il ne serait pas un Adepte.

Quand Ancar avait compris qu'Hulda ne l'aiderait pas à passer à l'étape supérieure, il avait testé cette source d'énergie.

Il s'était aperçu rapidement qu'il n'avait pas les capacités de la manipuler ou de la contrôler. Alors, il avait battu en retraite sans demander son reste, heureux que le contact avec le node eût été si ténu.

Et il n'avait jamais plus essayé de se connecter.

Pourtant, cette fois, avec le « Portail »...

Le grimoire était formel : pour construire ce Portail, il ne pourrait pas utiliser d'autre énergie que la sienne. Dommage. Il avait pris soin de se « charger » à bloc, comme s'il se préparait à une bataille.

Il était prêt.

La pièce circulaire serait parfaite comme atelier de travail d'un sorcier. Pas de fenêtres à barricader, des murs épais qui laissaient filtrer peu de bruit... La tour servait d'entrepôt avant qu'Ancar la reconvertisse. La plupart des serviteurs ignoraient que le bâtiment avait désormais un autre usage.

Le Portail demandait un ancrage physique. Ancar se servit d'une étagère vide.

Il s'assit sur une chaise, prit une profonde inspiration et se mit au travail.

Il ferma les yeux. Il n'avait pas besoin de voir l'étagère, car ce qu'il cherchait n'était pas du domaine du visible. Il construisit une structure magique dans le cadre physique de l'étagère.

J'en appelle au Portail...

Les mots étaient seulement un canevas dans lequel il tissa le pouvoir, le tirant du plus profond de lui-même pour renforcer le sort. Il créa sept points de contact, manipulant l'énergie comme le grimoire l'indiquait.

Puis il arriva à l'endroit où le manuscrit se terminait. Il serait obligé de travailler à l'aveuglette.

Au moment voulu, espérait-il, le Portail se connecterait à un node et lui permettrait de puiser sans danger dans l'énergie magique. Il y pensa pendant qu'il le construisait, sachant que ses pensées seraient comme reflétées dans le pouvoir, ainsi que cela arrivait souvent dans la magie de haut niveau.

Voilà pourquoi le contrôle était si important : des pensées parasites pouvaient affecter le résultat.

Doucement. Tu contrôles le pouvoir. Modèle-le suivant ta volonté.

L'étagère se déforma et disparut de sa vue. Le vide qui la remplaça aspira sa force.

Ne t'inquiète pas. Le grimoire disait que ça risquait d'arriver. Empêche le Portail de te prendre toute ton énergie.

Quelque chose d'inattendu se passa.

Les contours du Portail frémirent. Puis des tentacules

de puissance en sortirent, tâtonnant comme s'ils cherchaient quelque chose.

Ancar eut peur. Sentant cette angoisse, les tentacules se dirigèrent vers lui.

Par tous les dieux et les démons, non !

Il n'avait aucun moyen de savoir si ce qui se passait était prévu dans le sort. Il pensait que non, persuadé que les tentacules, s'ils le touchaient, le videraient de son pouvoir — et sans doute de sa vie — avant qu'il ait le temps de réagir.

Quelque chose avait marché de travers. C'était pire que le jour où il avait effleuré le node, parce que cette *construction* faisait partie de lui et il lui était impossible de s'en séparer.

Que faire ?

Une seule pensée lui vint : un Adepte saurait comment se sortir de cette situation. A ce stade, il aurait accueilli à bras ouverts n'importe quel Adepte, même Hulda ou un des écœurants crétins des Vents Blancs, pourvu qu'il sache comment le tirer de ce mauvais pas.

Les tentacules cessèrent d'essayer de l'atteindre. Comme s'ils obéissaient à ses pensées, ils retournèrent vers le vide, au centre du Portail…

Que se passe-t-il ?

La force d'Ancar le quitta d'un coup, comme du sang qui coule d'une blessure mortelle. Pris de vertige, il retomba sur sa chaise, tentant de combattre la chose qu'il avait créée.

Puis une vague d'énergie se déversa du Portail, fondant sur lui. Haletant de douleur, il ferma les yeux et lutta contre l'évanouissement.

Quand il ouvrit les yeux, il fut étonné de constater qu'il y voyait encore et que ses poumons marchaient toujours. Le pouvoir ne l'avait pas calciné.

Mais il n'était plus seul dans la pièce circulaire.

Une créature semi-humaine était effondrée à ses pieds. Le Portail avait disparu, emportant avec lui l'étagère.

Il pensa d'abord que c'était une bonne idée d'avoir choisi une étagère vide pour son expérience. Puis il songea que la chose qu'il avait fabriquée n'était pas un moyen de se connecter aux nodes de pouvoir.

Le sort avait amené dans la pièce cette étrange créature. Etait-ce pour ça qu'il s'appelait un *Portail ?*

Un passage vers quelque chose, mais pas vers les nodes ?

La créature était inconsciente, mais vivante. Il la retourna du bout du pied.

Indéniablement de sexe masculin, l'être semblait en mauvais état, comme s'il avait manipulé trop d'énergie magique. Plusieurs caractéristiques félines altéraient son corps humanoïde : une fourrure brun doré, des cheveux ressemblant à une crinière et les dents d'un carnivore. Plus Ancar le regardait, plus il lui semblait évident que ces attributs félins avaient été *créés*. L'être avait modifié sa propre forme. C'était un sort plus puissant et plus utile qu'une illusion, qui pouvait être détectée ou brisée.

Réfléchissons. Il peut aussi être né comme ça, appartenir à une race non humaine...

Si c'était le cas, ça signifiait que la créature venait de si loin qu'Ancar n'avait jamais eu vent de l'existence de son espèce. Et elle était sûrement impliquée dans la magie pour s'être fait prendre dans le Portail.

Ça signifiait qu'elle savait bien des choses qu'Ancar ignorait.

Et qu'Hulda n'avait aucune chance de découvrir.

Ancar sourit.

Puis il s'agenouilla près de la créature et l'examina, envoyant une sonde mentale prudente vers son esprit.

Si l'être avait possédé des boucliers, ils s'étaient effondrés. L'énergie qui lui restait était utilisée tout entière à survivre.

Ancar étouffa un cri de joie : un Adepte ! Et puissant, qui plus était.

Sans boucliers et dans son état de faiblesse, il était entièrement à la merci d'Ancar !

Un Adepte en son pouvoir… Que pouvait-il rêver de mieux ?

L'être bougea et ouvrit les yeux. Il avait l'air désorienté, faible et incapable de formuler une idée cohérente.

Avant qu'il retrouve ses esprits, Ancar lança un sort qui le plongea dans un profond sommeil.

Puis il se leva, contenant à grand-peine son excitation. Il se précipita au niveau inférieur de la tour, ouvrit une cellule et en tira la fille terrifiée blottie à l'intérieur.

Elle portait un collier rouge, et rien d'autre.

Le rouge signifiait qu'elle était encore vierge. Parfait !

Attachant une chaîne au collier, Ancar traîna sa victime derrière lui dans l'escalier.

Ancar jeta le couteau près du corps sans vie de la fille. Elle ne lui avait pas procuré beaucoup de pouvoir…

Il espéra que ça suffirait.

Levant les mains, il dirigea leur paume vers la créature allongée à ses pieds. Les runes de contrainte scintillaient sur la fourrure dorée, peintes avec le sang de la fille quand elle vivait encore. Ancar était un expert de ce rituel-là.

Il récita le sort à mi-voix, satisfait de voir les runes devenir plus brillantes, puis disparaître en même temps que le corps de la fille.

Ancar s'assit sur la chaise, sans quitter du regard sa nouvelle « acquisition ».

Puis il neutralisa le sort qui gardait la créature inconsciente et regarda les yeux dorés s'ouvrir.

L'être essaya de se redresser. En vain. Il ne tenta pas de lutter contre le sort de contrainte. Ancar avait pris un risque mineur quand il l'avait lancé : il avait substitué le glyphe « son » à celui qui signifiait « vue », car il ne savait pas épeler le premier dans le texte d'origine. Il espérait que ça n'empêcherait pas l'être de le comprendre...

— Qui êtes-vous ? demanda-t-il.

Le prisonnier ne répondit pas tout de suite. Ancar augmenta la pression magique.

— Fléaufaucon, dit l'homme-animal d'une voix basse. Mornelithe Fléaufaucon.

Quel nom prétentieux...

— D'où venez-vous ?

Une langue rose lécha des lèvres pleines. Fléaufaucon avait des capacités de récupération extraordinaires. Il était sorti de son état comateux en un temps record. Mais la question semblait l'intriguer.

Bien entendu, imbécile ! Il ne sait pas où il est !

— Peu importe pour le moment, dit Ancar. Qu'êtes-vous ? Est-ce votre forme naturelle ?

— Je me suis modifié, dit Fléaufaucon.

Il parlait lentement, les mots arrachés un à un par le sort.

Ancar continua l'interrogatoire, jusqu'à ce que son captif soit épuisé. Il ne comprenait pas certaines références : qu'étaient les « Frères du Faucon », ou une « pierre-cœur » ?

Il en saurait davantage quand il pourrait entrer dans les détails. Pour le moment, ça suffisait. Fléaufaucon était un Adepte. Il connaissait le sort qu'Ancar avait lancé de travers. Le résultat n'était pas si mauvais, d'ailleurs. Le roi ne laisserait pas son prisonnier se douter qu'il avait saboté la construction du passage magique, puisque le résultat avait été d'attirer Fléaufaucon dans le vide, entre les Portails.

Ancar l'en avait arraché grâce à son désir de se recruter un Adepte. Mornelithe avait des ennemis, les « Frères du Faucon », et d'autres « surgis de son passé ».

Il possédait un vaste domaine dans les terres encore infectées par la magie incontrôlée, quelque part au sud-ouest de Rethwellan, d'après ses descriptions. Parfois, il parlait de lui-même comme d'un « métamorphe », et suggérait qu'il pouvait faire aux autres ce qu'il avait accompli avec son propre corps. Ça ouvrait des perspectives d'espionnage intéressantes. Ancar pourrait substituer des hommes à lui à des gens à qui ses ennemis faisaient confiance…

Et Mornelithe Fléaufaucon lui appartenait corps et âme !

Il n'était pas en très bon état physique et semblait toujours désorienté. Pour qu'il le serve efficacement et soit capable de réfléchir, Ancar devrait d'abord le remettre sur pied.

Et le cacher d'Hulda… Avec un peu de chance, si elle était occupée avec son muletier, elle ne se sera pas aperçue des fluctuations de l'énergie magique dues à l'arrivée de cet Adepte. Sinon, je devrai trouver une bonne explication…

Si Hulda apprenait l'existence de Fléaufaucon, elle l'éliminerait ou le prendrait sous son contrôle, car elle était plus puissante que lui.

Ou pourrais-je cacher mon invité ?

Le laissant dans la pièce circulaire, Ancar appela quelques-uns de ses gardes personnels qu'Hulda ne connaissait pas : ils se faisaient passer pour des garçons d'écurie et espionnaient les serviteurs.

— Emmenez-le au manoir du seigneur Alistair. Dites-lui de s'occuper de cet homme et de lui donner les meilleurs soins, mais de le tenir sous une garde constante. (Il enleva sa bague et la tendit au chef des gardes.) Donnez-lui ça. Il comprendra.

Le « seigneur » Alistair était un des sorciers d'Ancar, tenu par tant de sorts de contrainte qu'il ne pouvait pas lever le petit doigt sans en avoir l'autorisation.

Il n'est pas assez puissant pour qu'Hulda le redoute et pas assez beau pour l'exciter. Même si elle essaie de le manipuler, je le saurai à temps pour mettre mon prisonnier à l'abri.

Les hommes soulevèrent la civière et emmenèrent l'étrange créature.

— Attendez, dit une voix faible.

Ancar s'approcha de la civière. Les yeux brillants de fièvre du prisonnier se levèrent vers lui.

— Qui… êtes-vous ?

Ancar sourit, ravi de se sentir si puissant.

— Le roi Ancar d'Hardorn. Mais vous m'appellerez Maître.

Un éclair de colère passa dans le regard de l'Adepte. Ancar éclata de rire et fit signe aux hommes de partir.

Il avait l'avantage, et il n'était pas près de laisser Fléaufaucon renverser la situation !

CHAPITRE II

Le Héraut Elspeth, héritière du trône de Valdemar et Adepte-mage en formation, Sœur d'Aile des Tayledras du clan k'Sheyna, était plongée jusqu'au cou dans l'eau d'une mare chaude, entourée par les éclaireurs et les mages des Frères du Faucon, ainsi que par les membres du légendaire clan k'Leshya, dont tous n'étaient pas humains…

— C'est merveilleux ! Je sais que je le dis à chaque fois, mais nous n'avons rien de tel à Valdemar ! Pas encore ! Gwena m'a rapporté que des inventeurs travaillent à un système de chauffage de l'eau utilisant les feux des forges. Si ça marche, je les encouragerai à installer quelque chose de semblable à ces mares !

Ombreglace tortilla quelques mèches de sa chevelure blanche et prit l'air pensif. Il était difficile d'évaluer son âge. Elspeth estimait qu'il était plus vieux qu'elle, mais le visage lisse de l'homme ne révélait pas grand-chose.

— Vous rapporterez bien des nouveautés à votre peuple. Mais le clan k'Sheyna sera toujours prêt à vous accueillir.

— Je le sais. Je suis fière d'être votre Sœur d'Aile, et j'adore la Vallée. Mais j'aimerais revoir mon pays. Même les gens que je n'appréciais pas tellement me manquent !

— Je comprends ça. J'ai moi aussi hâte de retrouver le reste de notre clan. Mais je dois avouer que ce problème de construction de Portail m'inquiète beaucoup. Un Portail, au cœur de cette Vallée…

Flammechant, qui semblait n'avoir d'yeux que pour son compagnon, Renardargent, leur sourit et répondit :

— Il n'y a plus de pierre-cœur instable dans ce lieu, mon cousin. Vous n'avez aucune raison d'être angoissé. Pas par le Portail, en tout cas.

Flammechant avait un sourire irrésistible, comme le reste de sa personne. Il était extraordinairement beau. Personne ne résistait à son charme, pas plus Ombreglace que les autres.

— Il reste seulement un node ici et un deuxième dans les ruines, près du nid des griffons. Rien d'inquiétant. Et il y a assez de mages pour maintenir l'équilibre du Portail une fois le sort lancé.

Ombreglace eut un rire nerveux.

— J'ai du mal à y croire, jeune homme ! Nous avons vécu si longtemps dans l'ombre d'une puissance incontrôlable… Cela rendrait n'importe qui méfiant.

Flammechant hocha la tête. Il était bien placé pour savoir de quoi parlait Ombreglace, car il avait été aux premières loges lors de l'élimination de la menace que représentait la pierre-cœur.

Elspeth aussi comprenait les craintes d'Ombreglace, car elle avait été en contact avec la pierre-cœur instable de la Vallée des k'Sheyna.

Pourtant, les dégâts ne se voyaient pas d'emblée. Quand elle était arrivée, la Vallée lui avait semblé paradisiaque. Elle regarda autour d'elle, éblouie par la beauté luxuriante de l'environnement.

Cette féerie n'aurait pas pu faire partie d'une légende de Valdemar. Il y avait trop de différences… Les arbres immenses abritant chacun une douzaine d'*ekele*, les demeures des Tayledras… Les mages aux cheveux argentés et les éclaireurs se délassant dans la mare chaude, leurs oiseaux-liges perchés dans les frondaisons… Les Kaled'a'in, parents des Tayledras, mais plus divers d'aspect, certains avec les yeux verts ou marron, et quelques roux ou blonds au milieu des bruns… Et les griffons profitant du soleil. Des gris, des bruns, des cuivrés…

Un an plus tôt, si quelqu'un avait dit à Elspeth qu'elle deviendrait la Sœur d'Aile des Frères du Faucon et se baignerait dans une mare chaude avec eux en regardant s'ébattre les légendaires griffons… Ou qu'elle aurait un amant tayledras… Ou que son ami Skif aurait une amante encore plus bizarre, la femme-chat Nyara, fille de l'Adepte qu'Elspeth avait contribué à vaincre…

J'aurais appelé les Guérisseurs pour qu'ils s'occupent de son cas, voilà ce que j'aurais fait !

Mais elle avait connu tout cela, et l'avenir lui était toujours grand ouvert.

Une silhouette blanche apparut de l'autre côté de la mare, près de la cascade qui rafraîchissait un des bassins.

Au même instant, un rayon de soleil perça les nuages et tomba sur Gwena, le Compagnon d'Elspeth, la transformant en silhouette de légende.

Les Frères du Faucon la regardèrent, admiratifs.

— Elle a réussi son entrée, dit Flammechant en riant. Je n'aurais pas pu faire mieux !

Renardargent éclata de rire. Il continua de tresser la longue chevelure blanche de l'Adepte, une coiffure kaled'a'in compliquée. Flammechant passait la majeure partie de son temps avec les Kaled'a'in, et, aussi étrange que cela parût, pas seulement avec le *Kestra'chern* Renardargent. Les Kaled'a'in avaient exploré les chemins de la magie d'une manière bien différente de leurs cousins tayledras. Ce qu'il apprenait d'eux fascinait Flammechant.

Ils savaient entre autres construire une Vallée sans avoir besoin de pierre-cœur. D'anciennes chroniques évoquaient ce prodige, mais les Tayledras avaient perdu ce pouvoir.

Elspeth avait envie d'apprendre cette technique, car elle

permettrait de créer des refuges sûrs dans des régions inhospitalières, par exemple pour les Guérisseurs.

Ou pour que les Hérauts viennent s'y reposer... Comme ce serait plaisant !

— Vous êtes resplendissante, ma dame, dit Flammechant.

Merci, mon cher, fit Gwena avec un clin d'œil pour l'Adepte. *Venant de vous, c'est un compliment exceptionnel !*

Elspeth sourit. Gwena était plus facile à vivre depuis qu'elle avait renoncé à conduire son Elue vers une « destinée » préétablie, se résignant à l'idée qu'Elspeth n'en ferait qu'à sa tête.

Alors, mon cœur, as-tu fini de papoter avec Rolan ?

Gwena se chargeait de tenir Rolan — le Compagnon de Talia, le Héraut de la Reine — informé de ce qui se passait dans la Vallée des k'Sheyna.

Dans l'euphorie de la victoire, Elspeth avait prévu de repartir aussitôt pour Valdemar, en compagnie de Ventnoir, son amant, et d'aller voir ce qui se passait dans la Forêt des Chagrins. Pendant la lutte contre Fléaufaucon, une force mystérieuse venue de cette direction avait semblé les aider.

Mais le plan avait été modifié par la force des choses. Elspeth avait encore beaucoup à apprendre de Flammechant. L'hiver venu, chacun s'accorda à penser que le départ pouvait être remis au printemps. Ancar avait été arrêté par les armées de Valdemar, de Rethwellan et de Karse. Ses mages ne faisaient rien, excepté observer et attendre.

Pour dire la vérité, Elspeth préférait laisser passer le plus de temps possible avant de rentrer à Haven. Histoire que les Hérauts et les Compagnons de la capitale oublient le mal de tête qui les avait frappés quand la pierre-cœur de k'Sheyna, arrachée au pouvoir de Fléaufaucon, s'était installée quelque part dans le complexe du palais et du Collegium.

Certains Hérauts et Compagnons avaient mis plusieurs jours à se rétablir du choc. Elspeth ne pensait pas qu'ils la blâmeraient, mais on ne savait jamais…

Personne n'aurait pu prévoir que l'énergie magique élirait domicile là-bas ! Chacun pensait qu'elle rejoindrait la proto-pierre-cœur, le point d'ancrage préparé dans la nouvelle Vallée.

Les k'Sheyna avaient très bien pris la perte de leur source de pouvoir. Mieux qu'Elspeth s'y serait attendue.

Mais ça ne l'empêchait pas de redouter quelque peu la réaction de ses collègues en apprenant ce qui s'était passé, et surtout celle du maître d'armes, Alberich, ou de la capitaine Kerowyn, son instructrice.

Les connaissant, il ne faisait aucun doute qu'ils exigeraient des explications…

Il serait difficile de les convaincre qu'elle n'avait rien à voir avec ce qui était arrivé, tout étant dû à une force mystérieuse tapie dans la Forêt des Chagrins. Ni Alberich ni Kerowyn ne croyaient aux fantômes, pas même à ceux des Hérauts-Mages.

Heureusement, Rolan n'avait pas trop souffert de l'apport brutal d'énergie magique, quand le pouvoir énorme de la pierre-cœur s'était matérialisé au milieu du Réseau qui reliait tous les Hérauts. Il aida à calmer la panique et à organiser les secours. Talia joignit bientôt ses efforts aux siens. Puis Gwena fit savoir à Rolan que ce qui était arrivé n'était pas une attaque insidieuse d'Ancar, mais un accident…

Depuis, elle était en contact journalier avec Rolan, sur l'ordre de Selenay, qui semblait réagir comme une reine et pas comme une mère hystérique.

Au grand soulagement d'Elspeth…

Depuis que Fléaufaucon avait été expédié dans le vide,

entre les Portails, où il était probablement mort, la vie à k'Sheyna était beaucoup plus simple. Rendre des comptes à la reine était pour Elspeth une tâche plus aisée.

Gwena avança vers la mare où son Elue se baignait. Elspeth aussi passait pas mal de temps avec les Kaled'a'in. Pas seulement pour apprendre la magie, mais pour assimiler des techniques de combat à mains nues qui permettaient d'affronter un adversaire armé.

C'était fort utile pour quelqu'un qui avait déjà été attaqué par un assassin. Mais ça pouvait parfois être un peu douloureux.

Nous n'avons pas seulement échangé des rumeurs, ma chère, dit Gwena. *Il est vrai que nous avons passé plus de temps que d'habitude à bavarder, car les nouvelles ne sont pas très excitantes, ces temps-ci, ni à k'Sheyna ni à Haven.*

Gwena éclata mentalement de rire.

Depuis au moins deux semaines, je n'ai pas eu besoin d'édulcorer mes récits pour les oreilles de ta mère !

Elspeth s'esclaffa.

— Souviens-toi que les Kaled'a'in utilisent les mots « Puissiez-vous vivre en des temps intéressants » comme une malédiction !

Ombreglace lui jeta un coup d'œil intrigué.

— Je parlais à Gwena. Elle disait que les événements n'étaient pas aussi intéressants qu'il y a quelque temps.

— Vraiment ? Pour ma part, je serai ravi de voir ce Portail enfin construit, et de vivre dans des temps encore moins intéressants !

Il sortit de la mare. Aussitôt, un hertasi apparut à ses côtés, lui tendant une serviette. Ombreglace remercia le petit serviteur lézardoïde.

Une fois de plus, Elspeth réalisa à quel point elle avait changé.

Pas seulement parce qu'elle acceptait un lézard comme

son égal intellectuel. Ombreglace ne portait pas d'autre vêtement que ses longs cheveux. Un an plus tôt, elle aurait détourné le regard, gênée.

Ombreglace s'enroula dans la serviette. Le hertasi regarda Elspeth d'un air interrogateur. Les petites créatures reptiloïdes arrivées avec les Kaled'a'in étaient beaucoup moins timides que les hertasis natifs de k'Sheyna. Mais comme eux, elles semblaient vivre pour servir les autres. Renardargent avait mentionné un jour que cela « faisait partie d'eux ». C'était dû à la « guérison » d'un traumatisme ancien. Elspeth aurait aimé en savoir davantage : il y avait tant à apprendre, et si peu de temps pour le faire !

— Besoin d'une serviette ? demanda le hertasi. D'une boisson ?

Les hertasis avaient la capacité innée d'anticiper les désirs des Tayledras et des Kaled'a'in, mais ils étaient un peu perdus quant à ceux d'Elspeth. Gwena et Ventnoir avaient tenté de lui expliquer pourquoi, mais elle ne comprenait toujours pas.

— Non, merci, dit-elle. Quand Ventnoir arrivera, il voudra de la nourriture et quelque chose à boire.

— Bien entendu ! dit le hertasi de sa voix sifflante un peu difficile à comprendre pour Elspeth.

Il s'éclipsa. Ombreglace lui fit un geste d'adieu et partit vers son *ekele.* La jeune femme se tourna vers Flammechant.

Dans le confort de la mare, il n'était pas facile de penser au travail. Mais le moment du départ arriverait bientôt, et elle devait s'y préparer.

— Treyvan et Hydona ont-ils décidé ce qu'ils veulent faire ? demanda-t-elle. Je serais ravie de les emmener comme ambassadeurs à Haven, mais si d'autres Kaled'a'in veulent venir s'installer ici, il vaudrait mieux qu'ils aillent d'abord à k'Treva, comme vous l'avez suggéré.

— Je crois les avoir convaincus d'adopter mon plan, cousine. Le clan k'Treva ne tardera pas à déménager. Nous n'avons pas eu de problèmes magiques depuis plus d'un an. En fait, nous serions partis cet hiver, sans votre appel à l'aide. Et si je peux me permettre de le dire, la Vallée de k'Treva est la plus belle que je connaisse ! Je pense que nos cousins kaled'a'in y seraient très heureux s'ils venaient l'habiter après notre départ.

— Cette description enthousiaste est-elle à mon bénéfice, *shaya* ? demanda Renardargent. Je t'assure que bien peu d'entre nous aurons besoin d'être poussés pour accepter ! Nous n'espérions pas qu'on nous offrirait un lieu sûr où nous installer. Encore un miracle accompli par Treyvan et Hydona ! Et je peux assurer qu'aucun de vous ne se plaindra de la façon dont nous gérerons les terres que vous laisserez derrière vous.

Le *Kestra'chern* secoua la tête, rejetant en arrière sa chevelure noire, et continua à masser les poignets de Flammechant, qui soupira d'aise.

Elspeth avait toujours du mal à considérer Flammechant comme son cousin éloigné. Avant de venir ici, elle ignorait que le Héraut-Mage Vanyel avait eu des enfants et que l'Adepte-Guérisseur des Frères du Faucon et elle en descendaient.

Depuis son arrivée, elle en avait autant appris sur elle-même que sur la magie…

— Je pense que c'est une meilleure idée, dit la jeune femme. Je suis contente que vous les ayez persuadés. Mon peuple aura déjà du mal à accepter l'existence de Ventnoir et de la métamorphe. Je n'ai pas envie de lui imposer des griffons et leurs petits !

— Peut-être, dit Renardargent, Ventnoir et Nyara leur sembleraient-ils moins bizarres à côté des griffons ?

— L'idée m'en était venue… Mais je crois qu'il vaut mieux laisser les choses en l'état pour le moment. Les griffons peuvent encore changer d'avis au moment où Ventnoir et moi serons prêts à emprunter le Portail vers k'Treva.

— Et, connaissant les griffons, ils *sont* capables de changer d'idée, dit Ventnoir, derrière Elspeth.

Elle se tourna vers lui, sourire aux lèvres. Il se débarrassa de ses vêtements d'éclaireur et se laissa glisser dans l'eau à côté d'elle.

— Par les dieux de mes pères ! Cette eau est merveilleuse. J'ai cru m'être transformé en glaçon. Je n'ai jamais rien vu de plus froid qu'une pluie de printemps !

— Tu devrais te réjouir que nous partions pour k'Treva par un Portail, dans ce cas ! Skif et moi sommes venus par le chemin le plus difficile. Il fait bien plus froid qu'ici, au nord des Vallées !

Elle lui tapota l'épaule pour l'inciter à se tourner, puis entreprit de le masser. Son dos était encore froid. La pluie l'avait trempé jusqu'aux os pendant sa patrouille sur les frontières de k'Sheyna, un devoir qu'il n'accomplirait plus très longtemps. Il reviendrait bientôt aux Kaled'a'in de s'en occuper. Leurs éclaireurs avaient commencé à patrouiller avec les Tayledras pour apprendre à connaître le territoire qui serait bientôt le leur.

— Les autres griffons sont jaloux de Treyvan et d'Hydona, dit Ventnoir. Il semble qu'il y ait quelque chose de spécial au sujet du lac proche de k'Treva que les Valdemariens appellent l'Evendim.

Renardargent hocha la tête.

— C'est là que le Griffon noir a vaincu l'Adepte noir Ma'ar. Ils ont très envie de voir les lieux.

Elspeth éclata de rire.

— J'ai essayé de leur expliquer que tout était sous l'eau, mais ils s'en fichent ! Ils ont tous envie de venir. Vous devriez faire attention, Flammechant, ou vous vous retrouverez parmi les griffons jusqu'au cou !

— Je m'en souviendrai, cousine. Et j'avertirai les miens. Mais je ne crois pas que ce serait un mal s'ils venaient tous. J'apprécie beaucoup leur compagnie. Je suis sûr que mon clan penserait la même chose.

Ventnoir ricana.

— On voit que vous n'avez pas la mission d'empêcher ces gouffres à nourriture emplumés de mourir de faim ! J'ai passé des heures à chasser pour eux !

Renardargent éclata de rire.

— Si vous pensez que c'est difficile, imaginez une Vallée pleine de griffonneaux ! Les petits mangent trois fois leur poids par jour jusqu'à ce qu'ils atteignent leur taille adulte !

Elspeth secoua la tête, intriguée.

— Pas étonnant que vous ayez voulu revenir ici. Comment les empêchez-vous de tout avaler ?

— Nous avons du bétail pour eux. Et nous avons appris à harmoniser nos besoins avec ceux de la terre. Nos animaux ont une croissance rapide et mangent peu. Nous commencerons l'élevage dès que vous serez partis.

Dès que vous serez partis.

Ventnoir se tourna vers Elspeth et lui sourit. Soudain, elle eut envie de retourner chez elle. Ventnoir était impatient de quitter son clan et sa vallée et de voir de nouveaux pays. Et Elspeth avait raté pas mal de choses au cours de son absence : les jumeaux avaient grandi, le royaume avait conclu une alliance avec Karse, Talia avait été ordonnée Prêtresse de Vkandis…

Elle avait hâte d'être en chemin.

Elspeth plia une chemise en soie rouge dessinée pour elle par Ventnoir. Elle ferait une certaine impression dans ses vêtements tayledras quand elle arriverait chez elle.

Les choses n'avaient pas été aussi faciles à régler qu'ils l'avaient cru après la victoire sur Fléaufaucon. Retrouver la nouvelle Vallée n'avait pas été aussi simple que prévu. Une fois l'endroit localisé, il avait fallu envoyer deux mages, l'Adepte k'Sheyna Silence et un Adepte kaled'a'in, transportés par deux griffons, pour aller dans la nouvelle Vallée et en rapporter une image mentale. Il était impossible de construire un Portail sans savoir à quoi ressemblait la destination, un détail qui limitait son utilité aux yeux d'Elspeth. Mais c'était aussi une sécurité : Elspeth n'osait pas penser à ce qu'Ancar ferait s'il pouvait aller et venir à volonté.

Silence était revenue plus mince et un peu fatiguée, mais elle parlait de nouveau et portait son ancien nom, Neigefeu, indiquant qu'elle était guérie du traumatisme subi lors de la rupture de la pierre-cœur et de la mort de nombreux k'Sheyna.

Dès qu'elle se serait reposée, le Portail entre les deux Vallées pourrait être construit, et le clan k'Sheyna serait de nouveau réuni. Les Kaled'a'in connaissaient un moyen de construire le Portail en plaçant un mage à chaque extrémité, Neigefeu dans l'ancienne Vallée et la Kaled'a'in dans la nouvelle. Cette méthode doublait la force du Portail et diminuait la fatigue des mages.

Demain...

Tant de choses commenceraient et finiraient demain... Surtout pour Ventnoir.

Elspeth était un peu étonnée de tout ce qu'elle avait accumulé. Surtout des vêtements, mais heureusement la soie tayledras se pliait.

Ventnoir était plus silencieux que d'habitude, mais il faisait ses paquets avec la même diligence qu'Elspeth.

Je me demande si Gwena a expliqué à ma mère que j'habite avec mon professeur de magie. Sans doute pas : elle aura jugé inutile de lui communiquer une nouvelle qui la rendrait hystérique.

Il leur avait semblé stupide d'entretenir deux *ekele*

quand un seul suffisait. D'autant plus que les habitations étaient devenues très recherchées depuis l'arrivée des Kaled'a'in. Elspeth avait déménagé dans l'*ekele* de Ventnoir, plus près de l'entrée de la Vallée et plus grand que le sien.

Ils auraient peut-être dû faire l'inverse. Ventnoir aurait moins senti la douleur du départ s'il n'avait plus habité dans sa maison…

— Je suis content d'avoir quitté l'*ekele* que j'avais construit, dit-il, comme s'il lisait dans l'esprit d'Elspeth. C'était mon foyer, mais il semblait idiot de vivre hors de la Vallée une fois la pierre-cœur domptée. Cet *ekele* m'est cher parce que nous y avons vécu ensemble, mais ça ne me fera pas grand-chose de le quitter.

Elspeth soupira.

— J'ai vu ce qu'ont ressenti Etoilelame et Kethra en abandonnant l'endroit que Fléaufaucon a détruit. J'avais peur que partir à la fois de ton foyer et de la Vallée ne te pose quelques problèmes.

— L'état émotionnel de mon père est plus instable que le mien, rappela Ventnoir.

— Exact. J'ai été soulagée d'apprendre que Kethra le suivrait dans la nouvelle Vallée. J'avais peur qu'elle décide de rester dans les Plaines…

Ventnoir sourit.

— Ne sois pas stupide ! Comment aurait-elle pu faire ça, avec une plume d'Hyllarr décorant sa chevelure ? Etoilelame et elle sont unis pour la vie. Ni Hyllarr ni elle ne pourraient le quitter !

— Comment suis-je censée distinguer une plume de l'autre ?

— Barbare ! dit Ventnoir. Ne pas savoir que cette grande plume dorée venait d'Hyllarr ! Il n'y a aucun oiseau aussi grand que lui dans la Vallée !

Elle leva les yeux au ciel.

— J'ai hâte d'arriver chez moi ! Je t'attends au tournant quand tu te plaindras d'être incapable de distinguer un Compagnon d'un autre ! La vengeance sera si douce...

Il sourit et continua à emballer ses affaires, laissant Elspeth à ses pensées.

Ventnoir lui poserait des problèmes quand elle arriverait chez elle. Elle n'avait pas envie d'y penser pour le moment.

Kethra et Elspeth étaient devenues amies pendant l'hiver, rapprochées par leur amour pour Ventnoir et Etoilelame et par l'oiseau-lige que Ventnoir et Elspeth avaient ramené à l'Adepte affaibli. Depuis l'arrivée du volatile, la guérison d'Etoilelame était en bonne voie. Cette raison seule aurait suffi pour que Kethra apprécie Elspeth.

Kethra avait suggéré que Ventnoir, Skif et Elspeth « travaillent » Etoilelame et Lunehiver, le demi-frère de Ventnoir, pour que le père et le fils se parlent de nouveau amicalement. Lunehiver avait longtemps été jaloux du statut de fils préféré de Ventnoir. Kethra pensait que le moment était venu pour les deux hommes de se rapprocher.

Etait-ce un signe de guérison ? Le père et le fils avaient commencé à construire entre eux la relation qui brillait par son absence lors de la jeunesse de Lunehiver.

Tant de choses avaient été détruites pour Etoilelame à cause de Fléaufaucon... Ventnoir pensait que sa relation avec son père ne serait pas facile à rétablir. Avec Lunehiver, il aurait moins de mal, car les deux hommes ne s'étaient pratiquement pas vus depuis l'intervention du sorcier noir.

Encore une chose dont Fléaufaucon aura à répondre... J'espère qu'il rôtit en enfer..., pensa Elspeth, vindicative.

En un sens, une séparation temporaire entre Ventnoir et son père serait idéale. Elle laisserait aux deux hommes le temps de guérir...

Demain, cette séparation aurait lieu. Grâce au clan

k'Leshya et aux griffons, la nouvelle Vallée avait été retrouvée bien plus rapidement.

Cela avait convaincu ceux qui n'appréciaient pas l'idée de laisser la Vallée aux mains des Kaled'a'in que ceux-ci *méritaient* de la recevoir en remerciement.

S'ils n'avaient pas proposé leur aide pour localiser la Vallée et construire le Portail, il aurait fallu des mois de plus pour tout mettre en place.

Elspeth regarda autour d'elle. Il ne restait plus rien à ranger. Les murs de l'*ekele* étaient nus, la collection de masques emplumés ayant été soigneusement emballée par un hertasi. Ventnoir laissait les étagères et les livres pour le prochain occupant.

Elspeth ne rapportait pas avec elle son ancien uniforme blanc. Skif non plus. Les hertasis avaient insisté pour leur fabriquer « quelque chose de mieux ». Elspeth avait accepté, à condition que les nouveaux vêtements ressemblent aux anciens et soient blancs et fonctionnels. Les ornements aussi devaient être blancs, et ne pas scintiller au soleil pour qu'un ennemi ne puisse pas la repérer.

— Et vous croyez qu'il ne verra pas une grande cible blanche sur le fond vert d'un champ ? avait raillé un hertasi du clan k'Leshya.

Elspeth supposait que les hertasis avaient finalement demandé l'aide de Ventnoir. Elle reconnaissait son style…

Même si les nouveaux uniformes ressemblaient aux anciens, les matériaux étaient si luxueux qu'on ne pouvait pas dire qu'il s'agissait de la même chose. Un cuir plus souple que du daim, des soies, des ornements blanc sur blanc, des perles et des plumes… Elspeth n'aurait pas cru qu'un uniforme de Héraut puisse avoir l'air si exotique.

Elle s'aperçut qu'elle appréciait ce nouveau vêtement. Et Skif se rangea à son avis, demandant aux hertasis de lui en tailler un aussi.

Ils découpèrent les anciens uniformes et fabriquèrent

un harnachement assorti pour les Compagnons, ravis à l'idée de faire des envieux au Collegium.

— Nous nous débrouillerons bien, où que nous allions. Ne te ronge pas les sangs pour moi, Elspeth. Mon foyer sera où se trouve mon cœur, comme disent les Shin'a'in.

— Je ne peux pas m'empêcher de m'inquiéter un peu pour toi, répondit Elspeth. Voilà, je crois que nous n'avons plus rien à faire...

— Je ne suis pas d'accord, fit Ventnoir avec un sourire malicieux.

La prenant dans ses bras, il la renversa sur le lit.

— Nous avons toute la soirée devant nous, dit-il entre deux baisers. Et j'ai des plans pour nous... Ou des espoirs...

Après toutes les catastrophes inattendues qui leur étaient arrivées, Elspeth craignait que quelque chose aille de travers le lendemain, au moment de l'ouverture du Portail.

Mais rien d'ennuyeux ne se passa. Les mages de moindre puissance et les apprentis « lissèrent » les remous de pouvoir provoqués par les énergies accumulées des deux côtés du Portail. Quelques mois plus tôt, Elspeth ne se serait pas aperçue de ce qu'ils faisaient.

Flammechant l'avait souligné, avec son sérieux habituel.

— Ne sous-estimez jamais l'importance d'un apprenti. Les mages mineurs et eux travaillent sans cesse pour que la magie de haut niveau ne perturbe pas trop l'équilibre naturel. Ces manipulations peuvent rendre le temps ou les lignes de pouvoir instables. Sans eux, nous aurions au minimum un orage terrible à chaque fois qu'un Adepte lance un sort majeur. Les effets sont cumulatifs. Parfois, les Adeptes oublient le travail de leurs confrères « inférieurs », mais sans eux nous serions bien embêtés, et chacun nous maudirait à des lieues à la ronde !

Il était tout de même plus prudent de vérifier qu'un orage ne se préparait pas au moment de la création d'un Portail. Si c'était le cas, mieux valait remettre la tentative à plus tard.

Quand l'aube se leva, toute la population de k'Sheyna, à l'exception d'Elspeth, de Ventnoir et de Skif, se réunit devant l'arche bâtie par les hertasis pour servir de point d'ancrage au nouveau Portail.

L'arche se trouvait au même endroit que l'ancienne pierre-cœur et ce n'était pas un hasard. L'ironie de la chose n'échappait à personne…

Neigefeu était debout, les yeux fermés.

Il n'y aurait aucun signe physique de la préparation du Portail, jusqu'à ce qu'il s'ouvre. Elspeth observait avec ce que Flammechant appelait son « œil intérieur », et ce qu'elle voyait était impressionnant.

Neigefeu construisit le Portail avec de l'énergie puisée dans ses propres ressources. Elle était raccordée au Portail par un cordon d'énergie scintillante. Les couches d'énergie s'enroulaient autour du cadre matériel de l'arche, ondulant sans cesse.

D'autres filaments d'énergie quittaient le Portail, semblant tâtonner dans le vide à la recherche de leur point d'ancrage.

Elspeth eut soudain l'impression que le sol se dérobait sous ses pieds.

Puis, de l'autre côté du Portail apparut un paysage inconnu. L'Adepte kaled'a'in était debout dans l'arche, une foule de Tayledras faisant de grands gestes de bienvenue derrière elle.

Une dizaine de Tayledras crièrent de joie et traversèrent le Portail pour se jeter dans les bras de leurs proches. Les autres ramassèrent leurs affaires et, plus lentement, avancèrent vers la nouvelle Vallée.

Les deux mages restèrent immobiles et concentrés.

Etoilelame avança vers Ventnoir, son oiseau-lige, Hyllarr, marchant derrière lui, comme chaque fois que la vitesse de déplacement n'était pas importante. Son aile n'avait pas guéri suffisamment pour lui permettre de voler aussi bien qu'avant et il était trop lourd pour qu'on le porte.

Il n'était pas très gracieux, car les rapaces ne sont pas de bons marcheurs, mais ça évitait à Etoilelame d'avoir à le charger trop souvent sur ses épaules. Il était plus costaud que quelques mois auparavant, mais un rapace de cette taille pesait un bon poids.

Hyllarr sauta sur une branche. Puis il regarda les Tayledras quitter la Vallée.

— Le moment du départ est arrivé, mon fils, annonça Etoilelame. Je ne te l'ai pas encore dit, Ventnoir, mais ce que tu vas faire est plus important que rester avec un clan. Tu portes en toi la bravoure de tous tes ancêtres. Je suis fier de toi, et je sais que ta mère, où que soit son esprit, l'est aussi.

Ventnoir avala sa salive. Il ne voulait pas montrer son émotion, mais sa gorge se serra. Etoilelame ne lui avait jamais parlé de sa mère, sinon lors de crises d'auto-apitoiement. Il était désormais capable d'évoquer le souvenir de son épouse sans donner l'impression qu'on lui enfonçait un couteau dans la poitrine. Oui, il guérissait, et devenait meilleur qu'avant. Ventnoir reconnaissait en lui l'homme d'autrefois, quand il paraissait invulnérable à ses yeux d'enfant.

— Mes prières te suivent, mon fils. Quand tu reviendras, tu auras de nombreux récits à nous faire. Qui sait, certains seront peut-être vrais !

Ventnoir éclata de rire et serra son père dans ses bras.

— Je suis sûr que vous aurez aussi des choses à dire sur la Shin'a'in sauvage que vous emmenez avec vous, et sur votre faucon rusé !

Moi ? dit Hyllarr, innocent. *Je suis seulement un pauvre volatile infirme...*

— Je le garderai occupé, dit Kethra.

Elle serra Ventnoir et Elspeth dans ses bras.

— Prenez soin de vous, les petits, et souvenez-vous qu'ensemble, vous êtes plus forts que séparés. Je crois qu'aucun ennemi ne sera préparé à ça.

Etoilelame saisit le bras d'Elspeth et murmura :

— Veillez sur mon fils, ma dame... Il n'a pas l'habitude d'avoir quelqu'un à ses côtés, et il ne demandera pas. Offrez-lui votre assistance même s'il ne dit rien.

— Je vous le promets.

Elle embrassa Etoilelame sur la joue, ce qui l'étonna et le ravit.

Hyllarr quitta sa branche et atterrit entre Etoilelame et Kethra. Puis ils prirent place au bout de la file de Tayledras.

— Que le vent vous soit propice, père.

— Pour toi aussi, mon fils. Je t'aime.

Ils partirent.

Neigefeu sembla se réveiller de sa transe et regarda autour d'elle, vérifiant qu'il ne restait pas de traînards.

Puis elle traversa.

Le Portail se referma.

Ventnoir, Elspeth et Skif étaient les seuls k'Sheyna qui restaient dans la Vallée.

CHAPITRE III

Le clan kaled'a'in k'Leshya avait pris possession de la Vallée depuis moins d'un jour et l'ambiance avait complètement changé.

Les Kaled'a'in avaient poliment attendu que les anciens propriétaires de la Vallée soient partis avant de se mettre à l'ouvrage. Les *ekele* les plus élevés seraient reconvertis en habitations pour les griffons. Avec les hertasis, ceux-ci exploraient les collines environnantes, cherchant des endroits susceptibles de servir de nids ou de tanières aux hertasis et aux kyrees. Il y avait davantage d'oiseaux. Pas seulement des oiseaux-liges attirés là par quelque mystérieux signal, mais des créatures plus petites aux plumes colorées et aux becs de rapaces qui étaient étrangement doués pour imiter la voix humaine.

Trois mages entreprirent d'ériger un bouclier de protection autour de la Vallée. Ces nouvelles défenses recevraient leur énergie des lignes de pouvoir que les mages kaled'a'in tisseraient en partant du node caché sous les ruines où Treyvan et Hydona avaient habité.

Les tervardis et les kyrees, des créatures qu'Elspeth avait rarement vues, faisaient partie du clan k'Leshya au même titre que les humains, les griffons et les hertasis.

Les nouveaux maîtres des lieux élaguaient une bonne partie de la végétation. Elspeth aimait l'aspect sauvage de la Vallée envahie par les plantes, mais elle devait reconnaître qu'il n'était pas facile de s'y déplacer. Les hertasis s'affairaient à dompter la végétation, créant des clairières ensoleillées et débroussaillant les chemins. Ils laissèrent les buissons et les lianes autour des endroits où une certaine intimité était nécessaire, comme les mares chaudes. Mais ils coupaient la végétation en excès pour que les feuilles mortes ne tombent plus dans les mares.

Ils installèrent des filets pour limiter la croissance des lianes aux endroits stratégiques, et plantèrent des poteaux afin que la verdure y grimpe.

Rien ne serait comme avant quand ils auraient fini leur travail.

Ils nettoyaient aussi les pierres du muret et le fond de la mare chaude. Déjà l'eau semblait plus claire.

Elspeth quitta la source, impressionnée par toute cette activité.

D'après ce qu'elle voyait, les Kaled'a'in étaient différents des Tayledras et des Shin'a'in. Ils se montraient moins solitaires que les Tayledras, mais plus que les Shin'a'in. Et ils étaient plus bruyants que les deux. Quand les Tayledras y vivaient, la Vallée semblait déserte. Maintenant, elle était aussi bourdonnante d'activité que le palais et le Collegium, à Haven.

Tous les k'Leshya n'habiteraient pas dans la Vallée. Certains occuperaient le nid construit par Treyvan et Hydona dans les ruines donnant sur les plaines Dorisha. Ils avaient amené les livres pour lesquels Ventnoir avait construit des étagères.

D'autres prendraient les *ekele* bâtis autour de la Vallée par les éclaireurs. Mais les artisans, les savants et les familles vivraient à l'intérieur de la Vallée, pour être protégés du mieux possible.

Renardargent avait dit à Elspeth que son clan espérait faire du commerce avec les Shin'a'in et avec certains peuples étrangers.

— Nous utilisons très peu la magie dans la vie de tous les jours. Et nous sommes de bons artisans ! Voilà comment nous aimerions faire prospérer notre clan.

Même les griffons ? se demanda Elspeth, pensant que Treyvan avait demandé l'aide de Ventnoir pour construire ses étagères.

Je ne vais pas me soucier de ça. Ils se débrouillent très bien tout seuls.

La cascade semblait l'endroit le plus calme. Elspeth y resta, car partout ailleurs, elle avait l'impression de gêner. La cascade et les mares n'avaient pas été beaucoup modifiées, à part l'élimination de quelques branches.

De là, elle pourrait observer plusieurs équipes sans les gêner dans leurs travaux.

Elle s'installa sur une pierre sculptée et observa deux griffons, deux humains, un tervardi et trois hertasis qui préparaient un *ekele* en vue de son utilisation par des griffons. Ils enlevaient des cloisons et installaient des plates-formes d'atterrissage.

Ventnoir la trouva plongée dans sa contemplation.

Il s'assit à côté d'elle. Vree, son oiseau-lige, s'installa sur une branche proche.

— Ils me surprennent, dit-il. Je les trouve sympathiques, mais… Ils sont si bruyants… Hors de la Vallée, ils se déplacent pourtant comme des ombres… Et leurs coutumes…

Elspeth lui prit la main.

— Tu es dérouté parce qu'ils ressemblent à ton peuple sans être identiques. Ça me rappelle quand j'apprenais ta langue. Je la parlais un peu et tu me disais quelque chose qui sonnait comme du shin'a'in, mais qui était assez différent pour que je ne comprenne pas.

— Oui ! Je n'arrivais pas à trouver les mots pour le dire, mais c'est ça ! Il est étrange de voir qu'ils considèrent les non-humains comme des membres du clan. Je pense que c'est une bonne idée, mais je ne peux m'empêcher de la trouver bizarre. Même leurs demeures sont conçues en fonction de ça. Ils installent des plates-formes d'atterrissage pour les griffons, refont les escaliers pour que les kyrees puissent y grimper, mettent des rampes pour les dyhelis aux niveaux inférieurs…

Les Tayledras n'ont pas pensé aux besoins ni aux capacités des non-humains en construisant leurs ekele, *excepté ceux de leurs oiseaux-liges.*

— C'est surprenant, dit Ventnoir. Dans quelques semaines, cette Vallée ne ressemblera plus à un endroit où des Tayledras ont vécu.

— As-tu l'intention d'y revenir ? J'ai entendu Flammechant en parler…

— Je ne crois pas. Et nous serons trop occupés pour y penser dans les mois qui viennent… Flammechant a de bonnes raisons de revenir. Il veut apprendre certaines techniques magiques. Moi, je ne suis pas très expert dans notre propre magie…

— Tu n'es pas exactement un débutant, mon amour.

— Merci, ma chérie. Mais avant d'apprendre autre chose, je préfère être plus à l'aise avec ce que je connais.

Elle eut un rire un peu triste. Depuis que Ventnoir reconnaissait ses lacunes, elle avait moins de mal à admettre les siennes. Entre autres, celles qui découlaient de sa venue tardive à la magie.

— J'aurais pu dire ça ! cria-t-elle. J'ignorais tant de choses ! Par exemple, rien dans les récits que j'ai lus ne mentionnait la nécessité de faire équilibrer par des mages mineurs les sorts lancés par les Adeptes.

— Tous les sorts n'ont pas besoin de cette intervention, corrigea Ventnoir. Seulement ceux qui ne sont pas lancés sous la protection de boucliers efficaces, et uniquement quand ils manipulent de grandes quantités d'énergie. Il y a différents moyens d'accomplir les mêmes choses.

— Tout ce qui modifie les lignes de forces ou crée des

nodes est dans ce cas, non ? Au fait, quelle est la différence entre un node et une pierre-cœur ?

Il répondit par une question.

— Où va l'énergie quand elle entre dans un node ?

— Elle coule vers un autre node… Oh ! Je comprends. La différence entre un node et une pierre-cœur, c'est que l'énergie ne ressort pas de la pierre-cœur. Elle reste dedans. Je me demande pourquoi je n'ai pas compris immédiatement…

— Oui. En tout cas, l'énergie ne ressort pas par une ligne de puissance. Bien entendu, un certain volume sort pour alimenter toutes les choses de la Vallée qui en ont besoin. Mais pas par une ligne de puissance. Même si Fléaufaucon avait réussi à nous voler la proto-pierre-cœur, il aurait été obligé de lui ajouter une ligne de sortie. Il aurait eu en fin de compte un node puissant, pas une pierre-cœur.

— Pourtant, celle qui s'est installée à Haven *est* une pierre-cœur ?

— Il semble que oui, mais je ne pourrai pas en être sûr avant de l'avoir vue de près. Cela impliquerait que la force qui se trouve dans la capitale sait créer des pierres-cœurs et les contrôler. Mais j'ignore ce que ça signifie…

— Moi aussi.

— Flammechant va s'isoler un jour et une nuit afin de reconstituer son énergie. Nous ne pouvons pas le lui demander. J'imagine qu'il se contenterait de hausser les épaules et de prendre l'air mystérieux.

Elspeth sourit.

— Probablement ! Tu sais comme il aime se pavaner. Il ne peut pas boire une tasse de *chava* sans en faire tout un spectacle… Nous aurons un début de réponse dans deux jours, quand nous irons à k'Treva consulter les mages locaux. Le reste peut attendre que nous arrivions à Valdemar.

Ils avaient décidé que la première étape de leur voyage serait k'Treva. Elspeth espérait que cela donnerait à Ventnoir le temps de s'habituer à la perte de son foyer. Seul Flammechant pouvait construire le Portail pour ce voyage, mais celui-ci ne devant pas rester ouvert très longtemps, il pourrait s'en occuper seul et arriver dans sa Vallée natale sans être trop épuisé.

De plus, il puiserait de la puissance dans la pierre-cœur de k'Treva.

Ventnoir se tut. Elspeth se demanda si elle avait bien fait de mentionner Valdemar. Il la suivrait, cela ne faisait aucun doute. Mais arrivée dans son pays, elle ne serait plus seulement Elspeth k'Sheyna k'Valdemar, mais la princesse héritière, avec des responsabilités bien plus pesantes. Non qu'elle y eût beaucoup pensé dernièrement…

Je devrais. Il faut déterminer ce qui est important et ce qui ne l'est pas. Je dois en parler à Gwena. Si quelqu'un peut me dire où finissent mes responsabilités et où commencent les coutumes absurdes, c'est elle !

Elle se mordit la lèvre. Gwena était très accommodante depuis quelque temps. Normal puisqu'elle avait juré de ne plus manipuler son Elue…

Restait à savoir si elle serait de cette humeur ensoleillée si son Elue faisait quelque chose qui allait *vraiment* contre son opinion.

Inutile de s'inquiéter à l'avance. Mais parler avec Gwena serait une bonne idée…

Serrant la main de Ventnoir, Elspeth lui sourit.

— Je vais faire un tour dans la Vallée pour vérifier que nous n'avons rien oublié. Je n'en aurai pas pour très longtemps. Où puis-je te retrouver ?

— Ici, proposa Ventnoir. C'est l'endroit le plus calme en ce moment.

— D'accord. Pourquoi ne pas emmener Vree chasser

pendant ce temps ? Nous n'avons pas arrêté de travailler, mais il a dû s'ennuyer !

Garde cette compagne, Ventnoir, dit la voix mentale de l'oiseau-lige. *Elspeth est brillante, intelligente, avisée...*

Ventnoir rougit, mais Elspeth sourit et fit une révérence ironique à l'oiseau.

— Merci de ton opinion sur moi, Vree !

— Je ferais mieux de suivre ton conseil avant qu'il nous abrutisse d'autres « opinions » ! Un ventre bien plein devrait le faire tenir tranquille !

Nyara sépara ses mèches du bout de ses doigts griffus et commença à les tresser. Elle avait peu de choses à emballer, à part quelques vêtements, une armure fabriquée par les hertasis et une épée magique à la grande gueule...

Je te prie de ne pas penser à moi en des termes si peu flatteurs, grogna Besoin.

Nierais-tu que la description te convient ? demanda Nyara.

— Encore une discussion amicale avec Besoin ? voulut savoir Skif.

— Oui. Comment le sais-tu ?

Il posa un doigt entre les sourcils de la métamorphe.

— Tu as une petite ride ici quand tu parles par l'esprit avec elle. (Levant un sourcil, il regarda l'épée et ajouta :) Ma dame, êtes-vous prête à affronter Valdemar ?

La question est plutôt de savoir si Valdemar est prêt à m'affronter, lança Besoin.

— Je suis sûr que non ! répondit Skif en riant. Vous êtes très différente de ce que vous étiez en quittant Valdemar. Kero sera ravie que vous soyez liée à quelqu'un d'autre ! Ça ferait un sacré conflit de personnalités, elle et vous ! Je ne suis pas sûr de savoir qui gagnerait.

Moi, dit Besoin. *Cymry, qu'en pensez-vous ?*

Vous auriez du mal, contre Kero et *Sayvil,* affirma

Cymry. *Votre magie ne vous donnerait pas l'avantage si Sayvil s'en mêlait.*

Besoin soupira.

Aucun respect pour les anciens ! Même les chevaux se liguent contre moi. Peu importe. Ma compagne m'apprécie, même si elle trouve que j'ai une grande gueule...

Nyara éclata de rire et Skif sourit.

Nyara s'étonna d'avoir ri si fort. Avant de rencontrer Skif, elle avait eu peu de raisons de s'esclaffer...

Depuis qu'on avait parlé de départ, les choses étaient claires pour Nyara : elle suivrait Skif, même vers un endroit où les gens n'avaient jamais vu d'êtres comme elle.

Et elle supporterait les conséquences.

Il fallait attendre une réaction violente du peuple de Skif. Nyara n'avait pas l'air très humaine. Son père, Mornelithe Fléaufaucon, l'avait utilisée comme cobaye pour les modifications qu'il souhaitait apporter à son propre corps. Nyara ne se faisait pas d'illusions : il serait impossible de dissimuler son allure semi-féline.

Que penserait le peuple de Skif en la voyant ? Puis en apprenant qu'elle était l'amante d'un de ses précieux Hérauts ?

Ne t'en fais pas, petite, dit Besoin. *Cymry t'aime bien, et je suis là ! Les Hérauts écoutent ce que leurs disent leurs chevaux. De plus, comme Skif l'a fait remarquer, j'ai changé depuis mon départ de Valdemar. Je suis meilleure que jamais ! Et ces gens ne peuvent pas se permettre d'offenser Skif en te traitant mal. Ils ne peuvent pas se permettre non plus de perdre un Héraut avec la guerre qui se prépare. Ancar n'abandonnera pas. Et ils ne pourront pas se passer de* moi ! *Je ne suis pas une Adepte dans le sens classique du terme, mais je peux faire beaucoup de choses que personne ne maîtrise depuis longtemps. Et je suis capable de nous abriter, toi et moi, derrière un bouclier.*

En plus, je peux ressembler à une épée ordinaire si je le souhaite. Nous avons trop de valeur pour eux, ma chère ! Ils ne peuvent pas nous contrarier !

Nyara réfléchit à ces arguments.

Veux-tu dire que tu serais prête à te dresser contre Valdemar...

... Pour assurer ton bonheur ? Sans hésiter ! S'il faut les faire chanter, je le ferai. Leur guerre ne me concerne pas. Maintenant que je suis réveillée, je n'ai plus la compulsion d'expédier celle qui me porte au secours de n'importe quelle femme. Si Selenay veut que je me batte de son côté, elle devra s'assurer qu'on te traite correctement.

Nyara n'en croyait pas ses oreilles, mais elle ne cacha pas sa satisfaction. Elle n'avait pas espéré un tel soutien de la part de l'arme. Besoin lui avait appris à se suffire à elle-même, et certaines leçons avaient été bien difficiles...

Tu pourrais les affronter seule, dit Besoin. *Tu en as la force. Skif te soutiendra aussi, tu as gagné son respect et son... oui, je vais le dire... son amour. Cymry sera de ton côté parce qu'elle sait que tu es la meilleure partenaire que Skif peut avoir. Tu es une fille bien, petite. Nous t'aiderons tous, comme tu le mérites.*

Je ne sais quoi dire..., fit Nyara, les larmes aux yeux.

Les choses ne seront pas faciles, ajouta l'épée. *Je suis incapable de changer l'esprit ou l'attitude des gens. Ils te trouveront étrange. Mais je voulais m'assurer que tu avais conscience de ta valeur. Pour le reste, à toi de te débrouiller.*

Ça ne pourra pas être pire que la vie dans la forteresse de mon père, dit Nyara. *Et j'aurai mes amis à mes côtés. Avec Skif et toi, je ne serai jamais seule !*

Ravie que tu ne m'aies pas oubliée dans ta liste ! conclut Besoin.

La réunion du lendemain autour de l'arche ne comprenait pas beaucoup de monde : quelques griffons, quelques mages kaled'a'in avec qui Flammechant avait échangé des sorts et Renardargent.

Cela convenait à Elspeth, qui préférait quitter la Vallée aussi discrètement que possible. Elle espérait que Ventnoir supporterait bien d'abandonner tout ce qu'il connaissait.

Mais elle n'était pas sûre de sa réaction.

Il avait pourtant l'air content quand les hertasis apportèrent les bagages qui seraient transportés par les Compagnons, le dyheli blanc de Flammechant et les griffons.

Comme d'habitude, le jeune Adepte était d'une élégance incomparable. Sa longue chevelure flottait derrière avec une trompeuse simplicité. Son visage sculptural affichait une expression amusée et intéressée. Son oiseau-lige d'un blanc de neige était posé sur son épaule, regardant l'assemblée d'un œil résigné.

Skif et Nyara arrivèrent et prirent place.

— J'ai parlé à mes parents, dit Flammechant. Ils savent que je dois construire un Portail et que j'amène avec moi quatre k'Sheyna, des Compagnons, des griffons et un charmant kyree !

Il s'inclina plaisamment devant Rris, qui agita la queue et « sourit » à sa manière canine, la langue pendant hors de sa bouche. Rris avait accepté de les suivre pour servir de gardien et de professeur aux griffonneaux, et pour enregistrer ce qui se passerait en tant qu'observateur « impartial ». C'était son travail après tout. Les kyrees entretenaient une forte tradition orale et Rris était un de leurs historiens.

— Si tout le monde est prêt au départ, dit Flammechant en désignant l'arche, je commencerai le Portail.

Chacun ayant donné son accord, Flammechant se mit à l'ouvrage. Elspeth était toujours surprise par la rapidité de l'Adepte. Il avait établi le Portail avant que la jeune femme ait le temps de cligner des yeux. En quelques secondes, le passage fut prêt, ancré et connecté à sa contrepartie de k'Treva.

— Après toi, dit Skif à Elspeth.

Elle sourit, prit la main de Ventnoir et avança.

On l'avait prévenue qu'elle sentirait un choc, mais elle eut plutôt un vertige momentané.

Quelque chose qui n'aurait pas dû être là faisait des remous dans l'énergie du Portail ! Ventnoir regarda Elspeth, les yeux agrandis d'inquiétude. Puis tout s'effaça devant les yeux de la jeune femme.

Elle hurla peut-être, mais peu importait. Dans le vide, entre les Portails, aucun son ne s'entendait.

Puis ils retombèrent sur le sol.

Vree était toujours agité.

Ils étaient passés.

Mais pas arrivés là où ils auraient dû !

Au lieu de l'endroit aperçu à travers le Portail, avec la foule de Tayledras qui les attendaient, ils se trouvaient dans une petite clairière au sol couvert d'aiguilles de pin. Derrière s'ouvrait une caverne, et devant eux s'étendait une forêt.

Il n'y avait personne en vue.

L'air était frais et sentait le pin. C'était forcément une région du nord.

Bien plus au nord que Valdemar...

Ventnoir saisit le coude d'Elspeth et la fit sortir du Portail.

Juste à temps. Les autres arrivèrent. Skif et Nyara, les Compagnons, les griffons et leurs petits, et enfin Rris, le dyheli et Flammechant.

Ils eurent tous l'air sidéré en voyant la clairière.

Ventnoir prit le bras de Flammechant.

— Qu'est-il arrivé ? Nous ne sommes pas à k'Treva !

Flammechant secoua la tête, l'air perdu.

Elspeth ne l'avait jamais vu ainsi depuis qu'elle le connaissait.

— Je l'ignore ! Il est possible de se tromper sur l'endroit exact où s'ouvre un Portail, mais… le lieu d'arrivée est *toujours* un point que l'Adepte connaît. Et je n'ai jamais vu cette clairière de ma vie !

Nyara posa la main sur le pommeau de Besoin. Skif regarda autour de lui.

— Où sommes-nous ? demanda-t-il.

Personne ne put répondre.

CHAPITRE IV

Mornelithe Fléaufaucon, allongé sur ses draps de soie, faisait mine de dormir. Il était toujours perturbé, ses souvenirs restaient confus, mais les liens mentaux qui le retenaient lui apprirent la chose qui importait le plus pour le moment.

Il était prisonnier.

Pourtant, ça aurait pu être pire. Captif, certes, mais dans le luxe et le confort.

Le jeune arrogant nommé Ancar était le maître, pas lui ! Ça l'irritait énormément, mais il parvenait à le cacher.

Il passait la plus grande partie de son temps à dormir. Il n'était pas en très bon état et il s'en rendait compte. Se lever et traverser la pièce lui demandait plus d'effort que d'invoquer une armée de wyrsa à l'époque où il disposait de la totalité de ses pouvoirs.

Pour le moment, la magie était tout simplement hors de question.

Combien de temps était-il resté dans le vide, entre les Portails ? Il l'ignorait, mais c'était probablement des semaines voire des mois. Il avait été arraché à ce lieu intemporel avant de devenir complètement fou. Mais il avait épuisé son énergie pour rester en vie. Ses forces physiques et magiques étaient lentes à revenir et il n'y pouvait rien. Il lui était impossible d'aspirer la vie de ses serviteurs pour se guérir.

Fléaufaucon savait que l'homme qui l'avait capturé lui avait donné son vrai nom. Le sorcier mineur qui était chargé de le surveiller était entré avec un serviteur effrayé et lui avait ordonné de réveiller leur prisonnier pour le faire manger et boire. Fléaufaucon faisait seulement semblant de dormir. Il entendit le sorcier gifler son serviteur quand l'homme gémit que le monstre mi-bête mi-homme le tuerait s'il le dérangeait.

Le sorcier avait répondu que : « Le roi voulait que le prisonnier se remette. Ce qu'Ancar leur ferait dans le cas contraire serait pire que ce qu'ils risquaient en approchant du monstre. »

Fléaufaucon faillit se trahir en éclatant de rire. Ce sorcier de quatre sous n'avait pas la moindre idée de *qui* il hébergeait sous son toit !

S'il l'avait su, il aurait fui le pays, terrorisé.

L'imbécile ! Même la distance ne le sauverait pas si le sorcier noir s'en prenait à lui…

Fléaufaucon ignorait toujours pourquoi Ancar l'avait placé sous contrainte magique, excepté la raison évidente : ce parvenu voulait contrôler un Adepte. Ce qu'il entendait en faire restait un mystère…

En écoutant les conversations du petit sorcier et de son maître, il savait désormais comment Ancar l'avait amené ici.

Par accident. Tout simplement. Par erreur !

L'idée que Mornelithe Fléaufaucon, un Adepte doté d'un pouvoir qu'Ancar ne connaissait qu'en rêve, eût été « sauvé » par erreur était suffisante pour le rendre fou de rage, ou le faire éclater d'un rire hystérique. C'était tellement absurde que ça n'aurait jamais dû arriver.

Et pourtant…

C'était logique, si on analysait la chose. Le réseau de lignes de puissance s'était retourné contre lui et le proto-Portail, arraché à son contrôle, l'avait expédié dans le vide. Aucun Portail ordinaire n'aurait pu l'en faire sortir, car il était impossible d'en installer un dans le vide proprement dit.

Mais Ancar n'avait pas créé un Portail ordinaire. Il ignorait ce qu'il invoquait, croyant bêtement se connecter à l'énergie des nodes en toute sécurité. Ancar n'avait pas le potentiel d'un Adepte. Il ne dépasserait jamais le niveau de Maître. De toute évidence, son professeur n'avait pas jugé bon de le lui faire savoir...

Sa collection de grimoires et de fragments de manuscrits était impressionnante. Qu'il fût prêt à prendre des risques en utilisant des bribes de sort prouvait qu'il était très courageux ou très stupide.

Peut-être les deux...

En suivant les indications lacunaires de son manuscrit, Ancar avait créé un Portail sans terminal ! En même temps, il s'était concentré sur une seule idée : il voulait *devenir* un Adepte, ou en enrôler un de force. Les sorciers noirs, les seuls qu'Ancar pourrait attirer, étaient jaloux de leurs pouvoirs et n'aimaient pas les partager. Ils ne cesseraient jamais de tenter de se libérer des liens magiques où il les emprisonnerait.

Quand les liens se briseraient, comme ils ne manqueraient pas de le faire... Ancar n'aurait qu'à bien se tenir !

Les espions de Fléaufaucon lui avaient rapporté les activités du roi. Il le faisait surveiller, parce qu'il était l'ennemi des petits copains de k'Sheyna, les abrutis aux chevaux blancs. Une alliance ne lui aurait pas déplu... Avec lui à sa tête, bien entendu.

Fléaufaucon savait tout sur les Portails, excepté les quelques secrets qui avaient disparu avec le Sorcier du Silence. Depuis, grâce aux informations glanées au cours de ses multiples vies, il avait formulé des hypothèses probablement justes. L'énergie magique répondait aisément au désir — surtout quand celui-ci était motivé par la peur — lorsqu'un Portail essayait d'absorber son créateur.

Ancar voulait un Adepte. Une chance pour lui que le vide en contînt un !

Quand le Portail avait « su » quel but Ancar visait, il avait cessé de se replier sur lui-même et, considérant l'Adepte prisonnier du vide comme sa destination, il l'avait arraché aux limbes.

Fléaufaucon savait ce qui serait arrivé si le vide n'avait *pas* contenu ce que désirait Ancar. Le Portail aurait détruit l'imbécile...

Fléaufaucon n'avait aucune intention de révéler à Ancar quel risque il avait couru, ou quelle force il avait invoquée. Il garderait le plus de choses possible secrètes. Ancar ignorait qu'il comprenait la langue d'Hardorn, et qu'il pouvait lire dans l'esprit des serviteurs pour augmenter son vocabulaire.

L'Adepte s'agita sur sa couche, serrant les mâchoires de colère. Pour la première fois depuis très longtemps, il était à la merci d'un ennemi. A peine pouvait-il respirer sans autorisation !

Pas question de coopérer avec son « sauveteur » ! Fléaufaucon donnait les ordres et les autres obéissaient !

Dans son état de faiblesse, il perdait souvent le fil de ses pensées. Il était lucide un moment, mais retombait très vite dans un sommeil comateux.

Il profita de cet instant de conscience pour placer dans son propre esprit des sorts destinés à annuler l'effet des drogues et de sa faiblesse. Il ne répondrait pas aux questions, excepté les plus directes, et donnerait des réponses aussi brèves que possible. Si Ancar voulait des informations, il lui faudrait les lui arracher morceau par morceau.

Ça ne faciliterait pas le processus.

Que le jeune idiot s'épuise à essayer ! Pendant ce temps,

Fléaufaucon l'étudierait et analyserait sa force. Qu'il croie être le maître pour le moment... Il déchanterait bientôt.

Fléaufaucon savait que tout sort pouvait être brisé.

Même les siens, se souvint-il avec amertume.

Il sentit le sommeil le gagner. Sur cette dernière pensée déplaisante, il s'enfonça dans l'inconscience.

Quand Fléaufaucon passa du sommeil simulé au sommeil réel, An'desha shena Jor'ethan l'observait de sa cachette, dans le propre esprit du sorcier.

Puis il ouvrit les yeux qu'il partageait avec l'Adepte, prenant soin de ne pas l'éveiller.

Le sorcier resta endormi. An'desha se réjouit que son corps lui appartienne de nouveau, même s'il savait que c'était temporaire. Quand Fléaufaucon reprendrait conscience, il devrait retourner dans le petit coin de son esprit dont le sorcier noir ignorait l'existence.

Chaque fois que Fléaufaucon risquait de s'apercevoir de sa présence, An'desha retournait se cacher dans le « noir ».

Il ignorait pourquoi il était toujours là. D'après ce qu'il avait lu dans les souvenirs de Fléaufaucon, quand celui-ci s'emparait du corps d'un de ses descendants, il détruisait sa personnalité. Pourtant, cette fois, les deux étaient restés. An'desha était toujours « vivant », en dépit des limites de cette existence. Mais si Fléaufaucon découvrait sa présence, il l'écraserait comme un insecte.

Si seulement j'avais accepté de devenir un chaman, et si je n'avais pas essayé d'invoquer le feu... Rien de tout ça ne serait arrivé. Fléaufaucon n'existerait pas...

Les *si* étaient faciles à dire, après coup. Mais ça ne servait à rien. Le passé ne changeait pas, et le présent en découlait. An'desha avait le don des mages, et il avait essayé de rejoindre les Tale'edras pour apprendre à le maîtriser.

Quand il s'était perdu, il avait invoqué le feu pour se chauffer lors de la première nuit passée dehors…

An'desha descendait d'un mage nommé Zendar, dont la lignée remontait aux guerres magiques et à l'Adepte Ma'ar. Ce sorcier avait appris comment se cacher dans une poche de « vide » entre les plans, au moment de la mort de son corps. Dès qu'un de ses descendants invoquait le feu, le piège se refermait : l'Adepte noir prenait possession de son corps et détruisait son esprit.

Les choses n'avaient pas fonctionné comme ça quand An'desha avait appelé le feu. Il en avait assez appris pour avoir le réflexe de se cacher dans un coin obscur de son propre esprit. Fléaufaucon n'avait jamais deviné ce qui était arrivé…

Parfois, je préférerais qu'il se soit débarrassé de moi. Comment ai-je pu rester sain d'esprit toutes ces années ? D'ailleurs, le suis-je encore ?

An'desha avait été forcé d'observer les innombrables atrocités commises par Fléaufaucon sans pouvoir intervenir. Il lui semblait vivre dans un cauchemar permanent. Plus d'une fois, il avait été tenté de révéler sa présence, pour que Fléaufaucon le tue et fasse cesser ses tourments.

Mais quelque chose l'avait retenu. L'espoir de pouvoir un jour chasser l'envahisseur. Il n'avait jamais cessé de s'y raccrocher même quand Fléaufaucon avait tellement modifié son corps qu'il ne le reconnaissait plus.

Il avait été surpris d'être tiré des limbes en même temps que l'usurpateur…

Au moment où ils émergèrent du vide qui séparait les Portails, il n'était pas aussi désorienté que Fléaufaucon. Il resta donc caché et silencieux. Ce fut sans doute ce qui le sauva.

Les sorts de contrainte n'avaient pas eu d'effet sur lui. Il était en bien meilleur état que Fléaufaucon et capable de contrôler un peu son corps à condition de ne pas essayer pendant que le sorcier noir s'en servait.

Alors que son « hôte » dormait, An'desha avait pris les commandes de son corps et l'avait fait s'asseoir, manger et marcher.

Il y avait eu d'autres signes encourageants. Il avait compris qui étaient les cavaliers noirs alors que Fléaufaucon l'ignorait.

Avant cela, il se souvenait d'un autre indice : An'desha savait pourquoi la Kal'enedral n'avait pas tué Fléaufaucon lors de la bataille dans les ruines, près du nid des griffons. La guerrière n'avait pas raté son coup. Celle-aux-yeux-étoilés avait protégé l'Adepte parce qu'elle savait qu'An'desha était toujours « vivant ».

Plus tard, quand les cavaliers noirs avaient envoyé le cheval miniature et la bague à Fléaufaucon, An'desha avait compris que c'était aussi un message pour lui. Le cheval signifiait qu'il n'avait pas été oublié. L'anneau lui rappelait que la vie était un cercle et qu'il aurait peut-être l'occasion de récupérer son corps un jour.

S'il prouvait sa valeur à la Déesse, s'il faisait de son mieux, l'aiderait-elle ?

Il faudrait être prudent. Fléaufaucon était affaibli, mais il ne le resterait pas longtemps. An'desha avait appris à ne pas le sous-estimer…

Il adressa une prière à la Déesse.

Souvenez-vous de moi, ma dame. Et aidez-moi, si telle est votre volonté…

Un bruit de pas le poussa à se précipiter dans son abri.

Le grincement de la porte tira Fléaufaucon de son sommeil. Il entrouvrit les yeux, mais cela suffit à le trahir.

— Vous êtes réveillé, je vois, dit Ancar. J'espère que vous êtes content de mon hospitalité.

Fléaufaucon s'interdit de réagir. Il étudia Ancar, enregistrant ses expressions pour s'en servir ultérieurement. Plus il en saurait, plus il aurait de chances de vaincre ce gamin prétentieux.

Ancar était bien fait de sa personne. Les femmes le trouvaient sûrement attirant avec sa chevelure noire luxuriante, sa barbe et sa moustache bien taillées, son corps mince et élégant. Fléaufaucon le soupçonnait d'utiliser l'énergie vitale de ses captifs pour entretenir sa forme physique. Autrefois, Mornelithe en avait fait un passe-temps...

Mais les yeux trahissaient la personnalité d'Ancar. Ils étaient impitoyables et *vides*. Les yeux d'un être pour qui les autres étaient des objets à manipuler ou à détruire.

Un homme plus avisé aurait appris à modifier l'expression de ses yeux, comme Mornelithe. Lui était persuadé de pouvoir convaincre n'importe qui de n'importe quoi, s'il le décidait.

Pour le moment, il avait convaincu Ancar qu'il était entièrement sous sa coupe.

Fléaufaucon ne répondit pas tout de suite. Il ne voulait pas se montrer trop soumis, pour ne pas éveiller les soupçons d'Ancar. Un rien de rébellion, peut-être ?

— Je n'emploierais pas le mot « content », non !

Ancar eut un rire sans joie.

— Je vois que vous avez retrouvé une partie de votre énergie. Parfait ! Maintenant, j'aimerais que vous m'éclairiez sur quelques points qui m'intriguent...

Comme il ne s'agissait pas d'une question directe, Fléaufaucon ne dit rien.

— Quel est votre véritable nom ? Et d'où venez-vous ? demanda Ancar.

Les sorts de contrainte le forcèrent à parler, mais il garda ses réponses aussi neutres que possible.

— Mornelithe Fléaufaucon. Je viens des limbes d'où vous m'avez sorti.

— Etes-vous un Adepte ? Un démon.

— Oui, dit Mornelithe. Et non.

— Pourtant, vous n'êtes pas humain...

Rien n'obligeant Fléaufaucon à répondre, il se contenta de regarder Ancar.

— Savez-vous qui je suis ?

Puis, comprenant quel jeu jouait l'Adepte, il reformula sa question.

— Dites-moi ce que vous savez sur moi !

Fléaufaucon s'exécuta.

Ecoutant les quelques informations qu'il avait sur lui, Ancar prit l'air pensif.

— Je vais vous en dire plus à mon sujet. Réfléchissez à ce que je vous révélerai. Je suis Ancar, roi d'Hardorn, le sorcier le plus puissant de ce royaume. Comme vous l'avez deviné, je hais le peuple de Valdemar et les Hérauts. J'ai l'intention de conquérir leur pays. Pour cela, j'ai besoin d'un Adepte, car ces terres sont protégées contre la magie véritable. Elle ne fonctionne pas à l'intérieur des frontières, et les sorciers qui s'y aventurent deviennent fous s'ils essaient d'employer leurs pouvoirs. Vous m'êtes donc utile, mais pas indispensable au point que je ne puisse pas me passer de vous. Gardez ça à l'esprit.

Il sourit. Fléaufaucon se retint de ricaner. Le gamin n'y allait pas de main morte, mais sa tactique n'était pas subtile. Fléaufaucon se demanda comment il avait réussi à se maintenir sur le trône...

La chance, ou l'aide de quelqu'un plus doué que lui. Ou les deux.

— Je ferai tout mon possible pour que vous recouvriez la santé. Si vous coopérez avec moi, vous serez récompensé. Sinon, je vous y forcerai, et je vous tuerai quand je n'aurai plus besoin de vous.

Ancar n'attendit pas la réponse. Il quitta la pièce.

Fléaufaucon sentit les verrous magiques se mettre en place à l'entrée de sa « cellule ».

Le sorcier noir s'assit péniblement, poussé par la colère. Il y avait un plateau de nourriture près du lit. Mornelithe mangea et but tant qu'il lui en restait la force. Puis il se recoucha.

Mais son esprit continua à travailler. Ancar lui avait révélé plus qu'il ne le croyait. En dépit des protections magiques, son expression et son langage corporel étaient faciles à interpréter.

Il y avait dans le tableau quelqu'un qui gardait la haute main sur le gamin. Un sorcier, Fléaufaucon en était presque sûr. Voilà pourquoi Ancar avait besoin d'un Adepte. Pour vaincre les « Hérauts », certes, mais surtout pour se débarrasser de l'influence de l'autre personne.

Ou l'éliminer *physiquement.*

Cela ouvrait des perspectives intéressantes…

Au moment où Ancar était monté sur le trône, son peuple n'aurait peut-être pas accepté un monarque étranger à la lignée régnante.

Le gamin était assez bête pour avoir maltraité ses sujets, d'après le peu que savait Fléaufaucon. Aujourd'hui, ils accueilleraient à bras ouverts n'importe quel chef un peu moins mauvais que le despote en place.

L'autre sorcier avait peut-être réfléchi à ça.

Fléaufaucon jouerait le jeu tant que ça serait nécessaire. Il continuerait à feindre la faiblesse, ou simplement à faire semblant de coopérer. Mais il travaillerait à éliminer peu à peu les sorts de contrainte.

Au moment voulu, il montrerait à cet insolent de quel bois il se chauffait !

Le royaume tomberait entre ses mains. Il aurait une nouvelle base d'opérations, découvrirait à quelle distance de chez lui il se trouvait, et déciderait s'il voulait y retourner. Ça n'en vaudrait peut-être pas la peine. Rester là aurait l'avantage de lui fournir assez d'hommes pour lever une armée. Avec elle et le soutien de ses créatures magiques, il deviendrait le chef le plus puissant que ce royaume ait jamais eu.

Les étrangers qui avaient fait échouer ses plans étaient sans doute repartis chez eux. Il savait désormais où se trouvait leur terre.

Donc, en aidant Ancar, il ferait avancer ses propres plans de vengeance.

Quand il serait le maître, il pourrait prendre une revanche *vraiment* efficace sur les Hérauts.

L'idée de se venger lui fit chaud au cœur.

Pour commencer, il s'approprierait leur pays. Puis il chercherait la fille et le type qui l'accompagnaient…

De là, avec deux royaumes sous son contrôle, il lui serait plus facile d'attaquer les Idiots aux Oiseaux. Ce serait un jeu d'enfant, avec une armée comme celle qu'il commanderait.

Ensuite, il essaierait de réaliser les ambitions de Leareth et de Ma'ar. Tous les plans qu'il avait imaginés lors de ses existences passées pourraient être menés à bien. Il deviendrait plus puissant qu'un roi ou qu'un empereur. Le monde entier se prosternerait devant lui et l'appellerait « Maître ».

Fermant les yeux, il se laissa aller au sommeil et à ses rêves de conquête…

An'desha sortit de sa cachette dès que le sorcier se fut endormi. Cette fois, prenant soin de ne pas déplacer le corps de Fléaufaucon, il examina la pièce.

Une chambre luxueuse ! Près du lit à baldaquin, une table portait les restes du repas de Fléaufaucon. Il y avait une cheminée où ne brûlait pas de feu pour le moment. A la faible lumière des deux lampes de chevet, An'desha ne parvint pas à distinguer le reste des meubles.

Voilà pour l'aspect matériel.

Quant au reste…

Il utilisa la vision magique qui était devenue une seconde nature au cours des années de domination par Fléaufaucon.

La porte a des verrous magiques. Des sorts de protection ont été placés autour du lit et il y a des boucliers dans toute la pièce. Ancar ne veut pas qu'on découvre qu'il garde un sorcier prisonnier.

An'desha hésita, se demandant s'il oserait essayer de sonder les sorts.

Un mouvement dans les courants d'énergie de la pièce l'alerta.

Quelque chose arrivait.

Il s'apprêta à retourner se cacher.

Puis une voix mentale effleura son esprit.

Ne crains rien, An'desha. Nous sommes ici pour t'aider.

Etait-il devenu fou, comme il le craignait depuis si longtemps ?

Un tourbillon d'énergie scintillante apparut au centre de la chambre. Il se condensa et une colonne de brume se forma au milieu, étendant ses ailes…

L'image d'un faucon géant composé de brume dorée apparut.

Il replia ses ailes et regarda An'desha.

Le faucon de la Déesse ! Ce n'était pas une vision née de la folie, ni un tour que lui jouait Fléaufaucon ou Ancar, qui ignoraient tout de la signification d'un faucon géant pour un Shin'a'in.

L'image se brouilla de nouveau, puis se sépara.

Il y avait maintenant *deux* faucons, dont un était plus grand que l'autre.

Les rapaces se transformèrent encore.

Deux silhouettes humaines les remplacèrent.

Une femme, dont l'image était si ténue qu'An'desha ne

voyait pas grand-chose d'elle, seulement sa forme générale et ses yeux.

Et un homme. Un Shin'a'in !

An'desha faillit crier de surprise. L'homme lui fit signe de rester silencieux. Il était tellement habitué à la prudence qu'il obéit instantanément.

Il ne fallait pas réveiller Fléaufaucon ! Les deux créatures étaient là pour l'aider, mais elles ne pourraient le faire que si le sorcier noir ignorait leur existence.

Je suis Tre'valen shena Tale'sedrin, dit l'homme dans l'esprit d'An'desha. *Nous avons été chargés de t'aider dans la mesure du possible. Mais nous devons te prévenir : bien que nous soyons envoyés par Celle-aux-yeux-étoilés, nous sommes loin des forêts et des plaines où Elle règne. Nos pouvoirs et les siens sont limités hors de notre territoire.*

An'desha comprit qu'il leur serait impossible de bannir Fléaufaucon à tout jamais. Mais le soulagement de savoir qu'il n'était pas seul et qu'on ne l'avait pas oublié le fit presque pleurer de joie.

Puis vint l'étonnement. Qui était Tre'valen ? Il ne ressemblait pas à un des Guerriers voués à l'épée... Voyageait-il dans le plan spirituel, son corps physique se trouvant quelque part dans les environs ? Si An'desha avait un allié dans le monde matériel, cela faciliterait sa libération.

Mais un *leshy'a* conviendrait mieux pour le libérer de Fléaufaucon...

— Qu'êtes-vous ? demanda timidement An'desha. Un esprit ?

Pas exactement. Mais je ne suis plus « vivant » non plus. J'étais et je suis toujours un chaman des Tale'sedrin. Nous sommes des Avatars de la Déesse. Nous la servons mieux que les Kal'enedral. Nous allons là où Elle ne peut pas se rendre, et où les Kal'enedral ne feraient pas l'affaire. Comme maintenant. La situation exige un chaman, pas un guerrier.

Un chaman ? An'desha ne put s'empêcher de frémir, à la fois effrayé de ce que penserait Tre'valen, et honteux de ce qu'il avait fait autrefois. Si la Déesse savait tant de choses, elle n'ignorait pas qu'il avait tout fait pour éviter de devenir un chaman ?

Tre'valen sentit sa honte et lui communiqua mentalement du réconfort.

An'desha, tu n'as rien à craindre de moi à cause de ton passé. Nous aurait-Elle envoyés à toi si Elle pensait que tu méritais une punition ? Penses-tu qu'elle te punirait pour avoir essayé d'échapper à un rôle qui ne te convenait pas ?

An'desha se sentit mieux.

Réfléchis-y, An'desha. La Déesse ne prend pas à son service un homme qui ne le désire pas, que ce soit un chaman ou un Kal'enedral. Elle punit ceux qui trahissent leurs vœux, mais pas ceux qui ne veulent pas lui consacrer leur vie.

Le jeune homme se sentit doublement idiot. Combien de malheurs auraient été évités s'il avait réfléchi avant d'agir...

An'desha, on m'a reproché de trop *réfléchir avant d'agir, quand j'étais plus jeune. Je suis devenu ce que je suis à cause d'un moment où je n'ai pas eu le temps d'étudier toutes les options avant de me décider. Je suis persuadé que j'ai fait le bon choix. Et peut-être as-tu fait le bon choix aussi...*

An'desha n'y comprenait plus rien. Que voulait dire Tre'valen ? Il avait indiqué qu'il n'était pas vraiment vivant, mais pas vraiment un esprit...

Peu importait pour le moment. Ce qui comptait, c'est qu'on lui ait pardonné. Tre'valen semblait lire dans son esprit, car il hocha la tête.

Tu n'as pas réfléchi quand tu t'es enfui, An'desha. Il aurait mieux valu aller voir le chaman d'un autre clan. Il se serait montré plus objectif et aurait pu te conseiller plus utilement sur le chemin que tu devais prendre. Tu étais très jeune. Tu as commis une erreur de jugement, mais tu ne méritais pas de souffrir des conséquences aussi graves que celles-là ! Tout le monde apprend. C'est le but de la vie. Toi, tu n'as pas eu le temps.

Tre'valen sourit à la femme debout à côté de lui. Elle prit plus de substance, devenant visible. An'desha fut surpris. Ce n'était pas une Kal'enedral, comme il l'avait cru, mais, d'après les descriptions qu'il avait lues, une Tale'edras ! Elle était très belle. Il parut évident à An'desha que ces deux êtres étaient liés par autre chose que la similitude de leur état et de leurs objectifs.

Voici Aubefeu, dit Tre'valen, confirmant que la femme était bien une Tale'edras, car ce nom était caractéristique des Frères du Faucon. *Nous sommes tous deux tes amis. Ce que tu désires le plus est…*

Mon corps ! cria An'desha. *Ma liberté !*

Nous pouvons te libérer de ton corps à tout jamais, mais je suppose que ce n'est pas ce que tu voulais dire ? demanda Aubefeu.

C'était exact. An'desha avait souvent souhaité l'oubli et la mort. Mais plus maintenant !

Dans ce cas, il te faudra gagner ton corps et ta liberté, dit Tre'valen. *Même si tu fais tout ce que nous te demandons, nous ne pouvons pas te garantir que nous exaucerons ton souhait. Nous ferons de notre mieux, mais notre pouvoir est très limité. Tant d'autres forces travaillent contre nous !*

Il avait une chance de liberté. C'était plus qu'An'desha n'en avait eu depuis longtemps, et ça valait la peine de se battre.

Les deux esprits esquissèrent un geste d'encouragement.

Ce que nous te demandons de faire est assez simple. Regarde, écoute, apprends tout ce que tu peux, et rapporte-nous ce que tu découvriras. Nous te montrerons comment voir dans les pensées et les souvenirs de Fléaufaucon sans qu'il se rende compte de ta présence. Nous t'expliquerons comment te protéger et comment devenir une partie de lui, conscient de chacune de ses pensées et de chacun de ses actes. Tu deviendras un témoin invisible de tout ce qui se passera dans son esprit et autour de lui. Tu seras capable d'entrer dans ses souvenirs et d'y trouver la réponse aux questions que nous te poserons.

Cette perspective n'enthousiasmait pas An'desha. Il n'avait pas aimé le peu qu'il avait vu dans l'esprit de Fléaufaucon. Il savait que le sorcier avait fait des choses horribles au cours de sa vie, mais il n'en avait pas été le témoin. Plus Mornelithe avançait dans la dépravation, plus l'esprit d'An'desha avait été repoussé dans les limbes. Pourrait-il supporter d'avoir une expérience directe des atrocités que le sorcier noir faisait avec *son* corps ?

Les choses que tu verras ne te plairont pas, confirma Aubefeu. *Fléaufaucon est un monstre. Ce que tu devras découvrir pour nous te fera souffrir. Mais nous devrons connaître certains détails si nous voulons t'aider. Et aider ceux à qui Fléaufaucon entend faire du mal.*

S'ils voulaient arrêter Fléaufaucon, l'empêcher de faire de nouvelles victimes, comment aurait-il pu refuser ? Il avait si souvent espéré trouver un moyen d'arrêter ces atrocités. Il avait si souvent maudit son incapacité à sauver ne fût-ce qu'une créature des griffes du sorcier noir.

Le proverbe shin'a'in qui disait « Attention à ce que vous souhaitez, car vous risquez de l'obtenir » semblait parfaitement adéquat…

Malgré ses craintes, An'desha assura aux deux esprits qu'il coopérerait.

Ils lui montrèrent tout ce qu'il était possible de lui apprendre en une seule séance. Ils lui expliquèrent comment « renforcer » et rendre encore plus discret le coin de l'esprit de Mornelithe où il demeurait. Puis il lui apprirent à lire dans les souvenirs de l'Adepte sans qu'il s'aperçoive de sa présence.

Ils lui enseignèrent comment étendre ses perceptions dans l'esprit éveillé de Fléaufaucon, pour pouvoir entendre et voir tout ce que voyait l'usurpateur, et lire dans son esprit à tout moment, pas seulement quand il était occupé à autre chose.

Ils le félicitèrent de ses efforts. An'desha n'avait plus éprouvé une telle fierté depuis bien longtemps.

Après leur départ, il prit le temps d'assimiler tout ce qu'on lui avait enseigné, puis il passa à l'action.

Il augmenta la profondeur du sommeil de l'Adepte.

Cela marcha ! Une armée n'aurait pas réveillé le sorcier.

Cela ne durerait pas très longtemps… Mais An'desha était fou de joie : pour la première fois, il avait entrepris une action directe contre Fléaufaucon !

Encouragé par son succès, il réfléchit à ce qu'il allait faire ensuite.

Fléaufaucon a altéré mon corps, et pas seulement au niveau de l'apparence. Je devrais commencer par essayer de découvrir l'étendue des modifications.

Oui, c'était une bonne idée.

Il s'installa dans son refuge, fit le vide dans son esprit et se mit au travail.

CHAPITRE V

Elspeth ne pouvait pas détacher son regard des immenses conifères qui les entouraient. Ils n'étaient pas aussi grands que les arbres des Tayledras, mais bien plus que ceux des forêts de Haven.

La vallée était très petite. Les conifères grimpaient des deux côtés de la dépression. La caverne qui avait servi de terminal au Portail était derrière eux, et il y avait un champ verdoyant devant. Au contraire de la forêt, touffue et luxuriante, il n'y poussait que de l'herbe, comme si le lieu avait été artificiel.

Si l'air n'avait pas été si frais, il aurait pu s'agir d'une Vallée tayledras. Mais il n'y avait aucune trace de bouclier de protection.

Des arbres pouvaient-ils devenir si hauts sans intervention humaine ? Elle ne le pensait pas, mais elle n'était pas experte en la matière. Ventnoir ne lui avait-il pas dit un jour que les arbres des Pelagirs étaient immenses ?

S'agissait-il d'une ancienne Vallée, abandonnée des années plus tôt ? Ça expliquerait le sentiment que l'homme était intervenu dans la disposition des arbres…

Le mystère — savoir comment ils étaient arrivés là — restait tout de même entier…

Le groupe se plaça dos à dos, les griffonneaux au milieu du cercle. Ventnoir et Skif avaient lâché leurs paquets et saisi leurs armes. Vree s'envola, prêt à surveiller les alentours. Flammechant avait l'air profondément surpris.

— Je n'ai pas la moindre idée de ce qui nous arrive ! cria-t-il.

Les autres lui firent signe d'être plus discret.

Un cri d'oiseau retentit dans le lointain. Une grive. Il n'y en avait pas à k'Sheyna. Ces animaux vivaient bien plus loin au nord.

— Nous sommes quelque part au nord, dit Flammechant. Je pense que nous pouvons nous calmer. Si un ennemi voulait nous tuer, il l'aurait fait dès notre sortie du Portail. Pourtant, tout cela m'exaspère profondément !

Un rayon de soleil illumina le centre de la clairière. Sa couleur était bizarre.

Et son angle, pensa Elspeth. *C'est le matin. Le soleil n'est pas assez haut dans le ciel pour éclairer ainsi le milieu de la clairière !*

Ce n'était pas un rayon de soleil, mais une colonne de lumière qui avait surgi du sol. Une lumière dorée, comme celle que reflète la neige par un clair matin d'hiver.

Quelque chose s'agita dans les courants d'énergie magique. Elspeth renforça ses boucliers et les joignit à ceux de Ventnoir.

Quelle que soit cette étrange manifestation, elle avait probablement quelque chose à voir avec ce qui les avait arrachés à k'Treva.

Une forme prit naissance au cœur de la colonne de lumière. Les énergies magiques étaient centrées sur la silhouette lumineuse, qui faisait partie intégrante de la forêt.

Puis l'image se focalisa et un homme apparut au centre de la brume.

Un homme aux cheveux blancs et aux yeux argentés, assez beau pour rivaliser avec Flammechant.

Vêtu d'une ancienne version de l'uniforme blanc des Hérauts, il ressemblait à une statue de verre, ou…

... à un fantôme !

Les poils de la nuque d'Elspeth se hérissèrent. Elle recula, levant une main comme si elle voulait repousser la créature.

Ce n'était pas la première fois qu'elle rencontrait un esprit, mais comment savoir quels pouvoirs avait celui-ci ? Comment pouvait-elle espérer se défendre s'il décidait de l'attaquer ?

Grands dieux ! dit une voix joyeuse dans sa tête. *On dirait que vous venez de voir un fantôme !*

Jetant un coup d'œil autour d'elle, elle s'aperçut que tout le monde avait entendu la voix mentale. Ventnoir avait l'air surpris. Les griffons cachèrent leurs petits sous leurs ailes. Skif était bouche bée d'étonnement, car il n'avait pas un grand don de parole par l'esprit. Seul quelqu'un de très puissant pouvait se faire « entendre » de lui. Nyara avait l'air effrayée, et les Compagnons restaient impassibles, comme d'habitude.

Flammechant était d'une pâleur de marbre.

La première fois qu'Elspeth le voyait réellement effrayé...

Ce fut quand même lui qui se ressaisit le premier. Retrouvant quelques couleurs, il s'approcha de l'apparition.

L'homme sourit. Pour un fantôme, il était plutôt avenant !

— N'est-ce pas le cas ? demanda-t-il. N'êtes-vous pas un fantôme, mon ancêtre ?

Ancêtre ?

— Flammechant, que voulez-vous dire ? murmura Elspeth, comme si elle pensait que l'apparition ne l'entendrait pas si elle parlait à voix basse.

La voix de l'Adepte trembla.

— Ne le reconnaissez-vous pas, Elspeth ? N'avez-vous

jamais vu ce visage ? N'y a-t-il aucun portrait de votre ancêtre et du mien dans les couloirs du palais de Haven ?

L'esprit croisa les bras, l'air amusé par ce qui se passait.

— Mon ancêtre ? répéta Elspeth, se sentant stupide. Il porte un uniforme blanc de Héraut, c'est vrai, mais...

Flammechant s'empourpra.

— Elspeth, n'avez-vous pas des yeux pour voir ? lança-t-il, impatient. Regardez-le, et regardez-moi ! Il s'agit de Vanyel, notre ancêtre commun ! Le dernier Héraut-Mage, l'allié des clans.

L'apparition fit un clin d'œil.

Très bien, Flammechant !

Ferme la bouche, ma petite-fille ! Tu vas gober des mouches !

Cette dernière remarque était bien entendu adressée à Elspeth.

Vexée, elle ferma la bouche et rougit.

— Si c'est Vanyel, lâcha Skif, alors nous sommes dans la Forêt des Chagrins.

Elspeth comprit que Skif avait raison. Mais comment étaient-ils arrivés là ? Elle n'aurait pas cru qu'on pouvait créer un Portail avec des terminaux si éloignés... Et aucun d'eux, pas même Skif, n'était venu ici auparavant.

Elle était devenue folle, ou elle rêvait...

Ce n'est pas un rêve, fit Gwena, lui flanquant un petit coup de museau.

Non, dit l'apparition. *Et vous n'êtes pas devenus fous. Vous êtes dans la Forêt des Chagrins, et je suis Vanyel Ashkevron, toujours au service de la Déesse et de Valdemar. C'est moi qui vous ai fait venir ici.*

— Euh, bégaya Elspeth, je suis désolée... Je n'avais jamais vu de fantôme...

Flammechant ne dit rien, mais il regarda Vanyel d'un air accusateur. A juste titre : ce fantomatique ancêtre avait bouleversé tous leurs plans...

Si l'esprit était bien Vanyel, comme les sens magiques d'Elspeth tendaient à le lui faire penser, il était un des Hérauts les plus importants de tous les temps. Sa mort avait marqué la fin de l'ère des Hérauts-Mages.

Et si ce qu'elle avait lu était exact, il était également responsable de ce qui empêchait la magie de fonctionner ou même d'être envisagée à l'intérieur des frontières de Valdemar. Elle avait un million de questions à poser, mais elle craignait les réponses…

Pourtant, si l'apparition n'était pas Vanyel… Si c'était un piège…

Il s'agit de Vanyel, affirma Gwena. *Nous ne sommes pas tombés dans un traquenard. Il n'est pas notre ennemi. Fais-moi confiance sur ce point.* Puis elle ajouta, comme si elle se parlait à elle-même : *Ça ne faisait pas partie du plan…*

Avant qu'Elspeth ait le temps de répondre, le fantôme reprit la parole.

Beaucoup de choses n'étaient pas prévues, ma sœur. Et c'est pour le mieux. J'ai des raisons de ne pas apprécier la prédestination. Et vous feriez bien, Rolan et toi, de vous souvenir que les plans survivent rarement au premier engagement avec l'ennemi…

Gwena leva la tête ; ses yeux s'écarquillèrent, comme si elle ne s'était pas attendue à être réprimandée. Elle recula d'un pas.

Vanyel se tourna vers Elspeth.

Vous vous êtes fort bien débrouillée, pour quelqu'un qui a dû sans cesser lutter contre des « plans » concoctés sans votre accord ni votre consentement. (Il regarda Ventnoir.) *Je crois que vous dérangerez encore plusieurs « plans » avant que tout ceci ne soit terminé. Les choses devraient devenir très… intéressantes pour vous quand vous arriverez à Haven. Si ça peut vous consoler, je suis de tout cœur avec vous.*

— Charmante petite réunion de famille, dit Flammechant, acide. Je suis ravi d'avoir fait votre connaissance. Mais pourriez-vous me dire comment et pourquoi vous nous avez amenés ici ?

Je suis désolé d'avoir dû détourner votre Portail et ruiner vos plans, mais c'était la seule chance de vous voir tous ensemble. Des forces se regroupent en ce moment, et vous devez en être informés. Sinon, Valdemar sera dans une situation dramatique contre laquelle je ne pourrai rien. Bien pire que celle que le peuple du roi Valdemar a fuie, il y a si longtemps...

Elspeth sentit un frisson courir le long de son échine. Les « sentimentaux » qui prétendaient que Vanyel protégeait Valdemar depuis la Forêt des Chagrins avaient raison, après tout !

Treyvan claqua du bec, puis dit, d'une voix mesurée :

— J'ignorais que vous aviez le pouvoir de modifier la destination d'un Portail. A ma connaissance, aucun être vivant ne peut le faire...

Il s'interrompit, réalisant tout à coup que son interlocuteur n'était pas précisément *vivant.*

— Euh... Mes excuses.

Inutile de vous excuser, Treyvan. J'ai eu beaucoup de temps pour étudier la question.

Elspeth remarqua que l'image de Vanyel fluctuait, comme si le pouvoir qu'il utilisait pour maintenir son apparence n'était pas stable.

Je n'en doute pas, petit, dit Besoin. *Même si les Portails ne sont pas ma spécialité, de mon temps, quelqu'un avait appris à enlever les gens en utilisant leurs Portails.*

Vraiment ? Je n'ai donc rien découvert de nouveau, fit Vanyel, déçu. *Ma foi, ça signifie que vous pourrez tous apprendre à le faire plus tard ! Pour le moment, vous devez savoir certaines choses, et je vais vous les dire. Voilà pourquoi je vous ai détournés...*

Enlevés, oui ! grogna Besoin. *Il y a des gens, dans la Vallée des k'Treva, qui s'arrachent sans doute les cheveux d'anxiété à notre sujet. As-tu pensé à ça, petit ?*

Vanyel soupira.

Dans ce cas, Flammechant pourrait peut-être leur envoyer un message pour leur dire que tout va bien !

Flammechant se tourna vers Vanyel, l'air excédé.

— Vous ne m'avez pas laissé le temps de le faire, Ancêtre ! Si personne n'y voit d'inconvénient, je vais m'en occuper tout de suite.

Il partit à grandes enjambées vers la forêt, son dyheli sur les talons. L'oiseau-lige perché sur son épaule battit des ailes et jeta un regard méprisant à Vanyel.

Grands dieux, dit l'esprit, *je n'ai vraiment pas été délicat ! Et il est aussi susceptible que je l'étais. J'espère qu'il acceptera des excuses...*

— Oh, ne vous en faites pas pour lui ! lança Ventnoir. Je crois qu'il est surtout perturbé parce qu'il n'est plus l'Adepte le plus puissant du secteur, pour le moment ! Avoir influencé son Portail prouve que vous êtes plus fort que lui. Et vous avez réussi une entrée encore plus remarquée que les siennes !

Elspeth jeta un coup d'œil intrigué à son amant. Il semblait prendre cette apparition mieux qu'elle. Elle n'était toujours pas sûre que l'esprit était bien ce qu'il prétendait être.

En dépit de la certitude de Gwena. Les Compagnons n'étaient pas infaillibles. Etait-il possible de les tromper ?

Je semble tout aussi incapable de traiter avec les gens qu'à mon époque. (Le fantôme soupira.) *Pouvons-nous reprendre au commencement ? J'ai besoin de vous parler à tous, mais surtout à Elspeth et Ventnoir...*

Le scepticisme d'Elspeth dut se lire sur son visage, car Vanyel s'interrompit et la regarda.

Vous n'êtes toujours pas sûre que je suis qui je dis être, ni de mes motivations. Vous êtes beaucoup plus prudente que jadis.

Elle a eu un bon professeur, dit Besoin. *Moi ! Je me méfierais de l'esprit de ma mère s'il m'apparaissait avec aussi peu d'indices à mettre en évidence. « Faites-moi confiance » ne suffit pas ! Si vous voulez qu'elle vous croie, donnez-lui des preuves qu'elle puisse vérifier !*

L'esprit éclata de rire, puis se tourna vers Elspeth.

Et si je répondais à quelques questions dont personne, à Valdemar, ne connaît les réponses ?

L'héritière hocha la tête. Ce serait toujours un début…

La première question que vous vous posez concerne le « bannissement » de la magie à Valdemar. Pourquoi est-il impossible à des sorciers de rester sur nos terres, voire de penser à la magie ? Ces faits sont liés, mais la cause est différente. Le bannissement est dû à un sort que j'ai lancé, et que j'avais l'intention de modifier plus tard. Je n'ai jamais eu le temps de le faire. J'ai demandé aux vrondis *de surveiller l'utilisation de la magie. Vous savez ce que sont les* vrondis, *j'imagine ?*

— Les élémentals d'air que nous invoquons pour l'Enchantement de Vérité.

Vanyel hocha la tête.

Exact. Comme vous êtes des Hérauts, ils ne vous ennuient pas quand vous lancez le sort qui les éveille. Quand des Hérauts utilisent la magie, ils ne sont pas dérangés par les vrondis. *Si je n'avais pas pris cette précaution, ma tante Savil m'aurait chauffé les oreilles !*

D'après ce que les Chroniques disaient sur la tante de Vanyel, elle aurait même donné du fil à retordre à Kerowyn…

Si les vrondis *repéraient de la magie utilisée par quelqu'un d'autre qu'un Héraut, ils devaient observer le responsable. Je voulais modifier le sort, leur faire « illuminer » le sorcier en question pour qu'il soit facile à repé-*

rer. Je pensais que ce serait mieux que les faire simplement surveiller le coupable...

— Mais vous n'avez pas pu modifier le sort...

Exactement. Ils se contentent donc de surveiller. Plus le sorcier reste longtemps, plus de vrondis *se rassemblent autour de lui. Ça le met terriblement mal à l'aise. Pour les* vrondis, *les frontières changent sans arrêt, car elles cessent à l'endroit où il n'y a plus de Héraut de service. Voilà pourquoi des sorciers de Karse ou de Rethwellan peuvent parfois entrer à Valdemar avant d'être arrêtés. J'ai bien peur qu'en dépit de leur enthousiasme les* vrondis *ne soient pas très intelligents...*

Elspeth hocha la tête : ça semblait sensé. Les *vrondis* n'étaient pas très fiables, sauf quand on leur donnait des instructions précises.

— Mais pourquoi les gens ne peuvent-ils pas *penser* à la magie ? Les *vrondis* ne sont pas responsables de ça !

Non, c'est moi. Quelque chose que nous avons décidé quand Van et moi nous sommes retrouvés...

Une nouvelle voix mentale retentit, suivie par l'apparition d'une seconde silhouette brumeuse.

Oui, c'était l'idée de Stef, dit Vanyel, confirmant l'identité du deuxième fantôme. *Explique-leur pourquoi,* ashke.

Parce que nous avions du mal à persuader le peuple d'abandonner l'idée erronée que les Hérauts-Mages étaient supérieurs aux Hérauts qui avaient d'autres dons. Les gens semblent croire que la magie guérit tous les maux. Certains pensaient que le roi cachait les Hérauts-Mages quelque part, les gardant pour ses besoins particuliers, ou réservant leur pouvoir à ses amis et à ses favoris. Nous avons jugé qu'il valait mieux que les gens « oublient » qu'il existait autre chose que la magie mentale à Valdemar...

Une troisième forme plus grande apparut derrière les deux hommes.

Yfandes ! pensa Elspeth, reconnaissant le Compagnon de Vanyel.

Le cheval-esprit hocha la tête. Sans un mot, Gwena et Cymry le suivirent dans la forêt.

Elles ont des choses à se dire, annonça Vanyel. *Gwena, même si elle née dans le Bosquet, est aussi faillible que n'importe quel mortel.*

— Elle est *quoi* ? glapit Elspeth.

Ventnoir se gratta l'oreille, assourdi par le cri de la jeune femme.

Née dans le Bosquet ? Visiblement, quelque chose l'avait forcée à oublier ça aussi. Elspeth songea que ça dépassait tout !

Bizarrement, cela la convainquit que Vanyel était ce qu'il disait être. Aucune créature étrangère à Valdemar ne pouvait savoir ce qu'était un Compagnon né dans le Bosquet.

Oui, elle est née dans le Bosquet. Ils ont « oublié » de vous prévenir de ça aussi, j'imagine ? Pour votre bien... C'est pourtant simple, Elspeth : vous deviez devenir le premier des nouveaux Hérauts-Mages. Ils ont pensé que vous aviez besoin de quelque chose de mieux qu'un Compagnon ordinaire. Ça m'énerve toujours de voir le peu de confiance que les gens se font ! Maintenant qu'Yfandes l'a emmenée loin de vous, je vous expliquerai ce qu'elle ne vous dirait peut-être pas sur les Compagnons nés dans le Bosquet. Soyez gentille avec Gwena, Elspeth : pour un Compagnon, comparée à Sayvil, par exemple, elle est très jeune. A vrai dire, elle a le même âge que vous. Et elle fait toutes les erreurs que commettent les êtres jeunes. Mais comme elle est née dans le Bosquet, elle croit toujours que ses décisions sont les bonnes. Elle oublie qu'elle n'a pas d'expérience réelle...

Elspeth ne se sentit pas mieux disposée pour autant. Mais elle s'était habituée à Gwena et à ses défauts. Elle ne changerait pas, et Elspeth savait désormais lire entre les lignes de ce que son Compagnon « oubliait » de lui dire. De plus, c'était sa meilleure amie depuis si longtemps…

L'idéal serait que je puisse parler avec les deux griffons adultes en même temps qu'avec Elspeth et Ventnoir. Comme nous devons discuter magie, autant que ce soit avec tous les mages ! Cette vallée est bien abritée. Rien ne peut entrer ou sortir sans mon autorisation. Les griffonneaux pourraient prendre un peu d'exercice...

Hydona éclata de rire.

— Si Rris accepte de les surveiller, je suis d'accord !

Le kyree hocha la tête.

Bien entendu, gente dame. Je peux continuer les leçons de chasse si vous le désirez.

Les deux griffonneaux levèrent la tête. Soudain, leurs visages enfantins eurent l'air aussi sauvage que celui des adultes. Elspeth les trouvait tellement mignons qu'elle en oubliait leur nature de carnivores. C'étaient des rapaces, comme Vree, et ils prenaient grand plaisir à la chasse et à la capture de leurs proies. Pour l'instant, cela ne leur arrivait pas très souvent…

— Bien, dit Hydona. Une leçon de chasse me semble une excellente idée.

Rris emmena les petits.

La conversation n'est ni secrète ni privée, dit Vanyel en regardant Skif et Nyara, *mais une bonne partie sera technique. Vous pouvez rester si vous le désirez...*

— Non, merci, lâcha Skif. Je ne suis pas intéressé. Je préfère ne rien savoir !

— Mes capacités sont celles d'un Apprenti, d'après ce que dit Besoin, ajouta Nyara. Je perdrais mon temps à écouter discuter des mages plus puissants.

Et moi, je suis trop vieille pour apprendre de nouveaux tours, renchérit Besoin. *Pour ne rien vous cacher, je sais des choses que votre peuple a oubliées. Faites votre confé-*

rence. Vous n'aimeriez pas que je vous pose des questions toutes les deux minutes !

Ventnoir ricana.

Van, je peux les emmener aux sources, proposa Stefen.

Skif et Nyara suivirent le tourbillon de brume dorée.

Flammechant revint un instant plus tard, l'air impassible mais les yeux étincelants.

— Mère m'a dit que vous êtes trop vieux pour vous montrer aussi discourtois, annonça-t-il. Vous devriez avoir appris de meilleures manières. Elle consentira à vous pardonner si vous m'enseignez ce que vous avez fait et comment se défendre contre une telle interférence. S'il existe une défense.

Elspeth eut le sentiment que le fantôme se retenait de rire.

D'accord, dit-il. *Après tout, c'est le moins que je puisse faire. Mettez-vous tous à l'aise...*

Les griffons s'allongèrent sur l'herbe épaisse. Elspeth et Ventnoir s'en servirent comme dossiers.

La première chose que je veux vous expliquer concerne ce que j'appelle le Réseau. Je l'ai créé parce qu'il restait trop peu de Hérauts-Mages pour assurer le rôle de Gardiens. Il y en avait quatre, qui demeuraient à Haven et surveillaient les frontières. J'ai modifié ça en liant les Hérauts et les Compagnons dans un réseau de communication inconscient. Quand il y a un danger, les Hérauts doués de prémonition peuvent alerter ceux qui sont en position d'agir. C'est par ce moyen que tous sont informés de la mort de l'un d'entre eux. Et ça permet aux vrondis *de savoir où sont les Hérauts.*

— Nous avons fait des choses de ce genre, dit Hydona, mais seulement pendant de courtes périodes. Nous n'avons jamais pu rendre la connexion inconsciente.

C'est grâce aux Compagnons. Ils sont déjà liés. Je n'y serais pas arrivé sinon. Mais je n'avais pas prévu que le

Réseau durerait aussi longtemps. Le sort des vrondis *s'est érodé avec le temps. Les attaques aux frontières l'ont affaibli. Je serai obligé de le défaire avant que quelqu'un le brise et nuise aux* vrondis. *Il dépendra de vous de le lancer de nouveau plus tard.*

Heureusement qu'ils étaient bien reposés et bien nourris ! Sinon, Elspeth aurait demandé un ajournement de la séance pour réfléchir à tout ça. C'était logique. Si quelqu'un blessait les *vrondis,* ils risquaient de quitter Valdemar. Ça ferait plus de tort au pays que d'annuler le sort.

— Dans ce cas, les sorciers pourront passer les frontières de Valdemar, dit Elspeth. *Beaucoup* de sorciers…

Exactement, fit Vanyel, l'air ravi. *Je ne me contenterai pas de retirer le sort. Je dois construire un Portail pour vous renvoyer chez vous. Cela me prendra pas mal d'énergie. Pendant quelque temps, je devrai me concentrer sur la frontière sans être capable de faire autre chose. Pas même la diversion que j'avais imaginée avec l'aide des Kal'enedral pour faire croire à Fléaufaucon qu'un autre Adepte cherchait une alliance avec lui.*

Ventnoir leva un sourcil. Elspeth savait déjà que les Kal'enedral étaient dans le coup. L'assistance de Vanyel avait sans doute rendu la ruse plus efficace.

— Et Ancar ? Il sera informé de l'instant où le sort sera brisé.

Ancar, oui. Et d'autres. Vous devrez avertir votre peuple, par l'intermédiaire de Gwena et Rolan, que la barrière est sur le point d'être abaissée. Je le ferai juste avant de vous renvoyer chez vous. De cette façon, les vôtres seront préparés à des incursions magiques. Je ne pense pas qu'Ancar pourra réagir immédiatement. Il aime les plans grandioses, et ça prend du temps…

— Même s'il voit la barrière s'effondrer, il n'aura probablement personne sous la main pour agir. Il n'accorde pas une grande confiance à ses « sorciers puissants ».

Quand la barrière sera tombée et que vous serez rentrés chez vous, je ne pourrai rien faire pour vous, dit Vanyel. *Parlons maintenant de la nouvelle pierre-cœur qui a élu domicile dans le palais, à Haven...* (Flammechant leva les yeux, aussitôt intéressé.) *J'ai ancré le pouvoir dans la pierre que j'utilisais pour centrer le Réseau. Vous la trouverez dans la partie la plus ancienne du palais, un atelier de travail abandonné depuis longtemps. Elle est au milieu d'une table enracinée dans le sol. Mais elle n'est pas encore activée. Je l'ai accordée sur Flammechant...*

Au grand soulagement de Skif, à mesure qu'ils s'éloignèrent de la clairière, Stefen se fit de moins en moins éthéré, jusqu'à avoir l'air presque normal — si on oubliait qu'on voyait à travers lui.

Nous y voilà, dit Stefen. *J'ai pensé que vous aimeriez cet endroit. Il est si romantique !*

Au cœur d'une minuscule vallée moussue, une petite cascade se déversait dans un bassin bordé de pierre juste assez grand pour deux. Des fleurs délicates poussaient tout autour.

Skif eut le sentiment que Stefen était pour quelque chose dans la création de ce lieu, et qu'il attendait une réaction.

— C'est ravissant. Je n'ai rien vu d'aussi joli, pas même dans la Vallée des k'Sheyna.

Stefen eut l'air content.

Je suis intervenu sur les plantes et les arbres, dit-il. *Pas comme le font les Frères du Faucon, mais... Je suis content que vous l'appréciez.*

— Si je peux me permettre une question, fit Skif, comment se fait-il que Vanyel et vous soyez restés là si longtemps ?

Oh, dit Stefen, un peu embarrassé. *Par sens du devoir, je suppose. Nous avons éliminé la magie de Valdemar. Jusqu'à ce que les gens soient prêts à accepter le don des mages comme un don parmi d'autres, il fallait que quelqu'un s'assure qu'un sorcier noir comme Leareth ne déciderait pas d'attaquer Valdemar avec une armée d'acolytes. Van ne pensait pas que ses barrières tiendraient contre un Adepte. Voilà pourquoi nous sommes là.*

— Je suppose que vous avez l'intention de faire quelque chose pour éduquer les prochains Hérauts-Mages ? avança Skif.

Seulement s'il n'y a pas d'autre moyen. Nous n'avions pas escompté que Gwena brouillerait les cartes de cette façon ! De toute façon, nous étions trop occupés pour prêter une grande attention à ce qui se passait au sud. Du moins, jusqu'à ce qu'Elspeth manifeste ses dons de mage.

— Comment l'avez-vous su ?

Elle fait partie de la lignée de Van. Il a autrefois lancé à ses parents un sort permettant de savoir si quelqu'un essayait de les transformer en grenouilles ou de les écrabouiller. Celui-là aussi a duré beaucoup plus longtemps que prévu.

— Vanyel est peut-être un mage plus puissant qu'il ne le croit, dit Nyara.

Stefen lui sourit.

Quand Elspeth a commencé à travailler sa magie dans la Vallée, cela a attiré son attention. Il voulait faire quelque chose, mais ses pouvoirs sont limités par la distance. Il a réussi à aider les Shin'a'in à perturber ce maudit Fléaufaucon. Il a cassé toutes ses vitres et les a remplacées par du verre rouge. Puis il lui a envoyé des roses noires portées par un oiseau de feu... Nous nous sommes bien amusés. Mon préféré reste le presse-papier en cristal avec le château et la neige. Même Yfandes en a ri.

— J'imagine, dit Skif. Quel sont vos plans pour nous, maintenant ?

Van voulait que je vous parle. Il dit que je me débrouille mieux pour tout ce qui est affectif. Il a peur que… Bref, il sait que les choses ne seront pas faciles pour vous deux. Vous le savez, intellectuellement. Mais vous n'êtes pas vraiment préparés à ce qui arrivera.

— Je me sentirais mieux si tu me disais qui sont ces gens, Skif, fit Nyara d'une voix plaintive. Flammechant et toi leur faites confiance, mais…

Skif se frappa le front.

— Oh, par les feux de l'enfer, Nyara, je n'avais pas pensé à ça !

Vous n'en avez pas eu le temps, souligna Stefen. *Pourquoi ne pas tout lui raconter, et je compléterai les parties que vous ne connaissez pas.*

Voilà, conclut Stefen d'une voix joyeuse. *Vous avez constaté par vous-même que les récits affirmant que Van, Yfandes et moi sommes restés dans la Forêt des Chagrins sont vrais. On s'est bien amusés, croyez-moi ! Certaines personnes ne sont peut-être pas faites pour le Paradis !*

Skif sourit. Stefen rendait tout ça si simple !

Il lui sembla aussi percevoir quelque chose entre eux, un sentiment de familiarité, comme si le barde et lui étaient de vieux amis pouvant tout se dire et tout se pardonner.

— Skif, dit Nyara, hésitante, peut-être suis-je trop hardie, mais il me semble que ce que Vanyel et Stefen ont affronté… pour leur relation personnelle… ressemble un peu à notre situation.

J'en suis persuadé, répondit Stefen. *Et Van aussi. C'est pour ça que je voulais vous parler. On pourrait croire que tout est devenu idyllique quand nous nous sommes rencontrés, mais c'est faux. Il passait beaucoup de temps loin de moi et les raisons de se disputer ne manquaient pas. Vous vous feriez du mal si vous attendez la perfection. Elle ne dure généralement pas plus d'un jour ou deux. Van voulait aussi que je vous dise quelque chose, Nyara. Votre père n'est pas sain d'esprit. Les fous font des choses que personne ne peut prévoir. Ce qui vous est arrivé n'est pas votre faute. Un père capable de faire ça est un monstre, rien d'autre.*

Skif et Besoin essayaient depuis longtemps de lui dire la même chose, mais Nyara eut tout à coup l'impression qu'une lumière s'allumait en elle. Skif comprit pourquoi. Un étranger parlait comme ceux qui avaient de l'affection pour elle. De plus, un spectre avait probablement un esprit plus ouvert qu'un humain encore vivant.

Skif sut qu'il ne devait pas être jaloux du fait que le soulagement de Nyara vienne de Stefen et non de lui.

Mais il ne put s'empêcher de ressentir une pointe d'envie.

Ce ne sera pas la dernière fois que vous serez jaloux, mon vieux, dit Stefen. *Elle ne peut rien à ce qu'elle est. Certains la trouveront désirable à cause de son aspect exotique. D'autres penseront qu'elle sera incapable de leur résister. Elle a été modifiée par son père dans un unique but. Vous avez devant vous des moments difficiles.*

La jalousie de Skif se mua en désespoir. Comment pourrait-il espérer garder Nyara, quand ils arriveraient à Valdemar et qu'elle rencontrerait d'autres gens ? Que pouvait-il lui offrir pour qu'elle reste avec lui ? En tant que Héraut, il avait des missions à remplir. Il lui serait impossible de rester près d'elle pour la protéger des curieux et des méchants…

Ne vous faites pas plus idiot que nécessaire, coupa Stefen. *D'abord, elle vous aime. Ensuite, vous serez le seul à la désirer pour ce qu'elle est,* est, *pas à la convoiter comme un objet. Elle a eu son compte de ça, croyez-moi !*

Skif sursauta. Il aurait même rougi si Stefen n'avait pas continué la conversation normalement, comme s'il ne s'était pas interrompu pour parler en privé au jeune homme.

Etre lié pour la vie n'est pas quelque chose de si génial, dit Stefen. *C'est souvent inconfortable et parfois dangereux.*

Skif avait souvent envié Talia et Dirk. Comment Stefen pouvait-il dire une chose pareille ?

— Je croyais qu'un lien pour la vie était souhaitable, objecta Nyara. La manifestation ultime de l'amour.

C'est ce que prétendent les bardes et les poètes ! Mais ça a plus à voir avec la compatibilité qu'avec l'amour. De plus, quand on est lié pour la vie, les choix sont limités à ce que les deux *partenaires souhaitent, car si l'un d'eux est malheureux, l'autre l'est aussi. Il faut deux personnalités équilibrées pour que ça marche, sinon le plus passif se fera dévorer mentalement par l'autre.*

— Ça ne semble pas très agréable, grogna Skif. Ni très romantique. On dirait plutôt une maladie !

Stefen éclata de rire.

Je n'irais pas jusque-là ! Mais être lié pour la vie arrive rarement, et c'est tant mieux !

— Dire que j'envie Talia depuis des années… (Voyant l'air étonné de Stefen, Skif ajouta :) Le Héraut de la Reine…

Bien sûr ! Celle qui a le don d'empathie ! Yfandes a failli la gifler, autrefois, quand elle faisait ses crises de nerfs…

Avant que Skif puisse exprimer sa surprise, Stefen continua.

Je l'aimais bien… Elle s'est liée pour la vie ? Je vous parie que je peux vous décrire son partenaire. Fort, gentil, intelligent, prévenant et plutôt introverti. Le genre d'homme sur qui on peut compter. Les enfants et les animaux l'adorent...

— C'est bien Dirk ! s'exclama Skif.

Ça confirme ce que je disais. L'amour réclame du travail. On ne sait pas en permanence ce que pense l'autre, donc il faut savoir s'excuser quand on fait une erreur. Mais ça vaut la peine de se battre pour le garder ! Si Van et moi sommes un couple uni par l'amour autant que par le lien pour la vie, c'est que nous sommes très différents. Nous avions des choses en commun, mais ça n'était pas évident au début. Van et moi, nous sommes fiers d'être différents et d'avoir appris tant de choses nouvelles l'un de l'autre. Vous avez la même possibilité. Sachez en profiter !

Avant que Skif ait le temps de réagir, Besoin intervint.

Tout ça est bien beau, mais vous parlez de Skif ! Supposez-vous que ce jeune rustre a assez d'imagination pour reconnaître que les différences sont positives ?

— Bien sûr qu'il a de l'imagination ! cria Nyara. Comment peux-tu dire quelque chose d'aussi stupide ?

Il a autant d'imagination que de sensibilité, continua Besoin, comme si Nyara n'avait rien dit. *Je crois que vous lui accordez plus de qualités qu'il n'en a...*

Skif resta muet. Il pensait avoir compris l'intention de Besoin.

Stefen se tut aussi.

Nyara tira son arme du fourreau. Besoin continua à insulter Skif. Quand elle en fut à railler ses prouesses sexuelles, Nyara la jeta loin d'elle, l'air dégoûté. Puis elle se rapprocha de Skif.

Bien, dit Besoin d'un ton satisfait. *Si je n'arrive pas à ébranler votre relation, personne n'y parviendra !*

Exactement, ma dame ! approuva Stefen. *Vous voyez, Skif ? Le cœur de Nyara vous appartient. Et je sais de quoi je parle : pour un barde, le cœur est un sujet d'étude obligé ! Nyara, il vous fait assez confiance pour vous lais-*

ser mener votre propre bataille et gagner, même contre lui. L'amour est autant fait de confiance que de dévotion.

Nyara se détendit. Puis elle éclata d'un rire un peu hystérique.

— Espèce de bout de ferraille vicieux, tu m'as encore fait marcher !

Skif sourit.

L'amour « parfait » n'existe pas. Van et moi, nous nous disputons encore de temps en temps. J'ignore si la perfection est possible, même au paradis !

Construisez sur les fondations que vous avez, petits, dit Besoin. *Elles sont solides. Il vous reste à bâtir votre maison dessus. Mais ne vous inquiétez pas si la porte est trop grande ou s'il y a de la poussière sur la cheminée ! Assurez-vous surtout que les murs et le plafond sont sains et qu'on y rit souvent. Peu importe le reste.*

— Je crois que nous serons capables de faire ça, dit Skif. En tout cas, nous ferons de notre mieux.

Il serra la main de Nyara, sans se soucier des griffes qui terminaient ses doigts.

— Oui, dit-elle, souriante. Et nous réussirons.

CHAPITRE VI

Devant l'entrée de la caverne, Treyvan enroula sa queue autour de sa croupe et attendit sa compagne. Il voulait s'entretenir avec elle sans être entendu par un certain fantôme très porté à fourrer son nez dans les affaires des autres…

Il y avait deux jours qu'ils étaient dans la Forêt des Chagrins. Il leur avait fallu ce délai pour préparer le Portail et pour que Vanyel annule les sorts de protection. Quand ce moment arriverait, cela donnerait aux griffons l'impression d'un changement de pression atmosphérique avant un orage.

Valdemar avait été prévenu. Une escorte attendrait Elspeth et ses amis à la sortie du Portail.

Le seul endroit que Vanyel connaissait assez bien pour y ancrer un Portail était l'entrée de la chapelle familiale du manoir Ashkevron. Elspeth n'avait pas pu assurer à Vanyel que le palais était encore tel qu'à son époque. Mais rien ne changeait jamais au manoir Ashkevron. Les nouvelles générations ajoutaient des bâtiments, mais elles ne modifiaient pas les structures existantes. On prétendait qu'un fantôme mécontent viendrait hanter ceux qui oseraient oublier cette coutume.

Flammechant avait d'abord hésité à suivre Elspeth à Valdemar. D'autant plus que des responsabilités l'attendaient chez lui.

Vanyel avait écouté ses objections. Puis il avait assené l'argument décisif.

Il est du devoir des Tayledras de « guérir » les lieux où la magie a été pervertie. D'autant plus pour un Adepte-guérisseur comme vous.

— Exact, avait reconnu Flammechant.

Ce devoir n'inclut-il pas d'empêcher le mauvais usage de la magie ?

— Je suppose, oui.

Qu'arriverait-il si la pierre-cœur de Haven tombait entre les mains des sorciers noirs d'Ancar ? Ou si ce pouvoir était mal utilisé par ignorance ? Un Adepte-guérisseur ne doit-il pas aussi se préoccuper de prévention ?

Treyvan avait vu Elspeth réprimer un sourire.

— Mon beau-père est capable de « percevoir » l'état de la terre, comme certains membres de la famille royale de Rethwellan. Il dit qu'Ancar a fait des choses horribles à la magie de la terre, en Hardorn. Lors de la dernière guerre, il a traversé un endroit où la magie avait été tellement altérée que rien ne survivait. Il a été malade simplement pour avoir traversé ce lieu.

Flammechant blêmit.

— C'est du chantage ! grogna-t-il. (Quand Vanyel ne répondit pas, mais continua de le regarder d'un air accusateur, il ajouta :) Mais je sais aussi que c'est vrai. J'ai peur d'imaginer ce que mon clan pensera de moi après tous ces changements de projets !

Maintenant, c'était au tour de Treyvan et d'Hydona de faire un choix similaire. Ils avaient déjà accompli pas mal de choses. Assez, peut-être ?

Hydona atterrit avec grâce près de son compagnon.

— Ne me dis rien, ordonna-t-elle. Je crois deviner le problème. Tu voudrais que nous accompagnions la jeune Elspeth et son ami Ventnoir, c'est ça ?

Les yeux de Treyvan s'arrondirent de surprise.

— Comment le sais-tu ? Je n'ai rien dit !

— C'est vrai, mais tu as bu les paroles de Vanyel, et les poils de tes oreilles ont frémi chaque fois que quelqu'un a parlé de griffons au nord de Valdemar.

Elle secoua la tête, délogeant une plume de sa crête.

Un peu vexé, Treyvan dut reconnaître qu'il n'avait probablement pas été très subtil. Mais il brûlait de savoir ce qui était arrivé aux griffons qui combattaient dans l'armée du sorcier Urtho. La moitié n'avait jamais atteint le Portail qui emmena les Kaled'a'in en sécurité, avant la chute de la forteresse d'Urtho. Certains étaient sans doute morts au combat, mais une partie avait dû s'échapper grâce aux Portails créés par les sorciers de l'armée d'Urtho.

Pour découvrir ce qui était arrivé, il fallait essayer de retrouver ces griffons.

— Nous sommes des mages, dit Hydona, et les petits ont tous les deux le don. Nous devons les former. Alors, pourquoi ne pas en instruire d'autres en même temps ?

— Des Hérauts, par exemple ? demanda Treyvan.

L'idée lui en était venue, mais il fut content de voir qu'Hydona y avait pensé de son côté.

— Je crois que ça ferait du bien aux petits d'avoir de la concurrence. Et ça pourrait nous gagner des alliés de valeur.

Le bec d'Hydona s'entrouvrit, imitant un sourire.

— C'est exactement mon idée ! J'ai déjà dit à Vanyel que si tu acceptais de venir, je ne m'opposerai pas à ce changement de plan.

Il fit semblant de lui arracher une plume.

— Impertinente ! Tu as fait des suppositions…

— … parfaitement justifiées ! Je te connais…

— Très bien, dit Treyvan. J'aurais aimé voir le lac Evendim, mais ça sera pour une autre fois. Tu peux prévenir Vanyel que nous partirons avec Elspeth et avec notre fils sans plumes.

Hydona entreprit de lui lisser les ailes.

Treyvan ferma les yeux et se laissa cajoler.

Ancar sursauta au son de la voix féminine familière.

— Quelle agréable surprise ! Je ne m'attendais pas à vous trouver ici !

Un frisson courut le long de l'échine d'Ancar. Quand Hulda se montrait aussi agréable, c'était parce qu'elle voulait quelque chose, ou qu'elle s'apprêtait à l'affronter.

Il se redressa, chassant sa peur. Il n'avait aucune raison de craindre cette femme ! Elle n'était pas plus puissante que l'Adepte qu'il avait en son pouvoir…

Il sourit et lui fit une révérence ironique, mais son esprit était troublé. Que voulait-elle ? Avait-elle découvert l'existence de Fléaufaucon ? Il avait été si prudent… Personne n'approchait de la créature, excepté les serviteurs qu'il contrôlait.

— Mon cher professeur, quel plaisir de vous voir, après si longtemps. J'ai cru que votre nouvel ami accaparait tout votre temps…

— Assez tourné autour du pot, petit ! Nous savons tous deux que vous avez manipulé des énergies magiques que vous n'auriez pas dû *effleurer* ! Vos cafouillages ont créé dans le flot d'énergie des perturbations qui m'ont posé des problèmes avec mes propres sorts.

— Mes « cafouillages » ? De quoi parlez-vous ?

Ancar sentit de la sueur couler entre ses omoplates. Il espéra qu'Hulda ne pourrait le remarquer.

— N'essayez pas de me mentir, mon garçon ! Vous avez joué avec un sort bizarre trouvé dans un de vos grimoires incomplets. Lequel ? (Avant qu'Ancar ait le temps d'ouvrir la bouche, elle lâcha :) Je vais vous le dire : vous avez essayé de construire un Portail !

Il la regarda sans comprendre. La femme le foudroya de son étrange regard mauve.

— Vous n'avez pas assez de bon sens pour avoir peur d'un Portail ! Savez-vous ce que ce passage vous aurait fait si vous ne l'aviez pas arrêté avant ? Il vous aurait avalé vivant ! Construire un Portail sans savoir où doit se trouver le terminal est plus que de la folie : c'est un suicide ! Vous avez eu une chance incroyable de vous en tirer vivant, jeune abruti !

Il baissa la tête et prit l'air humble, écoutant en silence ses réprimandes.

Mais il était intérieurement surexcité. Et il ne voulait pas qu'elle mesure ce qu'elle lui avait révélé sans le vouloir.

Le Portail n'était pas un moyen de se connecter à l'énergie des nodes, mais une porte qui le conduirait instantanément à l'endroit qu'il désirait.

Elle venait de lui offrir une arme incroyablement puissante. Il imaginait déjà des centaines de façons d'utiliser ces Portails.

Déplacer des armées entières, entrer dans une forteresse, obtenir ce qu'il voulait…

Pendant qu'elle pestait contre lui, il s'avisa qu'elle n'avait pas compris qu'il avait arraché quelque chose au Portail.

Elle semblait penser qu'il l'avait senti se retourner contre lui comme un scorpion prêt à frapper, et qu'il avait aussitôt annulé le sort.

Il resta impassible, répondant quand elle posait une question, mais très attentif à ce qu'il disait. Plus longtemps il garderait secrète l'existence de Fléaufaucon, mieux ça vaudrait.

Il pourrait travailler avec lui sans craindre Hulda.

Puis, quand il aurait retrouvé ses forces…

J'introduirai Fléaufaucon à la cour en disant que c'est un envoyé de l'ouest, bien plus loin que Valdemar. Elle essaiera de le séduire, j'imagine. Peut-être devrais-je la laisser faire… Ou lui ordonner à lui de la séduire. Ça pourrait donner des résultats intéressants…

Quand la colère de la femme fut épuisée, elle s'arrêta de faire les cent pas et se planta devant lui.

— Regardez-moi ! ordonna-t-elle.

Il leva les yeux lentement, comme s'il avait toujours peur.

— Ne lancez plus *jamais* ce sort ! Il n'est pas à votre portée. Et il est bien plus dangereux que vous l'imaginez. De plus, il est clair que vous n'avez pas toutes les connaissances requises. Un sort mal compris est plus néfaste pour celui qui l'invoque que pour les autres. Avez-vous bien compris ?

Il hocha la tête, l'air soumis.

— Oui, Hulda.

Elle le dévisagea, mais ne vit rien qui aurait pu la faire douter de son obéissance.

— Souvenez-vous-en ! cria-t-elle, avant de quitter la salle dans un tourbillon de jupes de velours.

Ancar eut du mal à cacher son enthousiasme. Si Hulda avait identifié le sort par les remous dans le flot d'énergie, son prisonnier pourrait lui en apprendre bien plus !

Il avait hâte de l'interroger.

Mais il se retint.

Hulda le faisait certainement surveiller. S'il partait maintenant, il la conduirait à son Adepte captif.

Il continua donc sa tâche : exhumer une carte de l'ouest et du sud, incluant Valdemar et le peu qu'on savait sur cette région. Si Fléaufaucon venait de là, peut-être reconnaîtrait-il l'endroit.

La carte était au fond du coffre, couverte de poussière. Ancar la déroula pour s'assurer qu'elle était toujours lisible. Puis il la réenroula et la glissa dans un tube de transport.

Il ne partit pas tout de suite voir son prisonnier, s'occupant d'abord de régler différents problèmes domestiques. Puis il écouta le rapport de son sénéchal et du trésorier. Enfin, il lut les missives venant des mages qui surveillaient la frontière de Valdemar.

Ensuite, il quitta la partie centrale du palais et se dirigea vers l'aile où il avait fait installer Fléaufaucon dès qu'il avait récupéré un peu.

Un garde et deux serviteurs avaient semblé l'observer jusque-là, mais plus personne ne l'espionnait maintenant.

Il sourit et avança un peu plus vite vers son but.

Ses nouveaux quartiers étaient plus convenables encore que les précédents, même s'ils n'étaient pas aussi luxueux que dans sa forteresse. L'appartement se trouvait dans une partie ancienne du palais d'Ancar, mais il avait été décoré et meublé avec soin, pour abriter le genre d'« invité » que le roi jugeait important.

Cela adoucit un peu l'humeur de Fléaufaucon. Mais Ancar n'avait pas neutralisé les sorts de contrainte, et son corps n'avait pas retrouvé toute sa force, loin s'en fallait.

Il était assis dans un fauteuil rembourré. Des fruits et du vin attendaient sur une table à portée de main. Les fenêtres étaient fermées sur ordre d'Ancar, mais de nombreuses chandelles éclairaient la pièce.

Le roi vint lui faire sa visite quotidienne et l'abrutit de questions.

— Je ne peux pas vous répondre adéquatement si vous ne m'expliquez pas la situation, dit l'Adepte avec plus de patience qu'il n'en avait.

Il parlait d'une voix calme, presque hypnotique. Il avait essayé la séduction quelques jours plus tôt, pour tenter de convaincre le gamin de le libérer d'une partie des sorts de contrainte. Rencontrant une résistance étonnante, il en avait conclu que quelqu'un, dans la vie du roi, avait utilisé ces mêmes techniques contre lui, et qu'il avait appris à y résister parce qu'il ne faisait plus confiance à cette personne. Fléaufaucon devrait se servir d'armes plus subtiles…

Les mots.

C'était exaspérant, car ça demanderait du temps et de la patience.

La résistance indiquait qu'une personne contrôlait jadis le jeune idiot et avait peut-être toujours la capacité de le faire.

C'était probablement une jolie femme, vu ce qu'il savait d'Ancar.

Il devait se renseigner.

Et découvrir qui en avait appris assez à ce gamin pour qu'il soit capable d'invoquer un Portail, même brièvement.

Ancar détourna le regard, gêné par l'examen de Fléaufaucon. On aurait dit que le gamin trouvait anormale la patience de son captif. La lumière des chandelles illuminait son visage, qui ne révélait aucun des excès auxquels il se livrait, et dont les serviteurs parlaient en frissonnant.

Ses propres serviteurs murmuraient-ils des histoires sur lui ? se demanda le sorcier. Probablement. Mais peu importait. Les rumeurs renforçaient la peur.

Et la peur rendait obéissant.

— Je ne comprends pas ce que vous voulez dire, grogna Ancar.

— Vous me posez beaucoup de questions sur la magie, d'une manière très désordonnée. Je ne vois aucune logique dans ce que vous voulez savoir. Pourtant, il doit y en avoir une. Si vous m'indiquez ce qui motive vos questions, je pourrai vous fournir des réponses plus adaptées.

Ancar réfléchit un moment.

— J'ai des ennemis, dit-il enfin.

Fléaufaucon ricana.

— Vous êtes un roi. Tous les souverains ont des ennemis. Vous devez être plus clair si vous voulez que je vous aide. Vos ennemis sont-ils à la cour, dans votre royaume ou en dehors ?

Fléaufaucon remarqua que le jeune homme avait sursauté à la mention d'ennemis « à la cour ». Donc, des forces agissaient contre lui dans son palais. La femme qui l'avait un jour contrôlé ?

— Les ennemis de la cour sont ceux qui m'ennuient le plus, dit Ancar.

L'Adepte hocha la tête.

— D'anciens amis, je présume. Peut-être plus que ça… Des amantes ?

Ancar sursauta de nouveau.

— Une amante, oui, admit-il.

— Ces ennemis-là sont les plus amers et les plus insistants. Quand ils haïssent, ils essaient de se venger avec plus de haine que les autres.

Le gamin se détendit, faisant comprendre à Fléaufaucon qu'il n'avait pas vu juste, cette fois.

— Elle est assez bête pour ne pas avoir réalisé que *vous* la haïssez ! Elle a perdu son pouvoir sur vous, mais elle ne le sait pas encore. Pourquoi la laissez-vous vivre, si vous en avez assez d'elle ?

La question prit Ancar au dépourvu, à tel point qu'il y répondit par la vérité.

— Parce qu'elle est trop puissante pour que je me débarrasse d'elle !

Trop puissante ? Le roi ne pouvait pas parler d'un pouvoir séculier, car il régnait en despote absolu. Les serviteurs l'avaient confirmé.

Restait une seule chose. La femme était une sorcière plus forte qu'Ancar. Trop douée pour être détruite.

Voilà pourquoi il lui fallait un allié de la même envergure.

Le tableau devint très clair.

— Votre professeur ! Quelle bêtise de prendre son élève comme amant ! Cela aveugle le mentor, tandis que l'élève poursuit des objectifs qui ne correspondent pas aux siens. Et cela l'incite aussi à croire que l'amour ou la luxure sont suffisants pour que l'élève soit aveugle et sourd à ses défauts.

Ancar sursauta de nouveau. Puis il se reprit.

— Je suis abasourdi par votre aptitude à lire dans le cœur des autres, dit-il. Tous les Adeptes sont-ils comme vous ?

— En aucun cas ! Si votre amante avait eu cette faculté, elle n'aurait jamais perdu votre affection. Vous seriez toujours sous son contrôle.

Ancar eut l'air gêné à l'idée que quelqu'un l'avait un jour contrôlé. Mais il ne nia pas ce qu'impliquait le discours de Fléaufaucon : la femme était une Adepte.

L'amertume du roi n'était pas étonnante : un être aussi orgueilleux devait trouver difficile d'admettre que quelqu'un pouvait le dominer.

Surtout une femme.

Fléaufaucon avait connu autant d'Adeptes hommes que femmes, mais il avait toujours pris soin d'éliminer ses rivales aussi vite que possible, avant qu'elles comprennent qu'il était une menace. Il était plus facile de prédire les réactions des concurrents de même sexe.

Cela modifia les plans du sorcier. Ancar n'était pas le plus dangereux : c'était la femme.

— Parlez-moi d'elle, demanda Mornelithe. Dites-moi tout ce que vous savez. (Voyant Ancar hésiter, il ajouta :) Je ne pourrai pas vous aider si je ne sais pas tout.

Cela décida le roi.

Les informations dont Fléaufaucon avait besoin se déversèrent dans son esprit attentif…

Il parvint à cacher l'étonnement qu'il éprouva à quelques reprises. Hulda était une Adepte de grande puissance, s'il en jugeait par le récit de son élève.

Elle était deux ou trois fois plus âgée qu'elle le paraissait. Ce n'était pas forcément une illusion. Fléaufaucon était bien placé pour le savoir. Une certaine modération dans les vices, et surtout l'accès à des victimes à qui prendre leur force vitale, permettait à un Adepte de vivre très vieux en gardant sa jeunesse. Il devait payer sa longévité un jour ou l'autre, mais comme Ma'ar l'avait appris, le temps gagné lui permettait parfois de trouver d'autres solutions pour échapper à la vieillesse et à la mort.

Hulda avait d'abord tenté de corrompre la jeune héritière de Valdemar. Avait-elle conscience du potentiel de la gamine ? Probablement. Un Adepte n'aurait pas eu de mal à détecter que la petite deviendrait un mage extraordinaire. Pas étonnant qu'Hulda ait d'abord essayé avec Elspeth, avant de se tourner vers Ancar, en désespoir de cause.

Ancar ignorait que la tentative d'Hulda avait été déjouée. Elle avait implanté dans l'esprit du roi l'illusion qu'elle avait abandonné Elspeth quand elle s'était aperçue de son existence.

Fléaufaucon cacha son amusement. Inutile de laisser le gamin savoir combien cette idée était ridicule ! Exaspérer son geôlier ne lui rapporterait rien.

Après avoir été chassée de Valdemar, Hulda s'était tournée vers Hardorn, trouvant un matériau adéquat dans l'héritier de ce royaume-là. Elle avait contrôlé le roi jusqu'à une date très récente.

Elle s'était montrée stupide, oubliant que les choses changent. Négligeant son étudiant, elle s'était laissé aller à d'autres amourettes. Puis elle avait fait à Ancar des promesses qu'elle n'avait pas tenues. Le roi avait exercé ses pouvoirs et il avait aimé ça.

Puis il avait réalisé qu'il ne serait jamais aussi puissant qu'Hulda. Pas tant qu'elle vivrait.

Donc, de partenaires et alliés, ils étaient devenus des ennemis luttant en silence pour la suprématie.

Fléaufaucon joua avec son gobelet et écouta le récit sans intervenir. Il ne laissa pas voir le mépris que lui inspirait ce minable roitelet, avec ses dons limités de sorcier. En d'autres circonstances, il aurait été capable d'écraser le gamin comme une grappe de raisins mûrs.

Il le pouvait encore ! Il suffisait que les sorts de contrainte se relâchent un peu…

Il prit vite conscience du peu qu'Ancar savait sur la magie. Hulda lui en avait appris le moins possible. Maintenant, il était obsédé par l'idée de maîtriser les Portails. Si Fléaufaucon n'avait pas craint que les sorts de contrainte lui nuisent si le roi mourait, il l'aurait encouragé dans cette voie. Ce crétin ne comprenait pas qu'il n'avait pas la moindre chance de contrôler un véritable Portail ! Il n'en avait pas la force. Et il n'avait pas réalisé que le Portail devait mener à un endroit qu'il connaissait, pas vers n'importe quel lieu de son choix.

Il ne croyait pas que l'énergie servant à construire un Portail venait de *lui-même* et pas d'un node ou d'une autre source extérieure.

S'il continuait ainsi, il se ferait tuer. Ç'aurait été amusant. Mais la possibilité qu'il draine Fléaufaucon de son énergie pour se sauver était réelle. Et il lui serait difficile d'y survivre dans son état actuel.

Le sorcier s'efforça de dissuader le jeune homme, gentiment mais fermement. Il lui fit remarquer qu'Hulda savait qu'il avait lancé le sort, et qu'elle détecterait toute tentative ultérieure.

— Patience, conseilla-t-il. Nous devons d'abord nous débarrasser de cette femme. Ensuite, je vous apprendrai les secrets de la magie supérieure.

Le visage d'Ancar s'éclaira.

Fléaufaucon lui sourit.

— Vous pouvez me débarrasser d'elle ?

— Le moment venu. Quand j'aurai récupéré complètement. Je dois étudier la situation, et analyser sa personnalité. L'idéal serait que vous trouviez un moyen de m'introduire à la cour, où je pourrai l'observer directement. Cela me permettra de repérer les failles de son armure…

— J'avais prévu de vous présenter comme un ambassadeur d'un allié potentiel de l'ouest. Vous devrez lui cacher vos pouvoirs, bien entendu…

— Ça va de soi. Mais tout ça devra attendre que j'ai recouvré la santé. Je suis épuisé… Et je perds mon énergie si facilement…

Les yeux de Mornelithe se fermèrent.

Si le gamin se laissait flouer par son apparente coopération, il finirait peut-être par relâcher les contraintes.

Il pourrait toujours dire qu'elles sapaient inutilement son énergie, retardant son rétablissement.

Peut-être les retirerait-il sans y être poussé, ravi que Fléaufaucon devienne son allié ?

Qui sait ?

Peut-être s'allierait-il *vraiment* au gamin ?

Pour un moment…

CHAPITRE VII

An'desha se sentait comme *sali*. Les esprits l'avaient averti qu'il trouverait des choses déplaisantes dans les souvenirs de Fléaufaucon. Mais rien ne l'avait préparé aux horreurs qu'il découvrit lors de sa première incursion dans le passé du sorcier.

Après son « retour », il s'était réfugié dans sa cachette et s'était blotti dans un coin, nauséeux et déprimé. Rien ne lui permit d'oublier ces images. Il resta ainsi jusqu'à l'arrivée d'un serviteur d'Ancar. Le roi avait de nouveaux plans pour son prisonnier. L'homme emmenait Fléaufaucon dans de nouveaux quartiers.

Cela secoua An'desha. Il n'avait pas prêté beaucoup d'attention à Ancar jusque-là, mais il commença à se poser des questions.

Le roi voulait quelque chose de Fléaufaucon : la connaissance et le pouvoir. Peut-être était-il seulement ambitieux ? Trouverait-il un allié parmi ce peuple ? Quelqu'un qui l'aiderait à vaincre Fléaufaucon et à reprendre le contrôle de son corps…

Après tout, les Shin'a'in pensaient que la Déesse aidait ceux qui faisaient de leur mieux pour se sortir d'affaire.

Quand le sorcier fut installé dans ses nouveaux appartements, An'desha garda ses « oreilles » ouvertes aux commérages des serviteurs, espérant en apprendre plus sur le roi.

Quand il écouta les questions que le roi posa à Mornelithe, An'desha comprit qu'il n'était pas plus puissant que l'Adepte. Pire, il était une version plus jeune mais aussi dépravée de son geôlier.

Ancar se souciait peu des autres, excepté dans la mesure où ils pouvaient l'aider à atteindre ses buts. Il s'intéressait seulement à lui-même, à sa puissance et à ses plaisirs. S'il apprenait l'existence d'An'desha, il s'en servirait contre son prisonnier. Ou il lui révélerait son existence, s'il pensait pouvoir y gagner quelque chose.

An'desha nourrit quelque espoir quand il entendit parler de la mystérieuse rivale du roi. Mais la description lui fit bien vite comprendre qu'Hulda n'était pas meilleure qu'Ancar.

Il en apprit plus sur elle qu'il n'avait envie d'en savoir. Ancar répondit aux questions de Fléaufaucon en mentionnant des détails horribles. La femme était encore plus monstrueuse que son élève. Séduire et corrompre celui qu'elle avait mission d'éduquer était la moindre de ses transgressions...

Aucun Shin'a'in ne serait jamais tombé aussi bas qu'Ancar.

Aucun n'aurait même osé *imaginer* que quelqu'un fût capable de la moitié de ce que Fléaufaucon avait fait.

Combien les plaines Dorisha, arides mais propres, lui manquaient dans ces moments ! Il aurait embrassé avec joie la vie de berger. Même si son peuple l'avait forcé à devenir chaman, il n'aurait jamais eu à connaître ces horreurs ni à savoir que son propre corps avait commis ces atrocités... Il n'aurait pas eu besoin de craindre les prochains souvenirs qu'il piraterait, sachant qu'ils seraient pires que les précédents...

Le jeune Shin'a'in se terra plus profondément dans l'esprit de Fléaufaucon. *Non, dans* mon *esprit,* s'insurgea-t-il.

Il essaya de contenir son dégoût et de cacher sa présence pendant la conversation avec Ancar. An'desha ne s'était jamais senti si jeune et si terrifié de sa vie. Si Fléaufaucon le découvrait, en dépit des protections que les esprits lui avaient appris à ériger, il le pulvériserait.

Mais les protections tinrent bon. Soit Fléaufaucon était moins puissant qu'il ne le pensait, soit les esprits l'étaient plus qu'ils le disaient.

Ancar partit. La prétendue fatigue de Fléaufaucon se transforma en véritable épuisement. Pendant qu'il somnolait dans son fauteuil, An'desha sortit de sa cachette et regarda la flamme d'une bougie en réfléchissant.

Ancar était répugnant. Mais les Shin'a'in disaient qu'on pouvait utiliser n'importe quoi comme arme en cas de besoin, y compris les plus écœurantes. An'desha pourrait-il tromper le roi assez longtemps pour se libérer ?

Oui, je pourrais me faire connaître de lui puis le convaincre que j'ai plus de pouvoir que Mornelithe.

Si tout marchait bien, il récupérerait peut-être son corps. Mais quelle raison aurait Ancar de lui faire plus confiance qu'à Fléaufaucon ? De plus, il n'avait aucune expérience pratique de sorcier et la magie le terrifiait. Si le roi demandait une preuve de son pouvoir, il ne pourrait rien lui montrer.

Inutile de chercher du côté de la femme. Elle n'était pas meilleure qu'Ancar. Et c'était une Adepte. S'il l'aidait à « éliminer » Fléaufaucon, elle finirait probablement le travail en le tuant aussi.

La dernière possibilité, aussi révoltante fût-elle, était de se dévoiler à Fléaufaucon et de passer un marché avec lui. Les « contraintes » qui ennuyaient tant l'Adepte ne concernaient pas An'desha. Si Fléaufaucon restait passif, donnant simplement des directives, An'desha pourrait peut-être les libérer tous les deux de l'emprise d'Ancar…

Mais ce marché n'arrangerait pas beaucoup ses affaires.

Il serait toujours prisonnier de l'esprit du sorcier, essayant de ne pas voir les atrocités du monstre simplement pour garder son simulacre de « vie »…

En supposant que Fléaufaucon respecte sa part du marché. D'après ce qu'An'desha avait découvert, rien n'était moins sûr.

Il n'avait pas le choix : il devait rester tranquille et suivre les instructions des Avatars.

C'est la seule chose intelligente à faire. Je dois les aider, et espérer qu'ils pourront m'aider.

C'est un bon choix, petit, dit la voix de Tre'valen dans son esprit.

An'desha sursauta et regarda autour de lui. Il n'y avait rien. Tre'valen et Aubefeu ne se manifestaient pas souvent physiquement depuis leur première apparition. Il savait pourquoi : ces phénomènes créaient des perturbations qu'un sorcier pouvait repérer.

Laisse Fléaufaucon dormir, dit le chaman-esprit. *Rejoins-nous sur les Sentiers Lunaires, où il ne pourra pas nous voir ni nous entendre.*

Soulagé, An'desha abandonna son emprise sur le corps qu'il partageait avec le sorcier et se concentra sur la direction que Tre'valen lui avait enseignée : *dedans mais dehors*. Il éprouva un moment de confusion, un vertige, comme s'il tombait et volait en même temps. Puis il fut debout sur une étendue de sable blanc, dans un monde fait de brume et de lumière.

Tre'valen et Aubefeu l'attendaient. Leur aspect était celui d'humains ordinaires, excepté qu'ils brillaient d'une douce lumière intérieure. Mais ils étaient plus facile à « voir » ici. Aubefeu sourit. En dépit de son allure exotique, elle ressemblait assez à une éclaireuse shin'a'in pour qu'An'desha se sente à l'aise en sa présence.

Mais quand il regardait les esprits dans les yeux, l'illusion d'humanité disparaissait, car ceux-ci n'avaient pas de pupille et ressemblaient à un ciel nocturne étoilé.

Les yeux de la Guerrière. La preuve qu'ils étaient à son service.

Il essaya d'éviter leur regard. Ce ne fut pas trop difficile, puisqu'il avait tendance à contempler ses mains croisées en parlant avec eux.

Sur les Sentiers Lunaires, son corps ressemblait à ce qu'il était avant de quitter son clan et son foyer, pas à l'étrange créature semi-animale que Fléaufaucon en avait fait.

— Nous allons t'enseigner une nouvelle technique, dit Tre'valen, pour te permettre de contrôler et de déplacer le corps de Fléaufaucon quand il dort, sans risquer de le réveiller.

La main mentale d'Aubefeu effleura son esprit, y déposant la connaissance.

Il prit le temps nécessaire pour s'assurer qu'il pourrait s'en servir correctement. Une telle capacité lui faciliterait la vie, car il ne craindrait plus que l'Adepte s'éveille à tout moment s'il avait faim ou quelque autre besoin corporel.

Et elle lui donnerait plus de temps pour étudier l'usurpateur. Ainsi, il serait plus tranquille quand il irait sur les Sentiers Lunaires. Car il craignait que l'Adepte, s'il s'éveillait pendant son « absence », sente la différence à son retour.

— Sois patient, An'desha, conseilla Tre'valen. Nous savons que tu es tenté de trouver une façon plus rapide de te débarrasser du monstre. Notre méthode est la plus sûre et nous ne pouvons quand même pas te la garantir entièrement. Nous te donnons seulement une *chance*. Mais elle est honorable. Les autres chemins que tu as envisagés le seraient beaucoup moins. Aucun de ces gens ne mérite ton aide, comme tu l'as bien compris. Même si tu essayais de te servir d'eux, tu t'engagerais sur un chemin périlleux et déshonorant.

Tre'valen avait raison, bien entendu. Et il s'était retrouvé dans cette galère parce qu'il avait jadis fait un choix sans se soucier de l'honneur…

— Si tu es très prudent, dit Aubefeu, tu pourras peut-être les vaincre tous. *Elle* le sait. *Elle* te fait confiance. Souviens-toi des cavaliers noirs.

C'était pour ça que les Kal'enedral leshy'a avaient « raté » Fléaufaucon lors de la bataille du nid des griffons. Parce qu'ils connaissaient l'existence d'An'desha.

Tre'valen et Aubefeu ne lui mentaient pas : ils venaient lui porter secours. La Déesse voulait l'aider, à condition qu'il ne reste pas inactif. Il ne devait pas se laisser décourager par ses craintes et ses incertitudes, ni contaminer par les horreurs qu'il voyait dans l'esprit du sorcier.

Il devait aider ceux qui soutenaient l'honneur, la bonté et la dignité, même si…

Il se figea un instant.

Même si ça signifie abandonner tout espoir de récupérer ma vie, mon corps et ma liberté.

Il y avait des choses pires que la mort. Après avoir plongé dans l'esprit de Fléaufaucon, il le savait. Il serait pire qu'un animal s'il choisissait la survie plutôt qu'une chance d'éliminer ce monstre.

Il avait peur, mais il était sûr de lui, maintenant.

Et déterminé.

Une main brillante effleura la sienne. Une autre s'y joignit. Il regarda les deux Avatars, leurs mains jointes sur les siennes. La chaleur de leur amitié réchauffa son cœur.

— Merci, An'desha, dit Tre'valen.

Le jeune homme comprit que l'Avatar avait suivi sa lutte intérieure et qu'il approuvait ses conclusions.

— Nous ne voulions pas te forcer à prendre cette décision, mais nous pourrons désormais te parler plus ouvertement, dit Aubefeu. Regarde…

Elle prit entre ses mains un peu de la brume dorée qui

flottait autour d'eux. Le brouillard scintilla. Des silhouettes se formèrent. An'desha en reconnut beaucoup, vues dans les souvenirs de Fléaufaucon.

Il y avait deux Frères du Faucon. Le premier était Ventnoir k'Sheyna, le fils de l'Adepte que Fléaufaucon avait corrompu.

Il ne reconnut pas le deuxième, mais il était d'une beauté à couper le souffle.

— Flammechant k'Treva, un Adepte-guérisseur, dit Aubefeu. C'est ton allié, même s'il ne le sait pas encore. C'est lui qui est venu à l'aide de k'Sheyna.

Un étrange sentiment saisit An'desha pendant qu'il regardait le jeune homme. Il aurait aimé être plus qu'un *allié* pour cet être au visage si séduisant…

Les silhouettes s'effacèrent, remplacées par deux autres. Il en reconnut une : l'étrangère venue du nord, celle que Fléaufaucon convoitait à cause de son potentiel de mage. Les deux jeunes gens étaient vêtus de blanc et montaient des chevaux aux yeux bleus.

— Elspeth et Skif. Ce sont des Hérauts, et des alliés des Tale'sedrin, précisa Tre'valen.

S'ils étaient des amis des clans, An'desha devait les aider.

Puis une jeune femme prit la place des Hérauts. Une version féminine de Fléaufaucon armée d'une épée. Il se souvenait d'elle, pour avoir été le témoin involontaire des horreurs perpétrées sur son corps.

— Nyara !

Elle est aussi ma fille en un sens, puisque la chair qui l'a engendrée est la mienne, mais je n'ai rien à voir avec ce que Fléaufaucon lui a fait. Je ne l'ai pas torturée et elle est de mon sang. Une Shin'a'in sans clan. Quelles responsabilités ai-je envers elle ?

Ce n'était pas la première fois qu'il se posait cette question, mais il n'avait jamais eu le sentiment de pouvoir *faire* quelque chose…

Il se sentit très jeune et désarmé. Son corps avait plus d'un demi-siècle, mais son esprit était resté celui du gamin qui avait fui son clan et ses responsabilités.

— Oui, dit Aubefeu. Elle est libérée de son père et sera prête à t'aider de son mieux. Elle a un compte à régler avec Fléaufaucon.

Enfin, deux griffons émergèrent de la brume. Fléaufaucon vouait une haine féroce et irrationnelle aux griffons, surtout à ces deux-là : ils l'avaient vaincu et lui avaient échappé à plusieurs reprises. Le sorcier noir aurait fait n'importe quoi pour les détruire.

— Treyvan et Hydona, dit Tre'valen. Tout aussi prêts à t'aider que Nyara. Il a tenté de corrompre leurs petits, entre autres abominations.

Aubefeu ouvrit les mains. La brume se dispersa.

— Ces gens sont tous tes alliés, An'desha. Ils approchent de ce pays. Ils vont à Valdemar, le royaume des ennemis d'Ancar.

An'desha ne vit pas le rapport avec sa situation.

— Ancar est en guerre avec les Valdemariens. Il prévoit une autre attaque pour tenter de les écraser. Il a été incapable de les vaincre par le passé. Voilà pourquoi il convoite les pouvoirs et l'enseignement de Fléaufaucon. Il veut devenir Empereur de plusieurs royaumes, mais Valdemar se dresse sur son chemin. Les gens que nous t'avons montrés viennent aider à défendre le pays d'Elspeth. Nous utiliserons un intermédiaire en qui ils ont confiance pour leur faire savoir que Fléaufaucon est ici.

— Ils sauront que Fléaufaucon est leur principal ennemi. Que devrais-je faire pour les aider à vaincre ? Je ne peux pas l'empêcher de coopérer avec Ancar s'il le décide !

— Observe-le, dit Aubefeu. Plonge dans les profondeurs de sa mémoire. Apprends tout ce que tu peux sur lui, sur Ancar, sur Hulda et sur leurs projets. Nous le transmettrons à tes alliés. Tu seras l'espion que personne ne pourra découvrir, l'agent idéal, puisque tu auras accès aux souvenirs et aux pensées de ton ennemi. Dans tout ce que tu découvriras, *quelque chose* permettra à tes alliés de vaincre Ancar, et surtout Fléaufaucon.

Ça ne voulait pas dire qu'ils pourraient l'aider... Il s'aperçut aussi d'une étrange omission. Ni Aubefeu, ni Tre'valen n'avaient mentionné le fait que ces gens seraient informés de *sa présence*...

— Vous n'avez pas parlé de moi, dit-il, un peu inquiet.

Tre'valen détourna le regard.

— Nous ne pouvons pas leur révéler ton existence, dit Aubefeu, à la fois déterminée et gênée. Nous en informerons notre intermédiaire, qui s'en doute déjà. Mais si nous disons aux autres que tu vis dans le corps de Fléaufaucon, ils pourraient hésiter...

Elle s'interrompit. An'desha continua pour elle.

— ... à le tuer si nécessaire. C'est ça, n'est-ce pas ?

— L'intermédiaire saura, dit Tre'valen. A elle de décider si elle doit les mettre au courant. Pour l'instant, elle pense qu'il ne vaut mieux pas.

— An'desha, nous t'avons promis de faire de notre mieux pour te libérer et te sauver ! dit Aubefeu. Nous ne te mentons pas. Mais tu as accepté les risques inhérents à notre plan...

Il soupira. C'était exact. Une fois sa parole donnée, pas question de revenir dessus. Ils avaient raison. De plus, il n'avait pas le choix. Tout valait mieux que passer sa vie emprisonné dans son propre corps, forcé de regarder Fléaufaucon commettre des atrocités sans rien pouvoir faire pour l'arrêter...

— Quoi qu'il arrive, nous serons à tes côtés, dit Tre'valen.

Cela fit fondre ses dernières hésitations comme neige au soleil. Il n'était plus seul. S'il devait périr dans l'aventure, il aurait ses amis auprès de lui…

— Bien, dit-il. Il est temps que je remplisse ma part du marché. Voici ce que j'ai appris sur Ancar…

Le récit prit étonnamment peu de temps. Les deux Avatars écoutèrent en silence. Quand la liste des atrocités cessa, An'desha leur rapporta aussi ce que Fléaufaucon en avait pensé. Ancar avait fait de son mieux pour le choquer, mais il n'avait pas réussi. A côté de lui, estimait l'Adepte noir, Ancar était un chiot qui commençait à peine à se faire les dents.

— Les choses pourraient être pires, dit Aubefeu. Fléaufaucon s'intéresse davantage à récupérer ses forces et son pouvoir qu'à aider Ancar. Il ignore que les Valdemariens rentrent chez eux. Donc Valdemar n'est pas une priorité dans son esprit. Je suppose qu'il essaiera de voir s'il peut se faire une alliée d'Hulda. Et il n'a rien appris d'utile à Ancar, ce qui est excellent ! Il a l'intention de ne lui donner aucune information d'importance. C'est parfait.

An'desha soupira.

— Oui. Quand je pense à ce qu'il a fait pour obtenir et renforcer son pouvoir…

Il frissonna. Tre'valen lui effleura l'épaule.

— Je peux adoucir ces souvenirs, si tu le souhaites. Les rendre moins immédiats.

— Te faire prendre conscience qu'ils font partie du passé, ajouta Aubefeu, sans te les faire oublier complètement, ce qui ne serait pas bien. Tu perdrais une partie de ton âme si tu devenais insensible aux souffrances des créatures dont Fléaufaucon s'est servi.

— Je me contenterai de mettre une certaine « distance » entre ces souvenirs et toi, si tu le désires vraiment…, dit Tre'valen.

— Oui, je vous en prie ! cria An'desha.

Tre'valen effleura son esprit.

L'impression de souillure qu'il éprouvait depuis qu'il avait « visité » la mémoire de Fléaufaucon s'estompa un peu.

Il faillit pleurer de soulagement. Il se sentit de nouveau « propre » intérieurement et la nausée qui ne l'avait pas quitté jusque-là s'arrêta.

— Tu as désormais l'impression que ces souvenirs, même s'ils restent clairs, ne t'appartiennent pas. C'est la vérité : ce sont ceux de Fléaufaucon, pas les tiens. Le problème, c'est qu'ils étaient dans l'esprit que tu partages de force avec lui, et que cela les a rendus beaucoup plus présents pour toi.

— Pouvez-vous…, commença-t-il.

Il s'interrompit, comprenant que Tre'valen lui avait déjà appris comment « neutraliser » ces souvenirs quand il en découvrirait de nouveaux.

Aubefeu sourit.

— Tu es un bon élève, An'desha. Tu fais honneur à tes professeurs.

Il baissa la tête, intimidé.

Avant qu'il puisse répondre, quelque chose l'avertit qu'il devait retourner dans le corps qu'il partageait avec Mornelithe : le sorcier était sur le point de s'éveiller.

Il ferma les yeux et se concentra sur le dehors et le dedans…

Il ouvrit les yeux, ceux de Fléaufaucon, toujours endormi dans son fauteuil rembourré. Sans l'avoir consciemment décidé, An'desha avait mis en application les dernières leçons de ses professeurs. Il était aux commandes.

Il lui suffisait d'être prudent, de ne pas faire un mouvement ou un bruit trop soudain qui pourraient alerter l'Adepte.

Pour la première fois depuis des années, le jeune homme avait le contrôle de son corps. Il n'était plus un passager invisible relégué dans un coin. Ses sens lui parurent plus définis. Il prit conscience que son corps était endolori et trop maigre, la plupart de ses réserves s'étant consumées lors du terrible séjour dans le vide, entre les Portails. Pas étonnant que Fléaufaucon passe son temps à manger et à dormir et se fatigue encore si facilement !

Une sensation de soif intense l'avait ramené. Lentement, il tendit la main vers le pichet de vin coupé d'eau posé sur la table. Il se versa un gobelet et le but.

Puis il éprouva un sentiment de triomphe. Il avait agi *personnellement.* Pour la première fois, il avait réussi à se déplacer sans avoir l'impression que Fléaufaucon s'éveillerait pendant qu'il bougeait.

An'desha s'émerveilla de sentir le gobelet dans sa main. *Sa* main, enfin !

Il lui fallait réfléchir à beaucoup de choses.

Pour le moment, il ne se sentait pas capable de replonger dans les souvenirs de Fléaufaucon.

Plus tard, quand le sorcier noir serait endormi d'un sommeil naturel, pas induit par An'desha…

Oui, il aurait le temps à ce moment-là.

Pour l'instant, une autre tâche l'attendait.

Il s'était senti très jeune, peu de temps auparavant.

Il l'avait été, d'une certaine façon.

Maintenant, le moment arrivait de devenir adulte.

Il y appliqua sa volonté.

CHAPITRE VIII

Elspeth avait l'impression que sa tête allait éclater, un peu comme au début, quand Besoin et Ventnoir lui enseignaient la magie.

Ou comme quand elle était apprentie Héraut…

Toutes ces informations se bousculaient dans sa tête. Elle arriverait à les trier, elle le savait…

Mais autant commencer par un plan simple, sachant que même le plus élémentaire peut échouer…

D'abord, nous traverserons le Portail, puis Vanyel dissipera les protections de Valdemar, afin que les mages puissent travailler sans devenir fous. Puis, nous rallierons Haven aussi vite que possible. Ça ne semble pas bien compliqué…

Mais de nombreuses variables pouvaient survenir.

Quand les vrondis *ne surveilleront plus les sorciers, Valdemar sera extrêmement vulnérable. Je dois voir avec Vanyel s'il peut baisser la barrière de l'est en dernier.*

Mais le risque faisait partie de la vie. D'autres choses pouvaient aller de travers. Par exemple, les communications. Elspeth donnait une information à Gwena, qui la transmettait à Talia par l'intermédiaire de Rolan. Un système complexe qui pouvait avoir ses failles…

Normalement, deux Hérauts devaient les attendre au manoir Ashkevron, après avoir averti la famille de la création prochaine d'un Portail. Restait à savoir s'ils avaient persuadé les Ashkevron d'être prudents au moment où le Portail s'ancrerait chez eux. Ces types étaient têtus comme des mules et ils ne croyaient pas à la magie…

La famille Ashkevron élevait toujours des chevaux, ce qui ne surprit pas Vanyel quand Elspeth le lui dit.

Les miens ont toujours été enclins à respecter les traditions..., avait commenté Vanyel.

Aux yeux d'Elspeth et de la reine, c'était plutôt de l'obscurantisme que du respect des traditions. Toute nouveauté, quelle que fût son utilité, était mal vue par les Ashkevron. La plupart restaient sur les terres familiales ou à proximité, même après s'être mariés. Ils n'étaient plus aussi prolifiques qu'au temps de Vanyel, mais toujours aussi obstinés et incrédules.

La lignée n'avait pas fourni de Héraut lors de la dernière génération. Bien que les Ashkevron ne comprennent pas qu'on puisse vouloir quitter le domaine familial, grâce à Vanyel, c'était désormais une *tradition* : si quelqu'un n'était pas heureux dans le domaine, il partait. Il y avait deux membres de la famille parmi les gardes royaux, plus un apprenti barde et un Guérisseur d'âge avancé.

Elspeth essaya d'imaginer les Hérauts tenter de convaincre le seigneur Ashkevron…

Vous dites qu'ils sortiront par la porte de la chapelle ? Mais comment y arriveront-ils ?

Le Héraut devrait répondre qu'il ne le savait pas, mais qu'ils viendraient vraiment *par là...*

Et, quand le Portail s'ouvrirait...

Elspeth espérait que les membres de la famille se tiendraient assez loin le temps que tout le monde sorte…

Penser à tout ce qui pouvait aller de travers lui donna mal à la tête. Fermant les yeux, elle se frotta les tempes.

Quand elle les rouvrit, elle vit Ventnoir la regarder d'un air inquiet. Elle sourit. Il lui serra la main.

Ils se réunirent de nouveau dans la clairière, devant l'entrée de la caverne de leur arrivée.

Vanyel était là, son image réduite à une brume aux contours vaguement humains. Tout son pouvoir servait à la construction du Portail. Même Flammechant disait qu'il n'aurait jamais osé tenter l'expérience.

Pourtant, savoir que Vanyel les avait amenés dans sa forêt à travers une plus longue distance encore les rassurait un peu…

L'entrée de la caverne s'obscurcit, puis l'image d'un couloir aux murs de pierre apparut au centre.

Des gens qu'ils ne connaissaient pas regardaient dans leur direction, l'air sidéré…

— Le Portail est ouvert ! Traversons vite ! cria Flammechant.

Tout le monde savait que maintenir un Portail de ce type demandait une quantité incroyable d'énergie, même pour un être surnaturel comme Vanyel.

Les Compagnons passèrent les premiers, suivis par leurs Elus. Ventnoir et Flammechant se précipitèrent sur leurs talons, leurs oiseaux-liges sur l'épaule. Enfin, Nyara, le dyheli de Flammechant et Rris traversèrent. Les quatre griffons fermèrent la marche.

Gwena et Cymry continuèrent à galoper après avoir traversé. Elles récupéraient plus vite que les humains de la désorientation inhérente à l'utilisation d'un Portail.

Elspeth sentit le vertige la prendre quand elle traversa. Elle vit des gens crier, mais n'entendit rien.

Elle émergea du vide dans une cacophonie de cris et d'exclamations.

Elle regarda autour d'elle, essayant de comprendre ce qui se passait.

Les Compagnons avaient fait reculer la foule.

Mais la pièce n'était pas très grande. C'était une sorte

d'antichambre devant la porte de la chapelle. Dans le couloir, un peu plus loin, une foule criait et s'agitait.

Apparemment, les Ashkevron considéraient leur arrivée comme un événement digne d'être fêté. Tous les gens du domaine étaient venus voir le miracle…

Ce fut du moins ce que pensa Elspeth. Il y avait trois Hérauts devant les curieux, leurs uniformes blancs étincelant sous la lumière des lampes à huile, et non deux comme on l'avait annoncé à Elspeth. Elle n'en reconnut aucun, mais les Hérauts qui travaillaient sur le terrain venaient rarement à Haven, et elle ne les connaissait pas tous.

Elle avait espéré qu'un des Hérauts délégués pour les accueillir serait un ami, Jeri ou Sherril, voire Kero…

Derrière eux, une centaine de personnes essayaient d'avancer vers les nouveaux venus pour les saluer.

Puis Ventnoir et Flammechant émergèrent du Portail, suivis par Nyara, le dyheli, Rris et…

… Les quatre griffons…

La foule paniqua.

Le tonnerre retentit, noyant une partie des cris, mais pas tous…

Je crois qu'on a oublié de leur parler de Treyvan et d'Hydona...

La foule resta figée un instant. Puis chacun partit à la course, essayant de se mettre à l'abri.

Il ne resta plus que les trois Hérauts, livides, qui protégeaient la retraite des Ashkevron.

Elspeth resta immobile, partagée entre le rire et l'hystérie.

Les trois Hérauts n'étaient pas armés, mais les griffons ne bougeaient pas.

A ce point, ils s'étaient sûrement demandé pourquoi les Compagnons n'intervenaient pas. Ils regardèrent les bêtes légendaires, ne sachant que faire…

Le Portail se ferma sur un dernier roulement de tonnerre.

Personne ne bougea.

Elspeth ouvrit la bouche pour expliquer la situation, puis elle y réfléchit à deux fois.

Treyvan était un ambassadeur. Elle lui laisserait faire son travail…

Il ouvrit le bec.

Les Hérauts reculèrent comme s'ils craignaient d'être mordus.

— J'en déduis que vous ne vous attendiez pas à notre présence…, dit-il dans un valdemarien parfaitement intelligible en dépit de son accent étranger.

La politesse de Treyvan rassura bientôt les trois Hérauts, Cavil, Shion et Lisha. Comme Elspeth l'avait escompté, le griffon eut bientôt la situation en main. Les Hérauts rirent (un peu jaune) de la peur qu'ils avaient éprouvée.

Dès que les choses se calmèrent, Elspeth suggéra qu'ils entrent dans la chapelle, où ils auraient plus de place pour se retourner.

Comme beaucoup de chapelles privées, celle-ci n'avait pas de sièges et peu de décorations. Il y avait seulement un autel de pierre à une extrémité et des chandeliers fonctionnels.

Gwena et Cymry ouvrirent la marche, suivies par le dyheli. Ils s'installèrent près de l'autel. Les oiseaux-liges voletèrent dans la charpente et entreprirent de lisser leurs plumes. Les griffons conduisirent leurs petits dans une alcôve latérale.

A ce moment, le seigneur Ashkevron reparut, armé jusqu'aux dents et vêtu d'une antique armure. Elspeth aurait éclaté de rire si la témérité de l'homme ne l'avait pas sidérée.

Elle s'interposa entre les griffons et lui.

— Mon seigneur ! cria-t-elle. Il n'y a aucun danger. Ce sont des invités de Valdemar. On aurait dû vous prévenir de leur arrivée.

L'homme baissa son épée, l'air incertain.

— C'est vous qui le dites ! fit-il en regardant les griffons d'un œil inquiet.

Elspeth lui assura qu'elle ne mentait pas, puis lui expliqua la situation.

Il avança prudemment.

A ce moment, Treyvan leva la tête.

— Bonjour, dit-il d'une voix amicale. Pouvons-nous abuser de votre hospitalité et rester en ces lieux, mon bon seigneur ? Je crains que nous n'effrayions vos chevaux si nous approchons de vos écuries. Je ne voudrais pas les paniquer.

Cela suffit à calmer le seigneur Ashkevron. Un monstre qui ne voulait pas faire peur à ses précieux chevaux ne devait pas être si mauvais que ça…

Il partit expliquer ce qui se passait aux membres de sa maisonnée. Leurs invités n'étaient pas des monstres. Ou s'ils l'étaient, c'étaient des monstres *alliés* à Valdemar…

Lisha se plaignit auprès d'Elspeth du manque de préparation de l'affaire.

Elspeth comprit que ses craintes étaient justifiées : personne n'avait mentionné les griffons. En fait, on n'avait rien dit aux trois Hérauts, excepté que Skif et Elspeth revenaient. Celui qui les avait avertis n'avait pas été capable d'expliquer *comment* ils arriveraient…

L'orage se déchaîna dehors, effrayant davantage les gens qui avaient fui devant les monstres. Elspeth décida que de plus amples explications attendraient que le seigneur Ashkevron ait réuni et calmé toute sa maisonnée.

Il fallut des heures pour retrouver et apaiser tout le monde. La plupart des gens avaient cru que Skif et Elspeth *fuyaient* les griffons quand ils étaient sortis du Portail !

Persuadés que les monstres les dévoreraient tous, ils s'étaient cachés un peu partout dans le manoir. Il fallut les débusquer un par un et leur expliquer qu'ils ne risquaient rien. Seul l'orage violent les avait empêchés de s'éparpiller dans tout le domaine.

Comme on pouvait s'y attendre, les griffonneaux finirent par convaincre les derniers récalcitrants qu'ils n'étaient pas des monstres avides de dévorer tout le monde.

Dès que les choses se furent un peu calmées, ils entreprirent de se livrer à un de leurs jeux favoris, une bataille pour rire à laquelle Ventnoir se joignit de bon cœur. Il n'y avait rien d'effrayant dans leurs jeux enfantins. Le seigneur Jehan Ashkevron fut bientôt plié de rire.

Quand la crise fut réglée, Elspeth et Skif se renseignèrent pour savoir où en étaient les choses, à la fois au domaine et dans le royaume. Elspeth pestait contre ceux qui avaient « omis » de parler des griffons... Heureusement, après eux, le dyheli et Nyara ne semblèrent pas si menaçants aux membres de la maisonnée. Chacun pensa que Rris était un grand chien. Elspeth ne jugea pas utile de corriger cette erreur.

Mais elle aurait été bien en peine d'expliquer pourquoi elle éclatait de rire aux commentaires mentaux de Rris...

La nuit était tombée quand les choses rentrèrent dans l'ordre. Elspeth était fatiguée, affamée, et n'avait nulle envie de s'occuper d'autre chose que d'un bon repas et d'un lit douillet.

— Même si je n'en ai pas envie, je suis revenue chez moi. J'ai des responsabilités. Tu n'es pas obligé de rester si tu ne veux pas, mais je *dois* avoir un entretien avec ces Hérauts. Si le message concernant les griffons n'est pas passé, des dizaines d'autres choses auront été omises...

— Je suis là pour t'aider, répondit Ventnoir. Je resterai, si tu ne vois pas d'objection à ma présence.

— Ça ne risque pas ! cria-t-elle, soulagée. Tu ne comprendras probablement pas tout ce qu'ils diront, mais tu devrais en saisir le sens général si tu te connectes à mon esprit.

Se connecter à mon esprit... Je n'aurais jamais cru dire ça un jour à quelqu'un... Ni penser que je souhaiterais *une telle chose...*

Elle était si habituée à se lier mentalement avec lui que cela ne lui valait plus la moindre gêne. C'était aussi facile que d'ouvrir son esprit à Gwena.

Il sourit et lui effleura la main. Elle lui fit un clin d'œil et prit un moment pour se concentrer.

Après avoir parlé le tayledras pendant si longtemps, le valdemarien lui faisait presque l'effet d'être une langue étrangère.

Ventnoir la suivit quand elle rejoignit les trois Hérauts, en grande conversation entre eux.

Ils sursautèrent et eurent l'air coupable quand elle se racla la gorge pour attirer leur attention.

Elspeth regarda leurs vêtements, frappée de voir combien ils avaient l'air *ordinaires*.

Mais Skif et elle, dans leur version « améliorée » de l'uniforme blanc, leur semblaient peut-être bizarres et exotiques...

Les trois Hérauts paraissaient embarrassés, ce qui signifiait probablement qu'ils parlaient d'elle.

Le seigneur Jehan Ashkevron était aussi direct et abrupt que tous ceux de sa lignée. Il se tourna vers Elspeth.

Il avait le physique des Ashkevron : les yeux et les cheveux bruns, une barbe brune bien taillée — massif mais tout en muscles... Il ne ressemblait en rien à Vanyel. Elspeth se souvint de quelque chose que lui avait dit sa mère.

Les Ashkevron se ressemblent tous. Quand l'un d'eux est différent, le pauvre petit s'enfuit vite à Haven !

— Cavil disait à l'instant que personne ne l'a prévenu

de l'arrivée de quiconque, excepté Skif et vous. Il insiste pour que je me plaigne à quelqu'un. Mais à qui ? De plus, je sais ce que c'est : quand on répète un message, il est souvent déformé. Ça peut arriver, c'est tout, et personne n'est à blâmer.

Elspeth soupira de soulagement. Il y avait du bon à traiter avec des gens comme Jehan. Une fois calmés, ils était assez terre-à-terre pour prendre les choses comme elles venaient.

— Merci de votre compréhension, dit-elle. Puis-je vous « voler » Cavil et ses amis pendant un moment ? J'ai beaucoup de choses à rattraper depuis que je suis partie…

— Allez-y, dit Jehan. Je dois retourner rassurer mes ouailles et leur expliquer encore qu'elles ne se feront pas manger toutes crues par les monstres. (Il sourit.) Je ne les ai jamais crus quand ils ont prétendu que vous étiez morte. Je leur ai dit qu'ils s'agitaient tous pour rien !

Sur ces mots énigmatiques, il partit.

Elspeth se tourna vers le Héraut Cavil, un homme d'un certain âge à l'air harassé. Ses cheveux bruns grisonnaient sur les tempes.

— Qu'est-ce que ça signifie ? demanda-t-elle. Qui a dit que j'étais morte ?

Il rougit.

— Voilà une partie de ce que nous devons vous expliquer, ma dame. Des rumeurs ont couru disant que vous étiez morte et que le Conseil essayait de le cacher. Rien de ce que la reine ou le Cercle ont déclaré n'a pu faire cesser ces commérages. Nous devons retourner à Haven en nous montrant autant que possible…

— Je ne vois pas comment nous pourrions faire autrement, avec notre escorte ! Apparemment, tant mieux, d'après ce que vous dites… Plus les gens me verront, mieux ça vaudra. C'est bien ça ? Mais avec quatre griffons aux alentours, je me demande qui me remarquera !

Ventnoir prit la parole en valdemarien.

— L'idée que tu arrives en compagnie de griffons est si étrange que personne ne penserait à l'inventer. Donc, les gens le croiront.

— Vous n'avez pas l'intention d'emmener ces créatures à Haven ! s'écria Cavil.

Elspeth faillit répondre vertement mais elle se retint.

— Treyvan et Hydona sont les ambassadeurs des Tayledras et des Kaled'a'in. Ce sont aussi des mages. Ils ont offert de servir de professeurs aux Hérauts. Ils le feront plus efficacement à Haven. Nous avons besoin d'eux. Ils doivent venir avec nous.

Les trois Hérauts échangèrent des regards perplexes. Shion prit la parole.

— Qu'en est-il des autres… personnes ?

— Ventnoir et Flammechant sont des Adeptes tayledras. Aussi nécessaires que les griffons, sinon plus ! Nyara est la compagne de Skif. Le dyheli et Rris sont des représentants de leurs peuples. Tous les gens qui m'accompagnent sont des alliés potentiels, ou des mages prêts à dispenser leur enseignement.

Les Hérauts eurent l'air surpris.

— Le monde est vaste, mes amis ! Vous ne pouvez pas postuler qu'une créature semblable à un animal n'est pas un être pensant !

Cavil secoua la tête.

— Ma dame, je n'ai jamais été aussi ébahi de ma vie !

Il jeta un coup d'œil par l'unique fenêtre de la chapelle qui ouvrait sur l'extérieur. La nuit était tombée, mais l'orage continuait à faire rage. Le bruit était étouffé par les murs de pierre de la caverne, mais c'était tout de même le pire orage qu'Elspeth eût jamais vu.

— Il est trop tard pour partir ce soir, dit Cavil, mais nous devons nous mettre en route demain à la première heure. Nous avons déjà trop retardé notre départ.

— Avec cet orage ? demanda Elspeth. D'après la force de la pluie, il ne sera pas terminé au matin. Ne pouvons-nous attendre que le temps s'améliore un peu ?

Le Héraut Lisha soupira.

— L'orage ne cessera probablement pas avant au moins deux jours, dit-elle. Cette année, nous avons un temps épouvantable à Valdemar. Ça c'est gâté au milieu de l'hiver, quand tout le monde a été frappé par une attaque de migraine, et ça dure depuis. Je n'avais jamais rien vu de tel, et je ne suis plus une jeunette.

— Personne n'en connaît la cause, dit Cavil. Beaucoup de gens blâment Ancar, qui aurait réussi à utiliser le climat contre nous. Cet orage n'est qu'un exemple entre mille.

Elspeth se tourna vers Flammechant, qui écoutait avec grand intérêt. Elle lui résuma la situation en tayledras.

— Qu'en pensez-vous ? demanda-t-elle pour l'inclure dans la conversation.

Puis elle se tourna de nouveau vers les Hérauts.

— Cavil, Shion, Lisha, je vous présente Flammechant k'Treva, un Adepte tayledras. Flammechant, ils pensent qu'Ancar est responsable de la dégradation du climat. Avez-vous une idée sur le sujet ?

Flammechant salua les Hérauts avant de répondre à la question en tayledras. Elspeth traduisit, car Flammechant comprenait mieux le valdemarien qu'il ne le parlait.

— La perturbation du temps est parfaitement normale, dit-il. Les forces magiques de Valdemar ont été perturbées et cela provoque toujours des problèmes de climat. Comme vous n'avez pas de mages spécialisés pour s'y opposer, il continuera à exister.

— Voulez-vous dire qu'Ancar n'est pas responsable ?

— En un sens, oui, mais pas directement. Pour commencer, revenons au moment où vous avez tous été terrassés par une violente migraine… Cela correspond à l'arrivée d'une énorme quantité d'énergie magique expédiée ici et liée à un objet qui se trouve dans votre capitale. Cela a été fait pour vous aider, et vous en retirerez les bénéfices, mais ça a aussi provoqué d'importantes perturbations. Le temps est influencé par ces fluctuations, et il a commencé à se gâter. Ancar aussi a manipulé l'énergie magique sans prendre la moindre précaution. Cela a aggravé le problème, car il a utilisé des forces qui ont influencé le temps dans son pays et dans le vôtre.

Lisha se pencha vers Flammechant.

— Ce qui se passe pourrait donc être assimilé à des vagues produites par un rameur traversant une mare... Il risque aussi de soulever de la boue s'il enfonce ses rames trop profondément. C'est ça ?

Lisha avait parlé trop vite pour Flammechant. Elspeth traduisit.

— Exactement, dit-il. Une excellente analogie. De plus, nous avons ouvert et refermé un Portail alors que les choses étaient déjà instables, et cela n'a fait que les aggraver. Dans ce cas précis, ça a transformé un petit orage en tempête. Nous n'avons pas ce problème dans les Vallées, car les mages mineurs et les Apprentis assurent l'équilibre quand les Maîtres et les Adeptes travaillent.

Elspeth jeta un regard accusateur à Flammechant.

— Pourquoi ne m'avez-vous pas prévenue que nous créerions ce genre de problème pour Valdemar ? demanda-t-elle.

Flammechant haussa les épaules.

— Le savoir ne vous aurait pas aidée et c'était inévitable. Votre peuple n'a pas de mages capables de contrôler le climat, et il n'en viendra pas tant que la barrière n'aura pas été abaissée.

Shion s'éclaircit la gorge, son visage rond reflétant un profond étonnement.

— Euh, fit-elle, de quoi parlez-vous exactement ?

— Du temps, dit Elspeth.

Devant l'air intrigué de la femme, elle fit une brève traduction de la réponse de Flammechant.

Quand elle eut terminé, Shion ouvrit des yeux encore plus grands.

— Vous voulez dire qu'il est possible de faire quelque chose au sujet du temps, à part se plaindre qu'il est mauvais ?

Elspeth sourit et hocha la tête.

— Oui. Nous y viendrons bientôt... Pour le moment, le problème est que cette nouvelle magie vous apporte seulement des orages phénoménaux.

— *Ke'chara,* intervint Ventnoir, pense à l'autre aspect de la question : le temps n'est pas meilleur du côté d'Hardorn. Ancar le prend aussi dans les gencives ! Ça doit le gêner autant que nous, surtout avec toute la magie qu'il utilise sans précaution.

Il avait l'air ravi des ennuis de leur ennemi. Elspeth ne pouvait pas l'être autant, pensant à tous les innocents qui souffraient bien plus qu'Ancar, à l'abri dans son palais. Mais il y avait une certaine satisfaction à savoir que les méfaits du roi lui retombaient en partie sur le dos.

— Je ne serais pas surpris que ça soit pire en Hardorn, ajouta Flammechant du même ton guilleret. Il a lancé des sorts sans réfléchir aux conséquences. Et ses mages n'ont pas tenté d'équilibrer les choses, d'après ce que nous en savons.

Lisha fit un signe de tête ironique.

Flammechant soupira.

— J'ai peur d'avoir pas mal de choses à faire ici quand les troubles actuels seront finis...

Les « troubles », pensa Elspeth. *Quelle manière optimiste de parler de la guerre !*

— Il faudra du temps pour régler le problème Ancar, acquiesça Lisha. Vous aurez bientôt à vous occuper de bien d'autres choses que du climat !

CHAPITRE IX

Mornelithe Fléaufaucon regardait par la fenêtre grande ouverte de son appartement. Un vent froid fouettait sa chevelure.

L'orage avançait vers le château de son « hôte ». Les éclairs illuminaient le ciel et le tonnerre faisait rage.

Le vent fit claquer les volets et l'odeur de la pluie envahit l'appartement. Fléaufaucon croisa les bras et observa le spectacle.

Cet orage promettait d'être redoutable. Quand il serait fini, de nombreux champs seraient sous l'eau, les moissons ruinées.

L'Adepte savait ce qui arriverait. C'était inévitable, considérant ce qu'il connaissait déjà des activités de son geôlier.

Il attendit le plus longtemps possible avant de fermer les fenêtres. La violence de la tempête secoua les volets, mais ils étaient solidement construits. L'orage ne put pas faire plus qu'ébranler les vitres en verre épais.

Mais le tonnerre fit trembler le château.

Fléaufaucon sentit le sol vibrer sous ses pieds.

C'était le quatrième orage de cette violence en une semaine. Les deux premiers n'avaient pas amené la pluie avec eux, mais des tourbillons et de la grêle qui détériorèrent les toits et brisèrent plusieurs fenêtres. La campagne avait subi des dégâts importants. Des animaux domestiques avaient été retrouvés morts, expédiés au sommet des arbres par la force des tourbillons.

Des habitations et de nombreuses plantations avaient été détruites.

On rapportait aussi des choses étonnantes : des fétus de paille avaient traversé des planches, un œuf s'était incrusté dans le tronc d'un arbre sans se briser…

Fléaufaucon était fasciné par l'ouragan et les choses bizarres, mais le reste offrait peu d'intérêt pour lui. A dire vrai, le dernier orage l'avait exaspéré, car il y prenait plaisir seulement quand il les invoquait et les contrôlait. Le froid et l'humidité réveillaient ses blessures et ses articulations raidissaient, lui rappelant que son corps n'était plus aussi jeune qu'il en avait l'air.

Et lui rappelant aussi qu'il n'était pas parvenu à éliminer suffisamment les sorts de contrainte d'Ancar pour renouveler ceux qui tenaient l'âge à distance et redonnaient de l'énergie à son corps. Sans ces contraintes, il aurait pu se choisir une victime et se guérir. Une seule vie lui donnerait assez d'énergie pour se rétablir ; deux auraient effacé pour un certain temps les ravages de l'âge. Trois lui auraient permis d'effectuer sur son corps tout changement qu'il aurait décidé.

Quel plaisir si une de ces victimes avait été Ancar en personne…

En désespoir de cause, il se rassit sur son fauteuil attitré, près du feu, et réchauffa ses os endoloris.

Il n'avait pas d'autre distraction que rêver à ses plans de vengeance…

Il aurait sans doute mieux fait de rester avec les courtisans d'Ancar, mais la journée ne lui avait rien apporté de bien intéressant. Les papotages vides de sens l'avaient vite ennuyé. Dans le corps où il vivait actuellement, il ne s'était jamais soucié de tenir une cour. Quand il voulait que ses subordonnés sachent quelque chose, il les rassemblait et le leur disait, puis il les renvoyait à leurs travaux. Quand il avait besoin d'entendre ce qu'ils avaient à dire, ce qui était rare, il les appelait dans ses quartiers et arrachait à leurs esprits ce qu'il voulait savoir.

Ancar semblait penser qu'une cour était nécessaire, même s'il ne donnait plus d'audience et ne permettait à personne d'un rang inférieur de l'approcher.

Pourtant, il était possible d'obtenir certaines informations en écoutant radoter les courtisans. Aujourd'hui, Fléaufaucon n'avait rien appris d'intéressant.

Hulda était absente de la cour.

La première personne à qui Ancar l'avait présenté… Il avait amplement prévenu son « invité » de la perfidie de la femme. Fléaufaucon avait agi en parfait gentilhomme. Hulda l'amusait. Elle était intelligente quand elle s'en donnait la peine, bien plus qu'il n'y paraissait à première vue. Mais en ce qui concernait Ancar, elle s'était laissée aller à un illusoire sentiment de sécurité, persuadée qu'elle avait toujours l'avantage sur lui.

Si quelque chose devait entraîner sa perte, ce serait cette confiance en elle excessive…

Elle en connaissait bien plus en magie que son élève et reconnut en Fléaufaucon un métamorphe, faisant quelques réflexions sur les possibilités de « modifier sa propre nature » quand Ancar les avait présentés l'un à l'autre.

Fléaufaucon comprenait la fascination que la femme avait exercée sur Ancar. Elle était resplendissante, un peu trop mûre pour le goût du sorcier, mais certains aimaient ça. Avec sa silhouette voluptueuse, son visage élégant aux splendides yeux violets et sa longue chevelure noire, elle eût séduit plus d'un roi…

Fléaufaucon lui avait fait un baisemain poli, mais il lui avait discrètement caressé la paume avant de lui lâcher les doigts.

Et il avait perçu une lueur d'intérêt dans son regard.

Elle était plus âgée qu'elle le paraissait, Fléaufaucon le sut instinctivement. Mais pas aussi vieille que lui, même en comptant seulement sa dernière incarnation.

Jusque-là, il était parvenu à éviter de se trouver en tête-à-tête avec elle sans pour autant avoir donné l'impression de la fuir volontairement. Cela devait l'exaspérer. Il avait l'intention de jouer un peu avec elle avant de décider que faire à son sujet. Qu'elle le poursuive de ses assiduités : cela la forcerait à se concentrer sur sa présence physique et pas sur la menace qu'il représentait pour son pouvoir.

Elle ne fit pas de rapprochement entre le Portail et lui. Tant mieux. Si elle s'aperçut qu'il était un mage, elle ne sembla pas capable d'évaluer ses véritables capacités. Tout ça était pour le mieux. S'il décidait de s'en faire une alliée temporaire, il lui révélerait ce qu'il jugerait bon.

Pour le moment, il n'était pas sûr d'avoir envie de s'allier à elle. Ce serait sans doute *intéressant,* car sa nature exotique semblait attirer Hulda… Mais ça pouvait aussi se révéler très dangereux. La femme jouait un jeu serré. Elle avait des secrets que cet imbécile d'Ancar ne soupçonnait pas.

Fléaufaucon voulait les découvrir avant d'envisager une alliance avec elle.

Les sorciers étaient connus pour être jaloux de leurs pouvoirs. Si elle devinait un rival en lui, il ne lui faudrait pas longtemps pour décider de l'éliminer. Et elle ne serait pas retenue par un sort de contrainte ! Se lancer dans une guerre magique à ce stade servirait seulement à retarder ses plans.

En attendant, il s'amusait à piquer la curiosité de la femme, et lui lâchait des bribes d'informations tendant à lui faire comprendre, à juste titre, qu'Ancar complotait contre elle et qu'il faisait partie de ce plan contre sa volonté.

S'il se débrouillait bien, il monterait ces deux-là l'un

contre l'autre. Plus la situation s'embrouillerait, mieux ça vaudrait pour lui.

Il espérait faire avancer ses plans, mais Hulda ne s'était pas montrée à la cour ce jour-là. Découragé, il avait battu en retraite dans ses appartements.

Il se laissa aller dans son fauteuil, regardant le feu et ruminant ses pensées. Dans ses nombreuses vies, il n'avait jamais été contrôlé par un tiers.

Il était prisonnier de son propre corps !

Les flammes dansaient dans la cheminée au gré des courants d'air. Mais le vent et le tonnerre faisaient tant de bruit que Fléaufaucon n'entendait pas les crépitements du feu.

Ses quelques jours à la cour d'Ancar l'avaient persuadé qu'il était tombé entre les mains de quelqu'un qu'il n'aurait pas voulu comme domestique. Il savait combien ces orages magiques pouvaient être désastreux, pas seulement pour la campagne environnante, mais aussi pour les courants d'énergie. Même si Ancar se souciait peu de ses terres, Fléaufaucon devrait remettre les choses en place avant de pouvoir travailler. Ça le rendait fou de rage. Il avait compris que le gamin était un imbécile, mais pas à ce point !

Fléaufaucon n'entendit pas Ancar entrer, car le tonnerre couvrit le bruit de la porte.

Il s'aperçut qu'il y avait quelqu'un dans la pièce quand un mouvement à la périphérie de sa vision attira son attention.

Cela fit redoubler sa colère. Le jeune abruti se déplaçait à son aise, même dans les pièces qu'il lui avait allouées, et il ne pouvait rien faire pour l'en empêcher.

Il leva la tête.

— Espèce d'idiot ! cracha Fléaufaucon. Pourquoi ne faites-vous pas quelque chose au sujet de cet orage ? Ou êtes-vous si bête que vous ne vous souciez pas de ce qu'il signifie ?

Ancar recula d'un pas, surpris par le ton acerbe de son prisonnier.

— Ce que ça signifie ? Comment un orage peut-il *signifier* quelque chose ? Et que puis-je faire, même si c'était le cas ?

Fléaufaucon fut tellement surpris que sa colère mourut. Comment quelqu'un qui avait dépassé le niveau d'Apprenti pouvait-il tout ignorer au sujet du contrôle du temps, donc de la façon dont la magie affectait le monde environnant ?

— Personne ne vous a jamais appris à maîtriser le climat ? Ne savez-vous pas ce que vous et vos idiots de sorciers faites en lançant vos sorts ?

Ancar le regarda sans comprendre.

— J'ignore totalement de quoi vous parlez ! Qu'avons-nous fait pour que vous soyez dans une telle colère ?

Fléaufaucon retrouva assez de contrôle pour répondre.

— Hulda vous a caché plus de choses que vous ne le croyez, dit-il. C'est très simple. Si simple que vous auriez dû pouvoir le déduire de vos observations, si vous vous étiez donné la peine d'*observer*. L'énergie magique prend sa source dans les êtres vivants et coule le long de lignes naturelles. Vous savez ça, j'espère ?

Ancar acquiesça.

— Ces courants peuvent être perturbés quand on les manipule sans précaution. Le niveau de perturbation dépend de l'interférence. Voilà comment Hulda a su que vous aviez fait joujou avec un Portail. Elle a capté les ondes de choc dans l'énergie magique, et elle a compris d'après le schéma ainsi créé que vous aviez construit un Portail.

— Je sais tout ça..., commença Ancar.

Fléaufaucon lui coupa la parole.

— La magie affecte aussi les éléments matériels du monde. Vous auriez dû le remarquer. Ne vous êtes-vous pas aperçu que le temps se gâte quand vous avez jeté un sort ? Plus la magie est puissante, plus les changements sont importants pour les éléments naturels comme l'air et l'eau. Un Portail peut même provoquer un tremblement de terre ! Vous avez perturbé l'équilibre naturel avec vos petites expériences, et maintenant vous en subissez les conséquences. Continuez comme ça, et toutes les moissons de votre royaume seront détruites. Vous devrez importer la nourriture à prix d'or, ou laisser le pays mourir de faim !

La bouche d'Ancar s'entrouvrit de surprise. Tout ça était nouveau pour lui, et pas très plaisant...

Fléaufaucon eut un sourire mauvais.

— Tout sorcier digne de ce nom s'occupe d'apaiser les forces perturbées quand il a jeté un sort ! Vous pourriez au moins diriger les orages vers les terres de vos ennemis ! Quand je suis devenu Adepte, je savais le faire sans avoir besoin d'y réfléchir. Si je pouvais exercer ma magie...

Croisant les bras, il se renfonça dans son fauteuil, regarda les flammes et ignora Ancar.

Le roi n'était sans doute pas idiot au point de ne pas comprendre ce que Fléaufaucon lui avait dit. Il pouvait contrôler le temps alors que ses sorciers et lui n'en avaient pas la capacité.

Mais il devait d'abord être libéré des sorts de contrainte...

En réalité, retirer les contraintes n'était pas nécessaire : il suffisait de les modifier pour que Fléaufaucon puisse travailler sur le temps. Mais l'éducation d'Ancar comportait des lacunes, l'une d'elle étant le manque de nuances. Pour lui, les choses étaient ou n'étaient pas.

Fléaufaucon espérait que son discours pousserait le roi à le libérer au moins partiellement...

Cela marcha. Ancar rougit de colère et cracha :

— Parfait ! Si vous pouvez faire quelque chose, allez-y ! Et cessez de vous plaindre !

Il dessina dans l'air une rune complexe. Fléaufaucon sentit une partie de la pression qui bridait son pouvoir se relâcher.

Seulement un peu, mais c'était un début... Ancar ne le libérerait pas entièrement, mais il avait retiré les sorts les plus contraignants.

Sans un mot, l'Adepte se leva et alla à la fenêtre. L'ouvrant d'un geste théâtral, il laissa l'orage pénétrer dans la pièce, soufflant les chandelles et plaquant ses vêtements sur son corps. En quelques secondes, il fut trempé et gelé jusqu'aux os. Mais peu importait. Il se concentra sur sa démonstration...

Il écarta les bras, illuminé par la lueur des éclairs et envoya un peu de pouvoir dans ses mains pour les faire luire. C'était parfaitement inutile, mais ça impressionnerait Ancar.

A dire vrai, il aurait pu tout faire dans son fauteuil, confortablement assis et au sec, mais ça n'aurait pas été aussi frappant. Ancar était assez bête pour être plus impressionné par le spectacle que par les résultats.

Voilà pourquoi il avait à ses côtés des sorciers aussi peu doués ! Fléaufaucon n'avait pas besoin de manifestations physiques pour manipuler les courants magiques. Il ne devait même pas se mettre en transe si le sort était assez simple.

Il envoya une sonde d'énergie à la recherche du centre de l'orage, où il localisa le nœud dans les lignes de puissance. Il pouvait le défaire, bien entendu, mais il décida de laisser Ancar souffrir encore un peu. Il voulait lui montrer quelle arme un orage contrôlé pouvait être.

Saisissant le nœud d'énergie, il le poussa, et l'orage avec lui.

Juste assez loin de la capitale et du palais pour que ses jointures cessent de protester et que son sommeil ne soit pas perturbé la nuit prochaine. Il ne pouvait pas défaire le nœud dans son état actuel tout en étant sous le contrôle d'Ancar. Et il ne pensait pas que le roi serait assez bête pour le libérer complètement. S'il demandait pourquoi Fléaufaucon n'avait pas envoyé l'orage sur les terres de Valdemar, il répondrait que les sorts étaient à blâmer, car ils perturbaient sa magie.

Le crétin neutraliserait peut-être quelques sorts de plus.

A moins qu'il se soucie peu que les champs de ses fermiers soient inondés et que les moissons pourrissent sur pied. Fléaufaucon lui-même s'en moquait, sinon pour l'exemplarité.

Le vent et la pluie cessèrent abruptement. Quand il ouvrit les yeux, l'Adepte s'aperçut avec satisfaction qu'il n'avait pas perdu la main. L'orage se déplaçait si vite dans le lointain qu'il était évident que *quelque chose* l'avait forcé à partir.

Dans peu de temps, les alentours du palais seraient dégagés et secs.

Fléaufaucon se tourna vers son geôlier.

— Voilà, dit-il. C'est fait.

Ancar avait les yeux écarquillés de surprise.

— Parfait, dit-il, se reprenant. On voit que vous savez ce que vous faites.

Fléaufaucon sourit et retourna s'asseoir. Débarrassé d'une partie des contraintes, il ralluma les chandelles et le feu avec un sort, ce qui impressionna Ancar autant que la facilité avec laquelle il avait dissipé l'orage.

— J'imagine que vous n'êtes pas venu me voir simplement pour le plaisir de ma compagnie, dit le sorcier avec une insolence calculée. (Il montra l'autre fauteuil placé devant la cheminée.) Asseyez-vous, je vous prie.

Ancar ne réagit pas. Il prit le siège d'un air presque humble — pour lui.

— Ce n'est rien d'important, dit-il.

C'était un mensonge, bien entendu. Fléaufaucon n'eut

aucun mal à le deviner. Il savait qu'Ancar avait examiné les rapports sur l'absence de progrès à la frontière. Malgré son inimitié pour Hulda, il partageait avec elle une haine féroce pour Valdemar.

Ancar était probablement venu lui demander son aide à ce sujet…

— Comme vous ne voulez rien de particulier, dit Fléaufaucon, peut-être accepteriez-vous de satisfaire ma curiosité sur un point. Valdemar, le pays dont vous m'avez parlé… Pourquoi avez-vous une telle aversion pour ce peuple, qui me semble assez insignifiant ? Ces gens ne vous ont jamais attaqué. Ils s'arrêtent à leur frontière, même quand ils gagnent. Vouloir les conquérir semble une perte de temps et d'énergie…

Ancar s'empourpra, mais il ne dit rien.

Fléaufaucon sourit.

— Si j'ai bien compris ce que j'ai entendu à la cour, vous avez l'intention de les attaquer de nouveau. Pour quelle raison ? Avez-vous tellement envie de vous faire humilier ? Vous avez commencé par les attaquer sans être prêt ; bien entendu, vous vous êtes fait écraser. Ensuite, vous vous êtes lancé contre eux sans vérifier s'ils n'avaient pas trouvé des alliés, ce qui était le cas. Vous avez été battu à plates coutures. Et vous n'avez même pas réussi à infiltrer un espion à la cour ! Ancar, je pensais que vous auriez décidé de laisser ces gens tranquilles !

Le roi était presque violet de colère, mais il tint sa langue. Il ne voulait pas parler de ce sujet. Bizarre…

Pour Fléaufaucon, un comportement aussi ambigu signifiait que le roi était *obsédé* par cet ennemi.

Une obsession était une faiblesse facile à exploiter par un homme intelligent…

L'Adepte réfléchit, résumant mentalement toutes les informations qu'il avait glanées. Ancar n'avait pas apprécié de se faire battre, d'autant plus que ses ennemis étaient des femmes ! Son orgueil de mâle avait dû en prendre un coup.

Fléaufaucon savait qu'Ancar avait essayé d'infiltrer un espion chez les Hérauts. En vain. Les rares agents qu'il avait placés à Valdemar étaient inefficaces. Les mercenaires — commandés par une femme ! — qui gardaient la reine et l'héritière avaient déjoué ses tentatives d'assassinat.

On aurait pu croire que les dieux protégeaient la reine et sa famille.

Et ça rendait Ancar fou de rage.

Au moins, c'était ce que pensait Fléaufaucon. Quand le roi parla, il s'aperçut qu'il l'avait en partie sous-estimé.

— Je dois conquérir de nouveaux territoires. J'utilise les ressources d'Hardorn plus vite qu'elles ne se reconstituent. Il me faut de l'or pour payer mes sorciers et du grain pour nourrir mon armée. Je ne peux pas m'étendre vers le sud, les Karsites sont des combattants féroces. Ils sont croyants et pensent que s'ils meurent pour la défense de leur pays, ils se retrouveront à la droite de leur dieu.

Un peu étonné qu'Ancar ait compris le pouvoir de la religion sur un peuple, Fléaufaucon commenta :

— Oui, les fanatiques religieux sont les ennemis les plus terribles. Ils sont prêts à mourir et à emmener leurs adversaires avec eux !

— De plus, soupira Ancar, leurs prêtres utilisent une magie qui rivalise avec la mienne. Si vous ajoutez ça aux montagnes qui défendent leur frontière, vous verrez qu'ils sont inattaquables.

— Et le Nord ?

— N'y pensez même pas ! murmura le roi, regardant autour de lui comme s'il craignait d'être entendu. Il y a là une entité dont le pouvoir est encore plus grand que celui des prêtres karsites. Croyez-moi ou pas, je l'ai vu de mes propres yeux : ce pouvoir a créé une barrière *impossible à traverser* ! Les rares sorciers qui ont essayé sont morts. Même Hulda refuse de tenter l'aventure.

Fléaufaucon leva un sourcil. Un mur de protection invisible entourant un pays entier ? Iftel, s'il se souvenait correctement…

Ancar continua sur sa lancée.

— L'Est m'est interdit aussi, dit-il d'une voix amère. L'Empire oriental est assez grand pour avaler Hardorn sans s'en rendre compte. Ses sorciers sont meilleurs que ceux dont je me suis assuré les services. L'armée est immense et bien payée… Et l'Empereur me tient à l'œil. Je le sais.

Cela effrayait le roi, Fléaufaucon n'eut aucun mal à le voir.

— Pour le moment, il semble considérer Hardorn comme une terre sans intérêt. Ces gens avaient avec mon père un traité qui n'a pas été révoqué. Mais l'Empereur Charliss n'a pas conclu de pacte avec moi. Si je ne parviens pas à prendre Valdemar, il pensera que mon pays est faible et sera facile à conquérir. Mon père avait des traités avec Iftel et Valdemar. Pas moi. Je n'avais pas pensé que je pourrais en avoir besoin.

— Dans ce cas, évitez de vous attaquer une troisième fois à Valdemar !

— Si je ne le fais pas, le résultat sera le même. L'Empereur conclura que je suis trop faible pour essayer. Il a envoyé un ambassadeur à ma cour, comme s'il prévoyait de signer un traité avec moi, mais son stratagème ne m'abuse pas. Je sais que l'ambassadeur et son entourage sont là pour m'espionner. Il y a des espions dans tout Hardorn. J'en ai découvert certains…

— Je suppose que vous les avez laissés en place ? dit Mornelithe.

Ancar ricana.

— Bien entendu ! Je ne suis pas idiot à ce point. Et je

ne suis pas non plus assez bête pour penser que je les ai *tous* démasqués. Si je n'ai pas pu attirer de sorciers de grand talent, c'est que l'Empereur Charliss peut les payer beaucoup plus cher que moi. Je suis certain que mes sorciers ne sont pas des espions à lui, mais je ne peux pas être sûr qu'il n'en a pas placé quelques-uns à ma cour. S'ils pratiquent leur magie en secret, comment serais-je informé de leur existence ?

Fléaufaucon se retint de rappeler au gamin qu'il lui avait dit comment s'y prendre : en surveillant les remous dans les flux d'énergie. Peut-être ses sorciers n'étaient-ils pas sensibles à ces courants. Cela arrivait, et les sorciers en question étaient généralement limités au niveau de Maître. Ou Ancar y était sensible, mais seulement quand il entrait en transe. Dans ce cas, c'était la faute de son professeur.

Ancar se détourna et regarda les nuages qui se dissipaient.

— Je n'avais pas réalisé que la magie pouvait produire un tel effet secondaire. Ce serait une arme efficace…

Fléaufaucon ricana. Le gamin avait mis du temps à arriver à cette conclusion !

— Des types qui se qualifiaient de « sorciers du temps » se sont déjà présentés à moi pour trouver un emploi. Je pensais que c'était des charlatans. Maintenant, il va me falloir en recruter…

— Ce serait sage, dit Fléaufaucon.

Ancar se dirigea vers la porte. Mais il s'arrêta et regarda l'Adepte.

— Avez-vous besoin de quelque chose d'autre ?

Fléaufaucon était sûr que s'il demandait ce qu'il voulait *vraiment* — sa liberté —, Ancar ne la lui accorderait pas. Il n'était pas encore assez sûr de sa loyauté.

C'était bien vu !

A l'instant où il lui donnerait sa liberté, Fléaufaucon écraserait le roi comme un insecte.

Peut-être pouvait-il demander autre chose…

— Si vous souhaitez éliminer quelqu'un *définitivement,* envoyez-le-moi… Mâle ou femelle, peu importe.

Il s'attendait à des questions, mais Ancar ne demanda rien. Ses yeux s'étrécirent et il sourit d'un air mauvais.

Fléaufaucon comprit que le sort de l'éventuelle victime importait peu à Ancar.

Leurs yeux se croisèrent. L'Adepte devina que le roi comprenait ce qu'il voulait faire, et qu'il partageait ses goûts sur ce point…

Ça le rendait encore plus dangereux. Il n'y avait pas de place dans le monde pour deux êtres comme Fléaufaucon.

Le roi partit. Peu après, deux gardes arrivèrent, traînant un prisonnier enchaîné.

Les gardes sortirent et fermèrent la porte derrière eux.

Fléaufaucon sourit.

Et il prit tout son temps…

CHAPITRE X

Une pluie glaciale se déversait du ciel plombé. Elspeth eut une pensée reconnaissante pour les hertasis, qui leur avaient fourni des manteaux imperméables. Il y avait peu de tonnerre et d'éclairs, mais le vent et la pluie étaient presque pires. Les pauvres griffons, enveloppés dans des capes improvisées avec de vieilles tentes, auraient été trempés jusqu'aux os s'ils ne s'étaient pas abrités avec un peu de magie.

Les autre décidèrent de s'accommoder du temps plutôt que de se faire trop remarquer sur la route.

Mais Elspeth se sentait désolée pour les trois Hérauts, dont les capes n'étaient pas aussi étanches que les vêtements fabriqués par les hertasis.

Malgré ça, Skif et elle souffraient de l'humidité et du froid.

— J'ai dû être plus malheureux une fois ou deux dans ma vie, mais je ne me souviens pas à quelle occasion, se plaignit Skif.

Nyara grimaça, montrant ses dents pointues.

— Je n'aimerais pas passer des semaines à voyager avec ce climat. Et les chevaux doivent souffrir encore plus que nous... Les gens ne tombent pas malades, avec ce froid humide ?

Cavil se pencha vers elle.

— Vous voyez avec quoi nous devons nous débrouiller

depuis plus de six mois ! Et la… euh… dame a raison. Tous les villages connaissent des cas de fièvre ou de rhume. J'espère que nous sortirons bientôt de l'orage, mais je ne parierais pas dessus !

Elspeth regarda Flammechant, engoncé dans son imperméable, son oiseau-lige caché sous son capuchon, comme Vree dans celui de Ventnoir.

Ne pouvez-vous rien faire au sujet du temps ? demanda-t-elle. *Bannir l'orage et la pluie ? J'ai pensé à essayer, mais je n'ai jamais fait ça, et j'ai un peu peur.*

Avec raison ! Travailler sur le temps après des perturbations magiques est toujours risqué. Je n'en sais pas assez sur ce pays pour prendre une décision. Et vous n'avez pas les capacités d'intervenir. Tout ce que nous ferions pour modifier le temps pourrait avoir des conséquences encore plus dramatiques. Demandez à votre ami si le climat est assez mauvais pour risquer de poser des problèmes de disette.

— Le temps est-il assez mauvais pour détruire les moissons ?

— Ça n'abîmera pas les pâturages, et le blé n'est pas encore en train de pousser. La plupart des paysans du secteur élèvent du bétail, des vaches à lait et des moutons. Plus au sud, ça poserait un autre problème… Nous avons eu de la chance jusque-là. Les orages ont été violents, mais ils n'ont pas fait trop de dégâts. Pour le moment.

Dans ce cas, nous n'interviendrons pas, dit Flammechant. *Inutile de risquer d'aggraver les choses. Quand je rencontrerai des gens qui ont une idée précise du climat normal, je les aiderai à remettre les choses en place. Je crois que j'avais raison quand j'ai prédit que j'aurais du travail !*

Elspeth haussa les épaules, mais elle comprenait ce qu'il voulait dire.

Le mauvais temps avait au moins un avantage : les

Hérauts ne purent pas insister sur le fait que les griffons et les Tayledras devraient rester en arrière parce qu'ils ne pourraient pas aller aussi vite que les Compagnons.

Ventnoir et Nyara chevauchaient des montures prêtées par le seigneur Ashkevron, des bêtes solides habituées à garder un bon rythme par tous les temps. Elles n'étaient pas très belles, avec leurs os épais et leur corps musculeux, mais elles s'accommodaient bien des conditions climatiques. Leur pelage brun ne retenait pas autant la boue que ceux du dyheli de Flammechant ou des Compagnons.

Les trois fois où ils s'étaient arrêtés en chemin, leurs hôtes les avaient trouvés si mal en point qu'ils les avaient fourrés au lit dans les meilleurs délais et leur avaient porté des repas chauds. Pas de grande réception !

Ce qui convenait très bien à Elspeth.

La jeune femme s'était aperçue que son seuil de tolérance aux inanités politiques de la cour s'était réduit à néant pendant son séjour chez les k'Sheyna.

Elle ne voulait plus en entendre parler !

Gwena soupira.

Je serais plus que ravie de retrouver une écurie sèche et chaude, dit-elle. *La Vallée m'a donné des habitudes de luxe !*

Elle envoya à Elspeth l'image mentale d'un Compagnon se baignant dans une mare, ce qui surprit la jeune femme. Elle ignorait que les Compagnons aussi avaient utilisé les mares.

Mais en y réfléchissant… Les dyhelis s'y baignaient. Pourquoi pas les Compagnons ?

Ils m'ont gâtée, ma chère. Nous devons essayer de créer un endroit similaire à Haven. Il serait délicieux de se tremper dans une mare chaude après une excursion sous une pluie glaciale…

Comme celle-là, dit Gwena. *Ne m'en parle pas ! Je suis gelée jusqu'aux os.*

Elspeth lui tapota l'épaule.

Il fait presque nuit. Nous nous arrêterons dans peu de temps. Je m'assurerai que tu aies quelque chose de bon à manger et des couvertures.

Gwena lui lança un regard suppliant.

Merci !

Elspeth n'eut pas le temps de répondre. Shion s'approcha d'elle.

— Pardonnez-moi, ma dame, mais l'homme qui est avec vous, quel est son statut ? demanda-t-il en regardant Ventnoir.

Shion et Cavil, tous deux de famille noble, avaient fait de leur mieux pour l'inciter à parler, ou plutôt, à *commérer*.

Elle ne voyait pas en quoi ça les regardait.

— Techniquement, il est mon égal : le fils du chef du clan k'Sheyna, et notre allié…

Elle soupçonnait que ce n'était pas ça que Shion voulait savoir. Le Héraut confirma son intuition en demandant :

— Je voulais dire, qu'est-il par rapport à vous ? Pourquoi est-il là ?

— C'est un de mes professeurs et il a proposé d'enseigner la magie aux Hérauts. Il peut déterminer qui possède le don. Je ne suis probablement pas le seul Héraut dans ce cas. Le don n'a pas été perdu, mais il n'a plus été utilisé, car on ne savait pas le reconnaître ni le développer. Je peux aussi identifier les mages potentiels, mais je n'ai pas qualité pour enseigner.

Pas encore, rappela Gwena.

— Ai-je ce don ? demanda Shion, comme si elle redoutait la réponse.

Elspeth secoua la tête.

— Aucun de vous ne l'a. C'est un des dons les plus rares. Après l'époque de Vanyel, les gens qui le possédaient quittaient souvent Valdemar. La plupart du temps, on le prenait pour la vision à distance, et on entraînait les Hérauts à l'exercer dans ce sens. Ne croyez pas que je suis quelqu'un de spécial parce que j'ai le don des mages ! Beaucoup de Hérauts l'ont eu… et l'ont actuellement ! Je suis le premier des nouveaux Hérauts-Mages par hasard, ou à cause de la providence divine. Si la menace représentée par Ancar ne s'était pas précisée, je serais probablement toujours à Haven, en train de me faire taper dessus par Kero et Alberich !

Shion eut l'air un peu déçu.

— Ne vous en faites pas ! Tous les dons sont utiles. Un don puissant est très utile, mais il est plus dangereux pour tout le monde. Le don des mages n'est pas la réponse à tout, et parfois il l'est moins que la magie mentale. En plus, les sorciers ne pensent pas toujours à neutraliser la magie mentale. Quand ils le font, il leur arrive d'échouer.

— Parce qu'ils ne peuvent pas *toujours* la neutraliser, dit Ventnoir.

Elspeth lui sourit, reconnaissante de son intervention. Shion cesserait peut-être de lui poser des questions indiscrètes…

Heureusement qu'il comprend assez notre langue pour être venu à mon secours !

Ventnoir fit son sourire le plus charmeur à Shion.

— Il est possible de bloquer la magie mentale, mais souvent en bloquant tout autre sorte de magie. Un bouclier assez puissant pour empêcher votre adversaire de parler par l'esprit vous empêchera aussi d'utiliser la magie contre lui.

— C'est trop compliqué pour moi, dit Shion.

Elle laissa Ventnoir et Elspeth prendre la tête, ralentissant pour rejoindre les deux autres Hérauts.

— Tu comprends de mieux en mieux ma langue, dit Elspeth.

Vree sortit la tête de sous le capuchon de Ventnoir, émit un gargouillement écœuré et replongea à l'abri.

— Je la comprends de mieux en mieux parce que je « pioche » ce qu'il me faut dans ton esprit, petite plume. J'ai pensé que tu apprécierais que je te débarrasse de cette collègue un peu trop curieuse…

— Tu as remarqué ? Ils sont comme ça tous les trois… Peut-être est-ce à cause de ton aspect exotique…

Ventnoir passa au tayledras.

— Ils ne cessent pas de me questionner. Ils veulent savoir ce que je ferai à Haven, plus des choses sans rapport avec notre mission : ce que je pense de Valdemar, mon opinion personnelle sur tout et sur rien, et les détails de ce que nous avons fait ensemble. Ils croient qu'ils ont *droit* à ces informations. C'est très embarrassant.

Je suis l'héritière. Shion a peut-être ordre d'en découvrir autant que possible sur les gens qui m'accompagnent.

— Tu te trompes peut-être, Ventnoir… Nos cultures sont très différentes. Ce qui te semble viser notre vie privée est peut-être seulement une question sur ce que j'ai appris en ta compagnie.

Il lui jeta un regard indiquant qu'il ne pensait pas se tromper, mais laissa tomber le sujet.

— Tu recevras peut-être le salut habituel en arrivant, la taquina-t-il.

— Si une seule personne me dit « je croyais que vous étiez morte ! », je l'étrangle ! Les gens sont si stupides… De plus, quelle différence ça aurait fait si j'étais morte ? Un des jumeaux pourrait prendre ma place. Je ne suis pas indispensable. En réalité, je suis seulement un Héraut parmi d'autres.

— Mais les rumeurs ont prétendu que tu étais morte, *Ke'chara*. On a fait courir le bruit que ton gouvernement paniquait. Ces bruits ont dû être répandus volontairement afin de créer des problèmes…

— Ça ressemblerait bien à Ancar, dit Elspeth. C'est probablement de là que ça vient. Je me demande ce qu'il espérait accomplir…

— Je suppose que tout ce qui déstabilise ton pays lui convient. Créer autant de confusion que possible…

— Je ne peux pas croire que ce soit le seul objectif d'Ancar.

Ventnoir gratta la tête de Vree.

— Tu dis que les jumeaux pourraient être les héritiers… Mais vous n'avez pas le même père, n'est-ce pas ? Si après avoir fait croire que tu étais morte, Ancar répandait la rumeur que ton beau-père t'a fait assassiner pour que ses enfants héritent ?

— C'est idiot ! Quiconque le connaît ne pourrait croire une chose pareille !

— Mais le royaume est vaste… Combien de gens le connaissent *personnellement* ?

Etait-ce si absurde ? Si on considérait que le frère de Daren, le premier époux de Selenay et le père d'Elspeth, avait essayé d'assassiner sa femme et d'usurper le trône… Les gens seraient prêts à croire que les princes de Rethwellan étaient tous des meurtriers en puissance.

— J'ai horreur de penser à ça, mais tu as probablement raison. D'autant plus que je suis d'abord partie pour Rethwellan. Les gens ont dû croire qu'il avait arrangé les choses avec son frère pour me faire assassiner. Ça aurait déstabilisé le gouvernement de mon pays… ! Fléaufaucon et Ancar se valent !

— Dans ce cas, espérons que le roi n'obtienne jamais autant de pouvoir que Fléaufaucon. Nous devons nous débarrasser de lui avant !

Le jour commença à tomber. Une bâtisse de grande taille se profilait à l'horizon. La pluie était trop dense pour qu'Elspeth voie bien le bâtiment, mais il s'agissait probablement de leur prochaine étape, le manoir de dame Kalthea Lyonnes.

— Regardez ! cria Shion avec une jubilation qui lui fit comprendre qu'elle avait deviné correctement.

Après les problèmes survenus au manoir Ashkevron, quelqu'un allait toujours en avant pour avertir les hôtes de la nature exacte de leurs invités. Cette fois, Lisha s'était chargée du travail. Les serviteurs semblaient un peu inquiets, mais personne ne s'enfuit en hurlant de peur.

Les choses furent rondement menées.

Les griffons furent conduits dans la chapelle, le seul endroit où il existait des pièces assez grandes. Les Compagnons et le dyheli rejoignirent les écuries, et les humains furent introduits dans le manoir pour être présentés à leur hôtesse.

— Elspeth ! cria la maîtresse du manoir. Dieux merci ! On m'avait dit que vous étiez morte !

Ventnoir dissimula un sourire.

Elspeth soupira.

C'était peut-être une erreur d'avoir fait halte dans des manoirs, se dit-elle un peu plus tard dans la soirée. Mais quelle auberge aurait eu la place d'accueillir quatre griffons ? De plus, avec cette méthode, la nouvelle qu'elle était vivante se propagerait vite.

Mais une conversation avec Shion et une de ses cousines qui vivait au manoir fit comprendre à Elspeth que Ventnoir avait raison : les Hérauts ne l'interrogeaient pas pour le bien de Valdemar, mais simplement parce qu'ils brûlaient de curiosité et voulaient des informations à colporter à la cour.

La cousine de Shion avait apporté son repas à Elspeth, en profitant pour lui poser toutes sortes de questions de plus en plus indiscrètes. Elle avait fini en demandant s'il était vrai que les Frères du Faucon s'accouplaient à plusieurs et en public, comme elle l'avait lu dans une légende.

Il était évident qu'elle voulait savoir si Elspeth avait participé à ces orgies…

Quand l'héritière lui demanda où elle avait pris une idée aussi absurde, la jeune fille baissa les yeux et ne répondit pas.

Mais Elspeth se doutait de qui avait inventé la « légende » en question. Shion !

Avant qu'Elspeth se plonge dans les archives, Valdemar connaissait à peine le nom des Tayledras.

Elspeth serra les dents. Quoi qu'elle dise, elle risquait d'aggraver les choses. Si elle réprimandait Shion, celle-ci serait sûre qu'Elspeth avait quelque chose à cacher.

Si elle ne disait rien, Shion inventerait des rumeurs et les répandrait…

Elspeth ne pouvait pas gagner à ce jeu-là…

On frappa doucement à sa porte.

Ventnoir entra et la chercha du regard dans la pièce peu éclairée. Puis il la vit près du foyer.

— Je ne sais plus si je dois rire ou me fâcher, petite plume. Et si le commérage n'existait pas aussi à k'Sheyna, je serais très en colère.

— J'en déduis que tu as rencontré Kalinda, dit Elspeth.

— Oui. Je parlais avec Flammechant quand elle nous a apporté notre repas. Puis elle nous a offert de se joindre à notre « groupe d'accouplement » ! J'avoue ne pas avoir su quoi répondre…

Elspeth vit l'expression de son visage et éclata de rire. Il en fit autant.

— Grands dieux ! Comment t'es-tu tiré de là ?

— Je n'ai rien fait ! C'est Flammechant… Il lui a dit qu'il la remerciait beaucoup. Mais à moins qu'elle ne se transforme en homme, il n'en était pas question. Elle est devenue écarlate et elle est partie en marmonnant quelque chose que nous n'avons pas compris.

Ils se remirent à rire aux larmes.

— Voilà de quoi alimenter les fantasmes de Shion pour quelque temps ! Elle va probablement s'empresser de raconter à tout le monde que Flammechant et toi êtes *shay'a'chern.*

— Peu m'importe, mon cœur, tant qu'elle ne t'embête plus avec ça. Et je sais que Flammechant sera ravi. Il adore faire scandale…

Ventnoir redevint sérieux.

— J'ai d'autres choses à t'avouer, pas aussi amusantes. Je n'avais aucune idée de la taille de ton pays et de l'importance de sa population. J'avais naïvement supposé que Valdemar était simplement une grande Vallée. J'ignorais quel était ton statut parmi ton peuple… Et je me rends compte que tout ce que j'avais supposé était faux…

— Mon statut peut changer, mon amour. Comme je l'ai dit, je ne suis pas indispensable.

— Les gens pensent que tu l'es ! Tu as des devoirs et des obligations, et ceux-ci n'incluent pas une… relation à long terme avec un mage étranger.

Elspeth se força au calme. Elle avait pensé la même chose et savait que sa liberté était toute relative. Après tout, elle avait refusé Skif en utilisant cet argument.

Mais elle ne l'acceptait plus. Pas plus que le chemin « prédestiné » que les Compagnons voulaient lui faire suivre.

Et si Ventnoir prétendait qu'elle devait l'abandonner, son langage corporel affirmait autre chose. Il la serrait dans ses bras comme s'il défiait le monde entier de la lui arracher.

Elle devait choisir ses paroles avec soin. Il lui avait ouvert son cœur, elle devait donc être aussi sincère que lui. Mais elle savait qu'il ne respecterait pas quelqu'un qui renierait les vœux faits à son peuple.

— J'ai des devoirs, et je ne veux pas y manquer. Mais je dois trouver un moyen de les concilier avec ce que je désire et ce que *tu* désires. Je crois en être capable, si tu me fais confiance.

— Ma vie est entre tes mains, *ashke.*

Son visage, à la lueur du feu de cheminée, ressemblait à une sculpture. Le temps sembla ralentir.

Vree était immobile, les regardant fixement.

Ventnoir retint son souffle.

— Je crois pouvoir être fidèle à Valdemar *et* à toi ! Je sais qu'il existe un moyen. Je ne veux pas perdre mon pays. Et je refuse de t'abandonner !

— Comment pourras-tu concilier les deux ? Tu es l'héritière de ta mère. A ce titre, tu as très peu de marge de manœuvre…

— J'ai ma petite idée. Mais il faut que tu ignores de quoi il s'agit, pour que tu sois surpris au même titre que les autres… Sinon, les gens penseront que j'agis comme une gamine énamourée et non dans l'intérêt de Valdemar.

— Es-tu une « gamine énamourée » ? demanda Ventnoir.

Elle saisit sa chevelure à deux mains et l'attira à elle pour un baiser passionné.

— Bien entendu, dit-elle quand ils s'arrêtèrent pour respirer.

Ventnoir sourit et lui caressa les cheveux. Il ferma les yeux et l'attira plus près de lui comme s'il voulait la protéger.

Ils soupirèrent de bonheur.

Elspeth sut qu'elle avait fait ce qu'il fallait. Elle lui avait ouvert son cœur et dit la vérité.

— Mais je ne veux pas que les gens le sachent. Etre amoureuse ne veut pas dire que mon cerveau s'est liquéfié…

— J'espère bien, murmura Ventnoir, car je t'aime autant pour ton esprit que pour…

Elle ne le laissa pas terminer sa phrase.

Vree regarda les humains s'embrasser, puis il se fourra la tête sous l'aile et s'endormit.

En ce qui le concernait, tout allait pour le mieux dans le meilleur des mondes. Ces deux-là voleraient ensemble longtemps…

Ils quittèrent enfin la zone orageuse. Les derniers jours de voyage se passèrent sous des cieux plus cléments. Le temps était toujours bizarre malgré tout, avec du tonnerre et des éclairs pas forcément accompagnés de pluie.

Le ciel ne se dégagea jamais entièrement. Mais quand ils arrivèrent à Haven, ils trouvèrent la ville sous un rond de ciel bleu qui sembla étrange à Elspeth. Quand Flammechant le vit, il hocha la tête d'un air entendu, comme s'il savait de quoi il s'agissait.

Ils prirent le temps de se changer avant d'entrer dans la capitale. Elspeth se doutait qu'ils ne pourraient pas le faire au palais, tant les gens étaient excités de son retour.

Les tours de garde avaient annoncé le moment approximatif de leur arrivée. Quand le temps s'était éclairci, ils avaient emprunté un chariot à un de leurs hôtes, au bénéfice des griffons et de Rris.

Les gens des villages qu'ils traversèrent se pressaient sur le chemin pour les voir, et tant pis s'il pleuvait !

Elspeth avait l'impression de faire partie d'un cirque, mais elle se raisonna et sourit aux gens, leur adressant des signes amicaux.

Une foule les attendait devant la capitale. Pour le plus grand plaisir d'Elspeth, il devint évident que ce n'était pas elle que les gens venaient voir, car elle ressemblait à un Héraut comme les autres. Les griffons, leurs petits et les deux Tayledras attiraient l'attention…

Flammechant et Treyvan s'amusaient comme des petits fous. Ils agitaient les bras ou les ailes, faisant jaillir de temps en temps un bouquet de « feux d'artifice » magiques spectaculaires mais très peu puissants. Treyvan s'envolait à intervalles réguliers, planant au-dessus de la caravane. Hydona soupirait et avançait à côté du chariot, où les griffonneaux jouaient comme des chatons.

Les gens les trouvèrent adorables. Comme au château Ashkevron, ils convainquirent les spectateurs que ces immenses créatures n'étaient pas des monstres prêts à les dévorer.

Si Elspeth s'était déshabillée et avait fait de l'équilibrisme sur le dos de Gwena, les curieux ne s'en seraient probablement pas aperçu.

Elle s'attendait à cette réaction, mais elle avait pensé ressentir un brin de mécontentement, voire de jalousie. Elle éprouvait surtout du soulagement. Cela confirmait ce qu'elle pensait depuis longtemps : elle n'était pas à sa place en tant qu'héritière du trône. La vie dans la Vallée, où on la traitait comme une personne ordinaire, lui convenait beaucoup mieux. Les Frères du Faucon la jugeaient uniquement sur ses mérites.

Elle avait beaucoup changé depuis qu'elle avait quitté Haven…

La foule se fit de plus en plus dense à mesure qu'ils approchaient de la capitale. Le bruit était phénoménal. Pour quelqu'un qui avait passé les derniers mois dans la nature, cela était oppressant.

Elspeth jeta un coup d'œil inquiet à Nyara. La jeune femme n'avait jamais vu autant de monde à la fois. La main de la métamorphe était nichée dans celle de Skif et elle semblait calme.

Tout va bien pour elle, dit Besoin, répondant à la question mentale d'Elspeth. *Je l'ai préparée en lui montrant certains de mes souvenirs. Elle n'aime pas trop la foule, mais toi non plus…*

Elspeth remercia l'épée et observa de nouveau les

curieux. Cela aurait été le moment idéal pour lui tendre une embuscade. Un assassin pourrait aisément se glisser au milieu des badauds.

Si Ancar avait eu le temps d'en infiltrer un à Valdemar…

En un sens, c'était assez amusant, car les marchands et les vendeurs des rues avaient saisi l'occasion et faisaient d'aussi bonnes affaires que pendant un festival. Des hommes vendaient à la criée des marchandises visiblement fabriquées pour l'occasion : des confiseries en forme de griffons, des faucons en bois sculpté, des bannières bon marché portant les armes de Valdemar…

Elspeth fut rassurée de voir de nombreux gardes en uniforme bleu dans la foule. Probablement l'intervention de Kero. Elle avait dû rameuter tous les Eclairs pour déjouer les éventuelles tentatives d'assassinat.

Je surveille petite, dit soudain Besoin. *Garde les yeux ouverts ! Avec tous les gens qui montent la garde, nous devrions pouvoir arrêter un tueur avant qu'il frappe.*

Quand ils arrivèrent au palais, la foule bariolée céda la place à des curieux vêtus du bleu des gardes, du gris des apprentis, du rouge des bardes, du vert des guérisseurs et du blanc des Hérauts. Tous acclamaient la petite troupe sur son passage, agitant des drapeaux semblables à ceux qu'on brandissait dans la ville.

Il était impossible de voir quelque chose à part la multitude…

Elspeth aperçut des amis de la même promotion qu'elle : Keren et Teren, puis l'ancien doyen Elcarth… Il y avait tant de bruit qu'elle n'entendit pas ce qu'ils lui disaient. Elle vit seulement leurs bouches s'ouvrir et haussa les épaules, leur faisant signe qu'elle les verrait plus tard.

La procession s'arrêta devant l'entrée principale du palais. Ces portes-là étaient les seules assez grandes pour laisser passer les griffons.

Shion, Cavil et Lisha furent discrètement emmenés en même temps que les Compagnons et le dyheli de Flammechant.

Elspeth ne voyait aucun inconvénient à leur départ... Excepté les commérages qu'ils n'allaient pas manquer de répandre.

La porte s'ouvrit. Talia apparut sur le seuil. Ignorant les griffons, les Frères du Faucon et le protocole, elle courut serrer Elspeth dans ses bras.

Elles se séparèrent le temps de se regarder, puis se blottirent dans les bras l'une de l'autre.

A sa propre surprise, Elspeth sanglota de joie.

— Arrête ça, dit Talia à l'oreille d'Elspeth. Tu vas me faire pleurer aussi ! Par les dieux, tu es *merveilleuse* !

— Toi aussi, dit Elspeth en souriant.

— Mais j'ai plus de cheveux blancs, ma chère petite ! Les enfants sont à l'âge où ils se fourrent dans des ennuis sans fin ! Oh ! je dois te prévenir : ta mère a réuni la cour et le conseil.

— Pour prouver à tous que je suis vivante. Oui, je m'étais doutée qu'elle ferait ça. Tout de suite ?

— Tout de suite !

Parfait. Cela voulait dire qu'elle n'aurait pas besoin d'attendre pour mettre son plan à exécution.

— Je suis un peu poussiéreuse, mais nous avons pris le temps de nous changer avant d'arriver. Nous sommes tous présentables. J'ai survécu au feu, à l'inondation, aux orages magiques et à des rencontres quasi journalières avec les créatures créées par un Adepte perverti. Je ne vais pas m'écrouler pour une simple chevauchée ! Apporte-moi le conseil ! Je le mangerai tout cru !

Montrant les dents, Elspeth émit un grognement assez convaincant.

Talia éclata de rire, ses boucles châtaines secouées par le mouvement.

S'il y avait davantage de cheveux blancs, ils ne se voyaient pas beaucoup…

— Parfait ! Tu m'as convaincue. Maintenant, va convaincre les gens !

Elle recula et fit une légère révérence, indiquant aux autres de la suivre dans le palais, griffons compris. Lytha et Jerven marchaient sur les talons de leur mère, regardant autour d'eux, les yeux arrondis de curiosité.

Talia et le contingent de garde à l'arrière, Elspeth conduisit la procession à travers les doubles portes, puis dans le couloir menant à la salle d'audience. Les serres des griffons produisaient un bruit métallique sur le sol de marbre.

Depuis qu'ils étaient entrés, les cris de la foule s'étaient fait plus lointains, étouffés par les murs massifs du palais. Une partie des acclamations avait cessé quand ils avaient passé les portes, mais la foule était toujours bruyante.

Quand les doubles battants de la salle d'apparat s'ouvrirent, une fanfare de trompettes éclata.

Chacun fut annoncé en bonne et due forme, sauf Rris, qui n'eut pas l'air particulièrement déçu. Il avança sur les traces des griffonneaux, regardant tout avec l'attention typique de sa race. Il emmagasinait des histoires à ajouter à la tradition orale des kyrees.

Le dyheli resta avec les Compagnons. Il se souciait peu d'être ambassadeur : il était là pour montrer à Valdemar que les Tayledras avaient, en dehors des griffons, d'autres créatures pensantes pour alliés.

Elspeth s'arrêta sur le seuil, laissant les autres reprendre leurs esprits avant d'entrer dans une salle pleine d'étrangers. Le silence tomba. Tous les courtisans s'inclinèrent sur le passage de l'héritière.

Les quatre personnes attendant sur l'estrade ne firent pas de révérence. Elspeth regarda sa mère et son beau-père, debout devant leurs trônes, portant les diadèmes de leur rang. Ils étaient flanqués par deux Hérauts : Kerowyn et Jeri, la femme qu'Alberich avait choisie pour prendre sa suite. Des gardes se tenaient derrière eux. Des Eclairs de la compagnie de Kero…

Elspeth se détendit en reconnaissant des amis de longtemps. Ils comprendraient ce qu'elle était sur le point de faire, même si sa mère aurait du mal à l'admettre.

La chevelure dorée de Selenay était zébrée de mèches argentées. Le prince Daren avait des rides supplémentaires. Ils la regardaient, sidérés. Elspeth rit sous cape, car elle portait un des ensembles les plus élaborés que les hertasis eussent fabriqués pour elle. C'était clairement un costume de Héraut, mais les gens de Valdemar n'en avaient jamais vu de tels !

Elspeth avait hâte de connaître leur réaction quand ils verraient de près Flammechant, qui avait revêtu des robes de mage tayledras d'un bleu électrique contrastant à merveille avec sa chevelure argentée et le plumage blanc comme neige de son oiseau-lige.

Elspeth se demandait toujours comment les hertasis avaient créé une couleur aussi éblouissante…

La salle du trône était pleine à craquer. Les courtisans avaient revêtu leurs plus beaux atours et portaient autant de bijoux que le bon goût l'autorisait. La pièce étincelait de couleurs et de lumière…

Mais tout ça n'est rien à côté de Flammechant, dit la voix mentale de Gwena.

Elspeth se retint de rire.

Elle sourit en arrivant au pied du trône, et écouta patiemment les déclarations officielles de sa mère, qui annonça que sa fille était revenue.

Elspeth aurait préféré serrer Selenay dans ses bras, comme Talia. Mais ça devrait attendre…

Elle s'inclina devant la reine puis se redressa, prenant

place sur l'estrade, comme le demandait sa position d'héritière.

Enfin, elle se tourna et fit face à la cour.

Flammechant lui fit un clin d'œil. Treyvan aussi. Nyara esquissa un pâle sourire. Ventnoir la regarda en silence un long moment.

Tiens-toi bien, mon amour, dit mentalement Elspeth. *J'ai une surprise pour toi.*

— Merci à tous de votre merveilleux accueil. Je suis revenue, comme promis, avec l'aide que j'étais allée chercher, et bien plus que cela... Mais avant de vous présenter nos nouveaux alliés, je voudrais faire une annonce publique. Moi, Elspeth, fille de la reine Selenay et héritière du trône de Valdemar, je renonce à mes droits au profit de ma sœur et de mon frère, la princesse Lyra et le prince Kris.

Un murmure courut dans la salle.

— Les Compagnons m'ont confirmé qu'ils seraient Choisis tous les deux, ce qui les rend aptes à monter un jour sur le trône de Valdemar, alors que je ne le suis pas !

L'expression des courtisans et des membres du conseil était si drôle qu'Elspeth faillit éclater de rire. Ils n'auraient pas été plus surpris s'il lui était soudain poussé des ailes !

Avant que quiconque l'interrompe, elle exposa ses raisons.

— Comme chacun le sait, mon père était un traître et un assassin en puissance. Ses crimes ont pesé sur moi toute ma vie. Les gens ont du mal à croire que je suis digne de confiance. On murmurait avant mon départ, et on murmure toujours, que je profitais de mon absence pour comploter contre ma mère bien-aimée. Si Lyra et Kris deviennent les héritiers, ces commérages cesseront. Je ne suis pas Ancar d'Hardorn ! Personne ne se demandera si je suis tentée de suivre son misérable exemple en usurpant le trône de ma mère !

Ça leur donnera à penser qu'Ancar est à l'origine de ces rumeurs, comme c'est probablement le cas. Il n'aurait pas raté une si belle occasion...

— Il y a aussi une autre raison. (Elle fit un geste qui donna naissance à un feu d'artifice magique des plus spectaculaires. Les courtisans reculèrent. Flammechant lui adressa un signe d'approbation, et Ventnoir la regarda, tentant de retenir un sourire.) Comme vous le voyez, je suis le premier des nouveaux Hérauts-Mages de Valdemar ! Le seul et unique Héraut-Mage *formé*, pour le moment. Il y en aura d'autres : c'est pour ça que j'ai amené avec moi nos nouveaux alliés. Héritière *et* Héraut-Mage, mes responsabilités auraient été incompatibles. L'héritière doit éviter de se mettre en danger, alors qu'un Héraut-Mage est fait pour mettre ses capacités au service de son pays. J'ai conclu que je servirai mieux Valdemar en renonçant au trône et en prenant place dans les rangs des Hérauts, prête à intervenir si un conflit survient. Valdemar a besoin de mes capacités de mage plus que de ma... qualité... d'héritière.

Elle se tourna vers sa famille. Son beau-père souriait d'un air approbateur. Sa mère ressemblait à un poisson hors de l'eau.

Elspeth acheva son allocution.

— Je demande donc à la cour, au conseil, à la reine et à son consort, d'accepter mon abdication et de me permettre de jouer mon rôle de Héraut. Je serai toujours fière d'être la fille de Selenay, mais je ne veux plus être un motif de souci ou de conflit. Et je souhaite mettre ma vie, mes capacités et mon honneur au service de ma terre et de mon peuple. (Elle jeta un regard implorant à sa mère.) Acceptez-vous ma décision ?

Selenay n'eut pas le temps de répondre. Le prince Daren entraîna la cour et le conseil dans une tumultueuse approbation de la solution audacieuse d'Elspeth.

C'était terminé. Epuisée, Elspeth emprunta les couloirs de service plutôt que les corridors principaux. Les serviteurs s'arrêtèrent de temps en temps pour regarder son uniforme.

Un jeune homme lui fit un clin d'œil.

— Héraut, voilà un *superbe* ensemble blanc !

Elle lui sourit et continua son chemin.

Même après que son abdication eut été acceptée, il restait beaucoup de choses à régler.

Présenter ses amis, par exemple, en expliquant leurs capacités et ce qu'ils apportaient à Valdemar. Selenay avait eu un peu de mal à accepter les griffons, jusqu'à ce qu'Hydona déclare dans un valdemarien compréhensible :

— On m'a dit que Votre Majesté est la mère de jumeaux... (Hydona soupira théâtralement.) Dans ce cas, nous avons beaucoup de choses en commun !

Lytha ayant choisi ce moment pour mordre la queue de Jerven, Hydona les sépara. Selenay sourit, comprenant ce qu'elle voulait dire. Personne ne pourrait jamais plus convaincre Selenay que les griffons étaient des « animaux dangereux ».

Flammechant avait ébloui la cour. Il semblait né pour manipuler les foules. Quand la réunion se termina, il avait glané une suite d'admirateurs et cabotinait sans vergogne.

Ventnoir et Nyara furent à peine remarqués.

C'était sans doute une des raisons de la conduite de Flammechant...

Elspeth avait salué en privé tous ses vieux amis et leur avait expliqué qu'elle avait mûrement réfléchi, et que sa solution était la meilleure.

Ils étaient tous d'accord avec elle.

Elle avait pris soin de ne pas présenter Ventnoir avec insistance. Inutile de lancer des rumeurs avant qu'elle ait eu le temps de parler avec Selenay.

Quand vint le moment d'affronter sa mère, Elspeth était angoissée et nerveuse.

Mais l'affrontement qu'elle craignait ne se produisit pas.

Elle avait encore du mal à le croire. Pendant son absence, Selenay avait fini par comprendre qu'elle était une femme adulte et responsable, capable de prendre ses propres décisions.

— Tu seras toujours ma fille bien-aimée, dit la reine en la serrant dans ses bras. Mais tu es plus avisée et plus courageuse que moi. Tu as trouvé la solution idéale à ton problème. Et même si je déteste l'idée que tu te mettes en danger, tu as le droit de faire ce que tu as décidé.

Selenay partit pour une réunion du conseil. Désormais la présence d'Elspeth n'était plus nécessaire. Elle s'en fut vers ses nouveaux quartiers.

L'appartement qu'on lui avait affecté était réservé aux invités de haut rang. Elle avait demandé qu'il soit à côté de celui de Ventnoir, avec une porte communicante. Le sénéchal lui avait jeté un coup d'œil entendu, puis il lui avait souri.

Maintenant qu'elle n'était plus l'héritière, ses liaisons ne regardaient personne…

Elle éprouvait un sentiment de liberté aussi grisant qu'une coupe de bon vin.

Elle entra et laissa ses yeux s'habituer à la pénombre. C'était un appartement de deux pièces, un salon et une chambre.

Elle se dirigea vers la chambre, où attendait un pichet d'eau et une bassine. Elle se rafraîchit avec une pensée mélancolique pour le confort de la Vallée… Puis elle se brossa les cheveux et retourna dans le salon, où elle frappa à la porte de l'appartement de Ventnoir.

Il ouvrit. Son expression montra qu'il ne s'attendait pas à la voir.

Elle se jeta à son cou.

En un instant, il récupéra de sa surprise et lui rendit son étreinte, aussi passionnée que la jeune femme l'avait espéré.

Elle rompit le baiser la première, mais il prit la parole d'abord.

— Tu as été magnifique ! Absolument extraordinaire, dit-il en tayledras. Je suis si fier de toi !

— Parfait. Occupons-nous d'abord des choses sérieuses, avant de faire ou dire quoi que ce soit d'autre !

Il la suivit dans son salon, fermant la porte derrière lui.

— Tu as raison. Nous devons faire nos plans pour la guerre, nous occuper d'Ancar, et parler de la façon de découvrir et de former les nouveaux mages...

— Non. Ces sujets sont importants, mais une autre chose doit être réglée d'abord. Toi et moi.

Il la regarda un moment, surpris.

— Euh... Je ne suis pas sûr... (Il soupira.) Toi et moi. D'accord. Nous pourrions peut-être commencer par nous asseoir ?

— Bonne idée !

Les pièces adjacentes étaient conçues pour que les ambassadeurs puissent y recevoir. Le salon d'Elspeth, identique à celui de Ventnoir, contenait une cheminée, un bureau, quelques chaises et un canapé.

Il la conduisit jusqu'au canapé, où ils s'installèrent. Le soir tombait et la pièce était faiblement éclairée. Mais aucun serviteur n'entrerait pour allumer les chandelles. Elspeth l'avait spécifié. Ils seraient tranquilles.

— Il faut que je sache quelque chose maintenant, dit Elspeth. Quelles sont tes intentions à long terme en ce qui concerne notre relation ?

— Tu as lancé un rocher dans une mare aux eaux bien calmes ! J'avais l'intention de me faire aussi discret que possible. Flammechant et moi avions même pensé faire croire que nous étions *shay'kreth'ashke*, pour détourner l'attention des gens. Nous en avions déjà convaincu Shion ! Mais maintenant… je suppose que ce ne sera pas nécessaire.

— Non. A dire vrai, j'aimerais que tu te montres le plus possible. Plus je me révélerai *inapte* au trône, mieux ça vaudra ! Je sais que ça ne plaira pas à Flammechant. Le pauvre sera déçu. Après tout, c'est à *toi* qu'il voulait offrir une plume !

Ventnoir éclata d'un rire un peu hystérique. Elle sourit, mais resta tendue. Il n'avait pas répondu à sa question…

— Mes intentions sont honorables. Elspeth k'Sheyna k'Valdemar, accepterais-tu une plume de mon oiseau-lige ?

Elle faillit hurler de joie.

— J'espère que tu en as une d'avance ! Je doute que Vree apprécierait que tu ailles lui en arracher une !

Ventnoir plongea la main dans une poche et en sortit une grande plume de faucon, dont la tige était ornée de perles et de cristaux de la taille d'un grain de sable. Elle se terminait par un fermoir d'argent permettant de la fixer dans les cheveux.

— Je la garde avec moi depuis des mois, avoua Ventnoir. J'étais sûr que tu ne pourrais jamais la porter ouvertement. J'ignorais même si tu l'accepterais…

Les yeux de la jeune femme s'embrumèrent quand Ventnoir prononça les paroles qui étaient l'équivalent tayledras d'une demande en mariage.

— Elspeth, acceptes-tu de porter la plume de mon oiseau-lige, pour que le monde entier la voie ?

Elle prit la plume, mais il dut l'aider à la fixer dans sa chevelure, tant ses mains tremblaient.

— Je n'ai pas d'oiseau-lige, dit-elle en lui tendant une bague d'argent où étaient tressés quelques poils d'un blanc étincelant prélevés sur la queue de son compagnon. J'espère que Gwena pensera la même chose que moi…

Elle avait fait fabriquer la bague quelques mois plus tôt par un artisan hertasi.

Mais elle n'avait pas osé espérer pouvoir l'offrir à Ventnoir…

— Le travail de Kelee, dirais-je, fit celui-ci en admirant la bague.

— Oui. Je l'ai depuis aussi longtemps que toi ta plume !

— Les hertasis ont dû en faire des gorges chaudes ! Ce sont des marieurs invétérés, tu le sais !

Elspeth sourit.

— Voilà une bonne chose de faite, dit Ventnoir après un silence pensif. Mes parents et mon clan approuveraient.

— Ça ne changerait rien à mes sentiments si ce n'était pas le cas.

— Aux miens non plus.

Ils s'étreignirent de nouveau.

— « Ventnoir » n'est peut-être plus un nom adéquat pour moi. Tu as amené tant de lumière dans ma vie…

— Mais il y a tout de même des orages à l'horizon…

— Oui. Nous devons nous y préparer. J'ai l'impression que la nuit est loin d'être finie…

Je crois que la nuit est loin d'être finie, pensa Talia.

Elle fit un signe discret à un page.

— Commande un repas et à boire pour tout le monde, puis fais venir des élèves de dernière année pour remplacer les pages, murmura-t-elle.

Le garçon hocha la tête, soulagé. Servant la reine et le Conseil depuis assez de temps pour savoir que ces réunions urgentes pouvaient être interminables, il était content de ne pas être obligé de rester debout jusqu'à l'aube.

Pendant que les pages sortaient, Selenay se leva. Chacun

se tut autour de la grande table. Derrière la reine, le blason de Valdemar scintillait à la lueur des candélabres.

— Je suis sûre que beaucoup d'entre vous craignent que je m'oppose à cette abdication, fit-elle.

Talia savait que le calme de la reine n'était pas feint. En l'absence d'Elspeth, elles avaient passé des nuits à parler des problèmes qui se poseraient à cause de ses devoirs incompatibles. Mais aucune des deux n'avait supposé que la jeune femme serait prête à renoncer à sa position d'héritière.

La solution d'Elspeth avait réglé la plupart des problèmes.

— Je dois avouer qu'Elspeth est plus sage que moi ! Pour l'instant, bien qu'ils n'aient pas encore été Choisis, je nomme Kris et Lyra héritiers présomptifs de la couronne. Comme ils sont très jeunes, il sera plus facile de les protéger, d'autant plus que je remettrai leur sécurité entre les mains du capitaine Kerowyn et de Hérauts sélectionnés par mon consort. Je doute qu'ils soient en danger avec des « nounous » aussi redoutables !

Talia capta le soulagement du conseil.

— La première chose à faire est de répandre la nouvelle de l'abdication d'Elspeth aussi vite que possible. Ça lui donnera une marge de sécurité, et ça perturbera Ancar. Il nous faut aussi laisser croire que ses pouvoirs magiques sont très forts. Ça devrait arrêter Ancar, s'il prévoit de nous attaquer. Convainquons-le qu'Elspeth a amené avec elle une armée de mages et de créatures bizarres. Jusqu'à ce que ses espions lui disent le contraire, ça nous donnera le temps de nous retourner.

Il y eut des hochements de tête autour de la table. Le Héraut Kerowyn se leva.

— Le moment est venu d'utiliser nos relais pour les communications de nuit. Ancar sera informé si une des tours reflète « par erreur » le message de l'autre côté de la frontière. Les Hérauts et les Compagnons sont parfaits pour les messages secrets, mais les tours que nous avons « empruntées » à Ancar sont idéales pour les nouvelles qu'on souhaite voir interceptées par l'ennemi !

— Occupez-vous-en, dit Selenay.

Kerowyn réfléchit un moment, puis rédigea le texte qu'elle voulait transmettre et le tendit à un élève.

— Comment utiliser cette situation à notre avantage ? demanda Selenay. Nous pouvons gagner pas mal de temps, si nous nous y prenons bien.

Elle regarda ses conseillers, attendant les suggestions.

Talia fit signe à Selenay que tout allait bien : tous étaient détendus et en confiance.

Pour le moment. Mais c'était déjà ça…

CHAPITRE XI

Elspeth savait que Treyvan et Hydona s'étaient attendus à être logés dans une écurie quand ils arriveraient à Haven. Mais on leur affecta des appartements comme aux autres dignitaires. Elspeth en fut ravie, mais pas entièrement surprise. Elle se souvenait des deux grandes pièces vides qui servaient généralement aux réceptions. Quand le sénéchal l'informa que les griffons seraient logés au palais, elle y pensa aussitôt.

Les griffonneaux occuperaient la pièce du fond, et leurs parents prendraient la première.

Elspeth, Ventnoir et Flammechant allèrent voir les griffons le lendemain matin.

Leur « nid » était fait de plumes et de couvertures de laine.

— Des lits de duvet ? demanda Elspeth, étonnée. Quel luxe !

— Pourquoi nous contenterions-nous de branches sèches quand nous pouvons avoir des coussins ? demanda Treyvan, allongé nonchalamment sur une des couches.

— Je n'aurais jamais cru que le duvet faisait partie de l'environnement sauvage naturel des griffons…

— Et qui t'a dit que nous sommes des créatures sauvages ? intervint Hydona. L'avons-nous jamais prétendu ?

— Elle a raison, dit Ventnoir.

Flammechant secoua la tête.

— Ne me demandez pas de réponse ! Je ne sais pas grand-chose sur les griffons. Pour ce que j'en connais, ils se nourrissent peut-être de pâtisseries et construisent des barges flottantes comme les Kaled'a'in.

— Nous ne construisons pas de barges, dit Treyvan, et nous n'aimons pas les pâtisseries. Mais la question n'est pas là. Tout semble calme, mais c'est une paix qui ne m'inspire pas confiance. Nous devons trouver quelqu'un qui sache ce qui s'est passé ici depuis ton départ, ma fille sans plumes...

Elspeth ne s'étonna pas qu'il l'appelle ainsi. Elle avait vu le regard du griffon se porter sur la plume piquée dans sa chevelure. Il n'avait rien dit, mais il savait ce que cela signifiait. Elle se sentit réchauffée par l'approbation tacite des griffons, des parents adoptifs pour son amant.

Mais Treyvan avait raison : c'était le calme qui précède la tempête, et les dieux seuls savaient combien de temps il durerait.

L'orage éclatait toujours trop tôt.

— Si quelqu'un dans le royaume sait quelque chose d'important, c'est probablement le Héraut Kerowyn.

C'était évident : Kerowyn était responsable des espions de la reine. Elle aurait sans doute idée de ce qui se passait.

— Bien. Allons-nous la chercher, ou la rejoignons-nous ? Treyvan et Hydona, préférez-vous être vus du plus grand nombre, ou rester ici pour le moment ?

— Je préférerais qu'ils restent, dit une voix féminine. A vous de décider si nous parlerons ici mais comme j'y suis déjà, vous n'avez pas besoin de partir à ma recherche. Peut-être souhaitez-vous un endroit plus discret ?

— Oui, guerrière, dit Treyvan à la femme debout sur le seuil. Je détesterais qu'on nous écoute. Mais j'aimerais savoir pourquoi vous préférez que nous restions dans notre nid. Vous n'avez pas confiance en nous ?

Elspeth comprit que Treyvan était très soupçonneux.

Les salles qu'on leur avait affectées pouvaient facilement se transformer en prison…

Kero éclata de rire et entra d'un pas léger.

— C'est simple, messire ! Vous avez convaincu la cour et les Hérauts que vous êtes inoffensifs, mais ce n'est pas le cas des serviteurs et des animaux domestiques. Si vous vous promenez autour du palais sans que j'aie le temps de prévenir tout ce petit monde, vous ferez mourir de peur quelques jardiniers et quelques toutous !

Treyvan trouva la raison valable.

Kero n'était pas en blanc, comme à son habitude. Elle portait des vêtements de cuir marron foncé d'aspect confortable.

Elle examina Elspeth de la tête aux pieds.

— Qu'est-ce que c'est ? Tu essaies de lancer une nouvelle mode ?

— Je vous assure que je peux me battre avec ces vêtements. Mais je doute qu'on arrive à s'approcher assez de moi pour un corps-à-corps.

— Vraiment ?

Kero se jeta sur Elspeth sans que rien ne l'ait annoncé.

Elspeth la connaissait. Elle avait été son élève trop longtemps pour se laisser surprendre. Elle répliqua en invoquant un fouet d'énergie magique qui bouscula Kero et la fit tomber. Puis elle la ligota rapidement avec un réseau d'énergie.

Kero ne résista pas. Elle avait été confrontée assez souvent à la magie pour savoir que c'était inutile.

Quand Elspeth la libéra, elle se releva et épousseta ses vêtements.

— Tu feras l'affaire, grogna-t-elle.

Elspeth se rengorgea du compliment.

— Vous vous y connaissez en magie, ma dame, observa Flammechant. Assez pour ne pas vous débattre contre des liens magiques. Je serais curieux de savoir d'où vous tenez ces lumières.

Kero regarda pensivement Flammechant.

Puis elle décida de lui répondre.

— C'est simple. Je ne suis pas d'ici, dit-elle en shin'a'in. Je suis née et j'ai grandi au sud de Rethwellan. Petite-fille d'une magicienne, j'ai été formée par sa partenaire, une guerrière vouée à l'épée. Alors j'ai été adoptée par le clan des Tale'sedrin. De là, je suis entrée dans une compagnie de mercenaires. Puis je suis devenue capitaine, et tout ça m'a amenée ici. J'ai lié mes troupes à Valdemar parce que je connaissais le prince Daren. Nous avions tous les deux suivi l'enseignement de la même Shin'a'in. Rethwellan avait une dette envers Valdemar. Les Eclairs furent une partie du paiement. Je n'aurais jamais cru, en traversant les montagnes du sud, que je perdrais tous mes mages et que je récupérerais un cheval parlant des plus obstinés !

Pas plus obstiné que toi !

Tous ceux qui étaient sensibles à la parole par l'esprit sursautèrent, excepté Kerowyn.

Elle soupira.

— C'est Sayvil, mon Compagnon, dit-elle. Elle peut parler par l'esprit avec tout le monde et elle ne fait pas semblant d'en être incapable, comme les autres Compagnons. Je m'attends à ce qu'elle s'adresse bientôt à des gens dépourvus du don de la parole par l'esprit !

Si j'en ai besoin, pourquoi pas ? D'ailleurs, en parlant de « Besoin... »

— Je suppose que cette fichue épée a décidé que tu n'étais pas digne d'elle ? dit Kero à Elspeth. Ou en as-tu eu assez et l'as-tu jetée dans un puits, comme je l'en avais menacée ?

— Elle est avec Nyara, la compagne de Skif. C'est une longue histoire...

Un kyree sortit de la pièce adjacente, les griffonneaux à sa poursuite.

Vous aviez l'épée ? cria-t-il d'une voix mentale excitée. *Alors, vous êtes la jeune fille qui a été formée par mon fameux cousin Warrl ! L'élève de dame Tarma, celle à qui dame Kethry a donné Besoin !*

Il se prosterna aux pieds de Kerowyn.

J'ai si souvent entendu parler de vous ! Warrl m'a dit que vous étiez destinée à de grandes choses. Vous devez tout me raconter, pour que je puisse rapporter aux autres l'histoire de votre vie !

Kerowyn avait l'air d'avoir été frappée par la foudre.

— Je n'arrive pas à y croire, marmonna-t-elle. Qui rencontre plus d'un kyree dans sa vie ? Et des kyrees qui se connaissent ? Je n'y crois pas !

Rris prit un air très digne.

Mon cousin Warrl disait toujours qu'il n'y a pas de coïncidences, seulement des mortels qui n'ont pas combattu les vents du destin.

— Warrl a piqué ce proverbe aux Shin'a'in ! Il a au moins cinq cents ans de plus que lui. Et croyez-moi, kyree, j'ai passé mon temps à combattre le destin ! Au fait, quel est votre nom ?

Rris. Conteur, gardien de l'histoire et professeur du clan Hyrrrul.

— D'accord, Rris, je vous dirai tout ce que vous voulez savoir, mais pas *maintenant* ! Nous avons beaucoup à faire, et j'ai le sentiment que nous aurons peu de temps. Ancar ne tardera pas à frapper de nouveau. Pour le moment, nous pouvons seulement espérer qu'il procédera comme d'habitude et feintera plusieurs fois avant d'attaquer vraiment. Ce que vous voulez, si je ne m'abuse, ce sont des renseignements ? Ce qu'a fait Ancar, et tout ce qui est arrivé depuis le départ d'Elspeth.

Flammechant répondit pour tout le monde.

— Laissez-moi le temps d'aller chercher les deux derniers membres de notre groupe, Skif et sa compagne, celle qui porte actuellement votre épée magique. Vous serez étonnée de ce qui est arrivé à l'arme. Elle a beaucoup changé, guerrière. Nous voulons garder ça secret, mais pas pour vous. Vous devez savoir quel genre d'alliée Besoin est devenue.

Il partit et revint bientôt, accompagné par Skif et Nyara. Skif portait son uniforme blanc « révisé » par les hertasis et Nyara une armure légère fabriquée par les lézardoïdes. Comme toujours, Besoin reposait dans son fourreau. Avant que quiconque ait le temps de parler, l'épée intervint, d'une voix mentale presque choquée.

Je te connais !

Kero sursauta et lança une série impressionnante de jurons.

— Comme si ça ne me suffisait pas d'avoir un amant qui s'infiltre dans mes rêves, un cheval parlant et un uniforme qui fait de moi une cible ! Voilà que les armes surgies de mon passé me parlent mentalement !

Il fallut toute la matinée pour raconter à Kero ce qui était arrivé à Elspeth, Besoin et Skif depuis leur départ. Mais elle refusa obstinément de dire quoi que ce soit avant d'avoir entendu toute l'histoire. De temps en temps, elle jetait un regard en coin à l'épée. Elspeth supposa que l'arme faisait des commentaires destinés aux oreilles de son ancienne propriétaire. Elles se ressemblaient beaucoup. Kero parut s'en apercevoir : au bout d'un moment, les coups d'œil se firent amusés.

Elspeth était contente de ne plus avoir l'épée en sa possession, et elle soupçonnait que Kero éprouvait le même soulagement.

Après une pause pour le repas, Kero tint parole et dit ce qu'elle savait.

Elspeth avait fait apporter des coussins pour que tout le monde puisse s'asseoir confortablement, les griffons restant sur leur nid de plumes.

— D'abord, commença-t-elle, je tiens à vous dire que j'approuve la façon dont Elspeth a agi hier, et tout le conseil avec moi ! Cela perturbera Ancar. Il ne saura pas quoi faire de cette nouvelle. Et il devra attendre que ses espions lui rapportent des informations avant de modifier ses plans. Il sera persuadé que l'abdication d'Elspeth est une ruse jusqu'à ce qu'il reçoive des rapports indiquant que c'est vrai. Il entendra des kyrielles de rumeurs différentes, et ça le rendra dingue ! Il n'imaginera jamais que quelqu'un puisse abandonner volontairement une telle position de pouvoir.

— C'est exactement ce que je pensais, dit Elspeth, satisfaite.

— Maintenant, je voudrais te donner un conseil vous concernant, toi et ton ami. Je sais que tu n'es plus l'héritière, et que la personne avec qui tu choisis de vivre te regarde. Mais les gens t'observent. Ne fais aucune annonce de fiançailles avant quelques mois. Sinon, ils penseront que tu es une femelle énamourée qui a laissé son cœur prendre le pas sur sa raison. D'accord ?

Elspeth leva un sourcil.

— Tant pis si on me tient pour une femelle énamourée ! Comme vous l'avez dit, ça n'a plus vraiment d'importance.

Kero la regarda sévèrement.

— Peut-être pas pour toi, mais tu es un exemple pour les autres, que tu t'en rendes compte ou pas. Il peut paraître très romantique d'abandonner son trône et ses devoirs pour celui qu'on aime. Je suis sûre que les bardes adoreraient en faire des ballades ! Personne ne réalisera que tu acceptes en fait *davantage* de responsabilités en devenant le premier Héraut-Mage de notre époque. Les gens diront que tu es tombée amoureuse et que tu as jeté tes devoirs aux orties. Songe à tous les jeunes idiots qui s'en serviraient comme prétexte pour abandonner leurs responsabilités parce qu'ils ont trouvé l'âme-sœur ! Et nous n'avons pas besoin de ça...

Elspeth hocha la tête pensivement.

— Je comprends ce que vous voulez dire. Je suis toujours un exemple pour les gens de mon âge, et ça ne changera pas de sitôt. D'accord. Je refuse d'éviter Ventnoir, mais nous pouvons faire en sorte de garder les choses secrètes pour le moment...

Après tout, personne ne connaît la signification de la plume et de la bague, excepté ceux qui sont arrivés avec nous. Nous annoncerons la nouvelle plus tard...

— C'est tout ce que je te demande. Réfléchis avant d'agir. Tu n'es plus l'héritière, mais tu seras autant en vue qu'avant, sinon plus. Attends un peu de voir comment les gens réagiront quand ils sauront que tu es le premier Héraut-Mage depuis Vanyel !

Kero se permit un ricanement satisfait.

— Bien, reprit-elle, maintenant, venons-en à ce qui s'est passé en votre absence. Nous avons des agents en Hardorn, Ancar en a chez nous, mais je suis à peu près sûre de les connaître, alors qu'il n'a pas détecté les nôtres. Nous pouvons donc lui « fournir » des informations erronées sans risquer la même chose. Sa tactique n'a pas changé. Quand il pense avoir découvert un point faible dans nos défenses, il s'ingénie à le harceler avant de monter une attaque en règle. Il a cessé d'utiliser des assassins depuis quelque temps. A moins qu'ils ne veuillent plus travailler pour lui. Il est difficile d'engager des gens qui savent que la fournée précédente s'est fait massacrer.

— Tant mieux pour nous, dit Elspeth. Ses troupes sont de quelle force ?

Kero grimaça.

— C'est la mauvaise nouvelle. Elles sont redoutables : nous combattrons à un contre trois. Il dispose aussi de nombreux sorciers. Heureusement, tu as pu nous faire savoir que la barrière de la frontière serait supprimée. Depuis une semaine, nous avons pris soin d'agir comme si elle n'était plus là. Mais il n'a rien tenté. La barrière a *vraiment* été supprimée ?

— Probablement, dit Flammechant. Une de ses caractéristiques était d'empêcher les sorciers de lancer des sorts. Comme Elspeth et moi avons pu travailler sans encombre, j'en déduis que Van… que le sort a été supprimé.

— Les sorciers d'Ancar lancent régulièrement des attaques contre la frontière. Donc, s'il ignore encore que la barrière n'existe plus, il le saura bientôt, s'il n'est pas déjà au courant. Il a appris la prudence depuis qu'il s'est fait botter les fesses à deux reprises. Il ne se précipitera pas pour attaquer, pas après avoir appris qu'Elspeth a renoncé à son titre pour devenir mage. Plus il hésitera, mieux ça vaudra !

— Tout ce que nous pouvons faire pour le perturber sera bienvenu. Attendons-nous quelque chose en particulier ? demanda Ventnoir.

— Oui, répondit Kero. J'ai supposé que vous aviez trouvé un moyen de faire fonctionner la magie à Valdemar, et j'ai expédié un message à Quenten pour qu'il nous envoie autant de mages que possible. Des Hérauts se chargeront de les ramener avec les professeurs des Vents Blancs qui veulent bien venir.

— Les Vents Blancs… Une bonne école, dit Flammechant. Elle a été fondée par un hertasi. Je suis soulagé de savoir que nous ne serons pas seuls pour former les Hérauts-Mages.

— Ils seront avec nous pour le combat… J'ai prévenu Quenten de choisir des gens prêts à se battre. D'autres mages sont en chemin, mais ils ne vous seront pas aussi familiers que ceux de Quenten. Alberich est parti à Karse chercher des prêtresses du Soleil formées à la magie.

— Comment ? fit Elspeth.

Elle n'aurait jamais cru que l'alliance avec Karse irait si loin.

— Oui, des prêtresses de Vkandis, confirma Kero. Je sais, ça a l'air fou, mais il y a eu une révolte religieuse à Karse. Le Haut Prêtre est désormais… une prêtresse, Solaris. Elle s'intéressait depuis un moment à nos rapports avec Hardorn. Solaris a pensé qu'Ancar était un serpent, et que les deux chefs de nos royaumes devraient allier leurs forces contre lui. Elle semble être le genre de femme avec qui je peux m'entendre ! Enfin, Daren a contacté son frère. Le roi de Rethwellan est en train de décider combien de mages il peut nous envoyer, et lesquels nous aideraient le mieux.

— Voilà de très bonnes nouvelles, dit Ventnoir.

Elspeth fronça les sourcils.

— Oui. Mais pourquoi êtes-vous inquiète ?

Kero soupira.

— Parce que nous sommes toujours en infériorité numérique, même avec cette aide !

— Et Ancar n'hésitera pas à « recruter » de force les paysans…, dit Elspeth, se souvenant du conflit précédent et des troupes contrôlées par magie de leur ennemi.

— Exactement. Peu lui importera que son pays tombe en ruines.

— Il affamerait son peuple pour gagner cette guerre ? demanda Treyvan.

Kero et Elspeth hochèrent la tête.

Kero avait encore une mauvaise nouvelle en réserve.

— Enfin, il a un nouveau sorcier avec lui. Celui-là m'inquiète. Peut-être pourrez-vous me dire ce qu'il est… Il a l'air à moitié félin, d'après mes agents. Nous ne sommes pas sûrs de son nom… Mort du Faucon, ou Souffle du Faucon, un truc dans ce genre…

*Fléau*faucon !

Elspeth eut l'impression qu'on l'avait giflée. Flammechant étouffa un cri et Ventnoir un juron. Les griffons levèrent la tête. Skif avait l'air prêt à tuer quelqu'un.

— J'en déduis que vous le connaissez ?

Ventnoir retrouva ses esprits le premier.

— Hélas, oui. Ne serons-nous jamais débarrassés de ce monstre !

— Je me demande quel démon le protège, dit Flammechant, car voilà deux fois qu'il échappe à la mort. Le prochain coup, je croirai à sa fin quand j'aurai brûlé son corps !

— Ce n'est pas une bonne nouvelle, conclut Kero.

— Non, guerrière, dit Treyvan. Pas bonne du tout !

Ils mirent un plan sur pied. Flammechant irait à l'endroit où la nouvelle pierre-cœur s'était établie et il l'activerait. Puis il fouillerait le palais en compagnie de Jeri pour chercher les anciens ateliers de magie et tous les ouvrages qui existeraient encore hors de la salle des archives. Jeri et lui s'occuperaient ensuite de nettoyer et de préparer les grimoires. Dès que ce serait fait, Flammechant commencerait à former les nouveaux mages.

Les griffons s'occuperaient de détecter les Hérauts ayant le don des mages. Ils commenceraient la formation de base si leur potentiel n'était pas suffisant pour réclamer l'attention de Flammechant. S'il y avait un doute sur le don d'un Héraut, Ventnoir et Elspeth trancheraient. Besoin aurait pu le faire aussi, mais elle rappela qu'il valait mieux tenir secrète son existence. Une épée pensante risquait d'attirer l'attention de l'ennemi…

Jusqu'à ce que les mages étrangers arrivent, Ventnoir et Elspeth travailleraient avec Flammechant et la nouvelle pierre-cœur. Ils l'aideraient à localiser les manuscrits « perdus » en fouillant dans les archives. Maintenant que la magie n'était plus prohibée, Elspeth estimait qu'ils trouveraient nombre d'ouvrages importants.

Ils contiendraient peut-être des sorts que les Tayledras ne connaissaient pas…

Restait à savoir combien de temps ils auraient pour mener à bien ces plans. Leur pire cauchemar s'était déjà réalisé : Ancar et Fléaufaucon luttaient ensemble. En ajoutant Hulda et les autres sorciers qu'Ancar avait recrutés, l'opposition serait redoutable.

Les Hérauts ayant le don de prémonition ou celui de la vision à distance ne parvenaient pas à « lire » Ancar, qui avait probablement développé une protection contre la magie mentale.

Ils pouvaient seulement essayer de deviner ce qu'il prévoyait de faire.

Qu'as-tu appris ? demanda Aubefeu à An'desha. *Quelque chose de nouveau ?*

Elle était apparue au milieu des flammes de la cheminée. Si Fléaufaucon se réveillait, elle n'aurait aucun mal à s'y dissimuler. Les Avatars le rencontraient désormais à cet endroit, car le roi pouvait faire irruption à tout moment dans les appartements de l'Adepte et le réveiller. An'desha ne voulait pas être loin de son corps si cela arrivait. Il avait appris à manipuler Fléaufaucon pour qu'il ressente davantage la fatigue. Le sorcier dormait chaque fois qu'il était seul dans sa chambre, sans mesurer le temps qu'il passait à sommeiller.

An'desha s'occupait de le faire boire et manger et de le tenir propre. Le reste du temps, il fouillait dans sa mémoire.

J'ai davantage de souvenirs de Fléaufaucon, répondit An'desha. *J'ai réussi à lui faire croire que ses défauts de raisonnement sont provoqués par Ancar. Il est furieux, et donc moins disposé à faire les quatre volontés du roi.*

Lui aussi sous la forme d'un faucon d'or, Tre'valen rejoignit Aubefeu dans les flammes.

Excellent ! Ouvre-nous tes pensées, mon petit, et nous chercherons ce qui pourrait nous être utile.

An'desha avait accédé aux souvenirs concernant la « fabrication » de Nyara, la fille de Fléaufaucon. Il ne parvenait pas à penser à la jeune femme comme à « sa » fille, car il ne l'avait pas engendrée volontairement, et il n'était pour rien dans son éducation. Mais il éprouvait un sentiment de « parenté » avec elle, comme s'ils étaient frère et sœur.

Très bien, approuva Tre'valen. *Nous aiderons Nyara avec ce que tu as appris. Elle n'aura jamais l'air entièrement humain. Mais nous déferons une partie de ce qui lui a été infligé maintenant que nous savons comment il s'y est pris.*

Il n'avait pas pensé à cette possibilité. L'idée de pouvoir aider Nyara le transporta de joie.

Fléaufaucon se déplace à son gré dans la cour, expliqua-t-il pendant qu'Aubefeu et Tre'valen triaient les souvenirs. *Il ne fait pas grand-chose à part observer, et je surveille ses pensées. Il estime qu'Ancar est une version plus jeune et plus stupide de lui-même. Le roi règne par la terreur, comme lui. Excepté ceux qui ont de la valeur pour lui, comme les nobles, personne n'est à l'abri d'Ancar et de ses sorciers.*

Pourquoi Ancar ne moleste-t-il pas les nobles ? demanda Tre'valen.

Je peux vous rapporter ce que Fléaufaucon en pense. Il est persuadé qu'Ancar lui-même l'ignore... Peut-être est-ce dû à la crainte du pouvoir que détiennent ces nobles. Il croit aussi que c'est parce qu'ils sont toujours ses alliés. Ancar sait que s'il les trahit, personne ne lui fera plus confiance. (An'desha hésita un instant.) *L'Adepte pense que si ces nobles dérangent Ancar, il devrait les faire éliminer* discrètement, *en simulant des accidents. C'est ce que lui aurait fait.*

Cela ne m'étonne pas, dit Aubefeu.

Fléaufaucon estime que si tous les subordonnés d'Ancar se dressaient contre lui, il serait renversé. C'est un risque que Fléaufaucon n'a jamais pris : il avait toujours prévu un moyen de détruire ceux qui pouvaient le menacer.

An'desha avait observé Ancar, et il n'était pas sûr que Fléaufaucon eût raison.

Surtout en pensant qu'Ancar courait des risques inutiles : le roi faisait peser une menace permanente sur ses subordonnés. Cela suffisait sans doute à les garder soumis. Et encore moins en se croyant aussi fort ! Par deux fois, il avait été sauvé de la mort parce que la Déesse et ses Avatars étaient intervenus. Sa confiance en lui était un symptôme de sa folie.

Mais il n'avait pas conscience de l'intervention de la Déesse, ni des failles de son raisonnement. Tout cela était à l'origine de ses illusions de grandeur.

Tu as appris beaucoup de choses, dit Tre'valen. *Et les sorciers d'Ancar ? Comment jugent-ils leur maître ? Un soulèvement semble-t-il possible ?*

Hulda est la plus puissante. Elle croit qu'Ancar n'échappera jamais à son influence, alors qu'il l'a déjà fait. Parmi les autres, le plus fort est un sorcier du Sang, Pires Nieth. Un bâtard de famille noble, probablement de sang royal. Fléaufaucon pense que si Hulda et Ancar tombaient, ce sorcier essaierait de prendre le pouvoir. Mais c'est seulement un Maître, même pas aussi puissant qu'Ancar.

Les Avatars « conversèrent » silencieusement, puis Aubefeu reprit :

Serait-il enclin à comploter contre Ancar ? Si tu te

révélais à lui, penses-tu qu'il accepterait de t'aider à te débarrasser de Fléaufaucon ?

Je l'ignore. Mornelithe a envisagé de s'allier à lui contre Ancar, mais il ne lui fait pas assez confiance. Il ne serait donc pas avisé de se fier à lui.

Bien raisonné, dit Tre'valen.

De plus, c'est un sorcier du Sang, comme tous ses acolytes. Ces hommes — il n'y a pas de femmes parmi eux, excepté Hulda — sont mauvais. *S'ils ne font pas autant de mal que Fléaufaucon, c'est parce qu'ils sont plus jeunes et ont moins de pouvoir et d'imagination.*

Tu as raison, petit, dit Tre'valen. *Nous ne pouvons pas nous allier à des sorciers du Sang. Ce serait une obscénité.*

Une dernière chose : Fléaufaucon ne fera rien pour aider Hulda ou Ancar, parce qu'il les déteste. Il essaie de les monter l'un contre l'autre. Je tente de le persuader que c'est une bonne idée. Ai-je raison ?

Tre'valen sourit.

Oui. Tout ce que tu peux faire pour les perturber sera une bonne chose.

Le feu crépita ; Fléaufaucon s'agita sur son fauteuil.

Au revoir, dit Aubefeu.

Les Avatars disparurent.

An'desha se retira dans son refuge, prêt à monter la garde…

Fléaufaucon se réveilla quand un tison sauta du feu pour atterrir sur la grille. Il lui semblait qu'une autre chose l'avait dérangé, mais il était incapable de l'identifier.

Une fois de plus, il maudit son geôlier en pensant aux sorts maladroits et trop restrictifs qui l'empêchaient de *réfléchir* ! Si cet idiot d'Ancar avait été un aussi bon sorcier qu'il l'imaginait, il…

Comme si cette pensée avait invoqué son ennemi, Fléaufaucon entendit les pas d'Ancar dans le couloir.

Il entra sans prévenir. On eût dit que Fléaufaucon lui appartenait au même titre que l'appartement.

Puis il plissa les yeux pour y voir dans la pénombre que l'Adepte entretenait — avec une touche de magie — dans son fief. Si le gamin n'était pas assez poli pour s'annoncer, Fléaufaucon ne lui faciliterait pas la tâche.

— Fléaufaucon, vous êtes là ? demanda Ancar.

Puis il le vit dans son fauteuil, devant la cheminée.

Mornelithe soupira quand le jeune homme se laissa tomber sur l'autre siège.

— Je suis très fatigué, Majesté, dit-il. Que voulez-vous de moi ? Je crains d'avoir trop peu d'énergie pour vous donner satisfaction…

Il mentait : après avoir disposé de deux prisonniers politiques d'Ancar, il était presque au sommet de sa puissance. Certes, il dormait beaucoup, mais c'était probablement à cause des dommages physiques qu'il avait subis et des contraintes d'Ancar.

Dans le domaine de l'énergie magique, Fléaufaucon était persuadé qu'il aurait pu accomplir n'importe quel exploit, s'il n'y avait pas eu les sorts d'Ancar.

Mais il ne lui dirait certainement pas ça !

— J'ai reçu des nouvelles de notre frontière avec Valdemar, dit Ancar, excité. La barrière anti-magie a disparu ! Je réunis un conseil des sorciers. Quand pensez-vous pouvoir vous y joindre ?

Cette barrière impénétrable avait *disparu* ? Cela éveilla l'intérêt de Fléaufaucon en dépit de son désir de faire croire à Ancar qu'il était indifférent et épuisé.

— Dans peu de temps, dit-il. Quelques instants suffiront…

— Parfait. Suivez-moi, la marche achèvera de vous réveiller.

Ancar se leva d'un bond. Fléaufaucon résista machinalement à la compulsion magique qu'Ancar utilisait pour le forcer à l'imiter.

Puis il abandonna la lutte et permit au roi d'obliger son corps à le suivre. Après tout, qu'importait ? Il gaspillait trop d'énergie en combattant ainsi. Et il ignorait quand Ancar lui enverrait un autre prisonnier…

Quand ils sortirent des appartements de Mornelithe, six gardes leur emboîtèrent le pas. Soit Ancar craignait d'être attaqué dans son propre palais, soit il ne faisait pas confiance à Fléaufaucon pour le suivre « volontairement » jusqu'à la salle du conseil.

Ancar les conduisit dans une direction que Fléaufaucon n'avait jamais empruntée. Ils descendirent un escalier et traversèrent des couloirs sombres où ne marchait aucun serviteur.

Puis ils arrivèrent devant une porte de bois ordinaire. Un garde l'ouvrit, révélant une pièce qui, elle, n'avait rien de banal.

Les murs et le plafond étaient couverts de rideaux de satin rouge. Il n'y avait rien à part une grande table et des fauteuils. Celui du bout ressemblait à un trône. Le fauteuil placé à droite était vide.

Hulda se tenait à la gauche du trône, modestement vêtue et n'exsudant pas sa sensualité habituelle. Ses yeux violets se fixèrent sur Ancar et Fléaufaucon. Elle pinça les lèvres.

Les autres sorciers assis autour de la table étaient tous des hommes de l'âge approximatif d'Ancar. Fléaufaucon en identifia certains, mais d'autres lui étaient inconnus. Ils avaient l'air à la fois excités, étonnés et inquiets.

Ancar s'assit sur le trône, laissant Fléaufaucon occuper le seul siège vide. Le sorcier s'assit aussi lentement que possible, cachant son déplaisir sous une grande dignité.

La pièce était éclairée par des lumières magiques flottant

au-dessus de la table. Une dépense frivole d'énergie, de l'avis de Mornelithe. Mais certains de ces sorciers, des incapables, étaient juste bons à entretenir ce genre de sort. Et cela évitait de devoir faire entrer périodiquement des serviteurs pour changer les bougies.

Ancar attendit que Fléaufaucon se soit assis. Un silence absolu régnait dans la pièce.

Le roi ne se leva pas, mais tous les yeux étaient rivés sur lui.

— J'ai reçu un rapport de mes sorciers de l'Ouest. La barrière qui empêche la magie de traverser la frontière de Valdemar a disparu ! Mes informateurs m'assurent que nous pouvons attaquer quand nous voudrons.

Tous les sorciers eurent l'air ébahi, y compris Hulda. Il y eut encore un bref silence, puis tous essayèrent de parler en même temps.

Hulda fut la seule à garder son calme. Les autres firent de grands gestes, crièrent et se levèrent pour se faire entendre.

Ancar regarda les sorciers, un sourire de satisfaction sur les lèvres. Il était content de la chute de la barrière… et d'avoir mobilisé l'attention de ses sorciers.

Puis il leva une main. Les cris cessèrent aussi soudainement qu'ils avaient commencé.

Ancar désigna Hulda d'un geste impérieux : la seule à ne pas avoir contribué à la clameur.

Elle fronça les sourcils, exaspérée sans doute d'être « interpellée » aussi rudement.

— Nous devrions être prudents, dit-elle. Il faut tâter le terrain à plusieurs reprises avant de décider d'attaquer. Nous ne savons pas comment ni pourquoi la barrière est tombée, mais, à mon avis, c'est un piège. Toutes les faiblesses que nous avions cru repérer chez nos ennemis en étaient… Les Valdemariens ont plus d'un tour dans leur sac. Il leur serait très facile de nous attirer de leur côté de la frontière, puis de refermer sur nous les mâchoires du piège ! Ce ne serait pas la première fois qu'ils le feraient.

Fléaufaucon sourit intérieurement d'entendre Hulda utiliser le mot « traître ». Mais qui mieux qu'un félon pouvait en reconnaître un autre ?

— Exactement ! cria Pires Nieth avant qu'Ancar ait donné la parole à un autre sorcier. Hulda a raison ! Je voulais dire la même chose. Cette situation réclame d'extrêmes précautions. Les Valdemariens nous ont déjà trompés en prétendant ne rien connaître à la magie, puis en la retournant contre nos troupes…

Les clameurs recommencèrent. Cette fois, toutes allaient dans le sens de la prudence. C'était intéressant, car en général, ces gens se partageaient en deux groupes d'opinion, sauf si Ancar avait fait connaître la sienne.

D'après le front plissé du roi, il ne s'était pas du tout attendu à cette réaction…

Pendant que les sorciers incitaient Ancar à la prudence, Fléaufaucon réfléchit et esquissa un plan.

L'étonnant, dans la réaction des sorciers, c'était qu'aucun n'avait eu l'intelligence ou l'audace de prétendre que la disparition de la barrière était due à son intervention.

Tant pis pour eux…

Quand le silence retomba enfin, Fléaufaucon prit la parole.

— Je suis content de voir que mes efforts incessants en faveur du roi Ancar ont porté leurs fruits, dit-il d'un ton dégagé, comme si la question avait peu d'importance. Je dois avouer que j'en ai éprouvé une fatigue assez gênante…

Il avait maintenant une explication logique à ses longues périodes de sommeil. De plus, il avait gagné l'attention d'Ancar et, dans la mesure où il en était capable, sa gratitude.

Et il avait établi sa position de sorcier le plus puissant du groupe.

Il était sûr de pouvoir résister à ce qu'Hulda tenterait contre lui, en supposant qu'elle ose.

Ancar tourna la tête vers Fléaufaucon. Il ne s'était pas attendu à ça.

— Vous avez brisé la barrière ? Mais... vous ne m'avez rien dit !

— Vous m'avez tiré d'un profond sommeil, Majesté, rappela Fléaufaucon. Je ne suis pas au mieux de ma forme quand je me réveille. J'ai travaillé durement pour vous, et je suis content de voir que le résultat est là. Il était inutile de vous donner de faux espoirs en vous révélant ce que je tentais. La barrière était à une telle distance et je travaillais avec tant de limitations... Je préfère ne pas faire miroiter ce que je risque de ne pas donner.

Considérant tout ce que les sorciers d'Ancar avait promis sans tenir, c'était une provocation ouverte.

Pendant qu'ils le regardaient, Fléaufaucon continua :

— J'oserai dire que je ne vois pas la nécessité de la prudence dans ce cas, puisque la chute de la barrière est de notre fait, pas le résultat d'une machination des Valdemariens. Je ferai bien d'autres choses quand je n'aurai plus autant de contraintes...

Il espérait qu'Ancar interviendrait, mais les autres sorciers n'acceptèrent pas sa déclaration sans protester.

Ils parlèrent tous en même temps pour faire remarquer à Ancar qu'il n'existait aucun moyen de déterminer si Fléaufaucon avait *réellement* fait ce qu'il prétendait.

Mornelithe se contenta d'ignorer le tumulte. Souriant, il croisa les mains et attendit. Mieux valait ne pas essayer de réfuter leurs arguments. S'il semblait n'en avoir cure, Ancar croirait plus facilement qu'il avait réussi ce petit miracle.

Comme un de ses professeurs lui avait dit un jour : « Un mensonge éhonté sera gobé par la plupart des gens, parce qu'ils le trouveront trop audacieux pour ne pas être la vérité. »

Ancar leva la main une fois de plus, faisant régner le silence autour de la table.

— Peu importe que Mornelithe Fléaufaucon puisse vous prouver qu'il a brisé la barrière, dit-il. Ce qui compte, c'est que *vous* y avez travaillé en vain. Maintenant, la barrière est tombée, et j'ai l'intention de profiter de cet avantage !

Tous les sorciers eurent l'air de gamins réprimandés, sauf Hulda. Ils regardèrent nerveusement autour d'eux. Il était évident qu'ils n'avaient pas l'habitude de réfléchir par eux-mêmes.

Fléaufaucon brisa le silence.

— Mon seigneur, dit-il, parlant directement à Ancar et ignorant les autres, les vies de vos soldats ont-elles une grande valeur pour vous ? Manquez-vous de conscrits ? Pouvez-vous reformer les rangs même si des compagnies se font tuer ?

Ancar le regarda comme s'il parlait une langue inconnue. Accorder de la valeur à la vie de ses soldats était un concept tellement étranger à son esprit qu'il ne comprenait pas. Fléaufaucon ne s'en souciait pas non plus, sauf quand les troupes à sacrifier étaient *les seules* dont il disposait. Dans ce cas, les vies des combattants avaient de la valeur.

Ancar finit par répondre :

— Ces gens n'ont pas de valeur pour moi ! Les paysannes font des enfants sans arrêt. Je peux enrôler tous les gueux que je veux. Mes hommes sont commandés par la magie. Peu importe qu'ils soient de vrais combattants, des gamins ou des vieillards. Ils obéiront et se battront comme je le leur ordonnerai.

Il ne jugea pas bon de mentionner qu'il avait essayé de lancer son armée contre Valdemar et échoué à deux reprises.

— Parfait, dit Fléaufaucon. Parfois, il peut être difficile de remplacer les soldats. Surtout quand on ne peut pas transformer les paysans en combattants fiables. Mais dans votre cas, vous avez la réponse, mon seigneur : si les vies de vos hommes ne comptent pas, pourquoi ne pas les dépenser ?

— Les dépenser ? fit Ancar, surpris.

— Utilisez-les, mon seigneur ! Qu'importe s'il s'agit d'un piège ! Jetez vos troupes contre le point faible de l'ennemi jusqu'à ce que vous l'ayez conquis ! Les sorts qui contrôlent vos soldats resteront efficaces au-delà de la frontière. Envoyez-les combattre les Valdemariens en si grand nombre qu'il leur sera impossible de résister ! Les Valdemariens sont bêtement concernés par les vies de leurs soldats. Nous utiliserons ça contre eux. Lancez vos troupes, annexez des territoires ! Ignorez les pertes, délaissez les autres cibles. Contentez-vous de prendre des terres, et coupez Valdemar en deux. Investissez ces vies sans importance pour réaliser vos projets ! Le moral des troupes ne compte pas dans une armée contrôlée par magie, mais il pèsera lourd pour les Valdemariens. C'est aussi une arme. Pensez à la peur qui emplira leurs cœurs. Vous les verrez échouer à défendre leur pays. Et ils finiront par prendre la fuite !

— Oui ! cria Ancar en abattant un poing sur la table. Voilà exactement ce que nous devons faire ! Nous laisserons les sorciers à l'arrière, où ils seront protégés. Et nous enverrons les troupes à l'assaut de la frontière. Voilà comment utiliser au mieux nos ressources. Et quand Selenay…

— Non, mon seigneur, coupa Fléaufaucon. Ne faites pas l'erreur qui vous a tant coûté par le passé. Ignorez la reine et vos ennemis personnels. Vous aurez le temps de vous occuper d'eux quand vous aurez conquis leur royaume. Concentrez-vous sur la *terre*, mon seigneur. La conquête du territoire. Rien d'autre !

— Cela demandera une grande quantité d'énergie, dit Hulda.

Fléaufaucon estima qu'elle avait été assez secouée par les événements pour oublier son autosatisfaction. Elle ne voulait pas rester hors du jeu.

— Mais ça nous en rapportera bien plus ! (Elle gratifia Ancar d'un sourire de prédateur.) Pensez à tous ces soldats, les nôtres comme les leurs, mourant sur le champ de bataille. Ça nous permettra de pratiquer la magie du Sang à grande échelle ! Des sacrifices, des milliers de sacrifices ! Nous récupérerons deux fois plus de puissance qu'il n'en faut pour contrôler l'armée. Oui, c'est un plan brillant…

Elle sourit à Fléaufaucon, comme si elle voulait le mordre.

L'Adepte noir leva un sourcil.

— … Et ce plan, s'il est correctement réalisé, nous apportera plus qu'il ne nous coûtera.

Elle se rassit, satisfaite d'avoir donné son avis.

Fléaufaucon n'avait pas terminé.

— Mon seigneur, il y a une autre considération… Un envoyé de l'Empereur de l'est est présent à la cour.

Hulda sursauta. Ancar sembla ne pas comprendre où Fléaufaucon voulait en venir.

L'Adepte se força à la patience. Si ce gamin avait été son fils, il l'aurait fait fouetter pour lui apprendre à être plus vif d'esprit…

— Vous devez donner à cet homme des informations pour son maître. Pas n'importe quel genre d'informations. Il faut lui prouver que vous êtes un monarque puissant. En prenant ce type d'initiative, vous lui donnerez à penser. Vous impressionnerez l'émissaire en lui montrant que vous savez exploiter vos ressources. Et surtout,. vous lui prouverez qu'il ne faut pas s'amuser à vous contrarier.

Ancar sourit. Hulda resta impassible.

Les soupçons de Fléaufaucon lui furent confirmés par l'absence de réaction d'Hulda : elle était une alliée de l'envoyé, ou une espionne de l'Empereur. Peu importait que ce soit un pacte récent ou de longue date. Les intérêts d'Hulda et ceux de l'Empire ne faisaient qu'un. Ancar était un imbécile de ne pas s'en être avisé plus tôt.

Une source de friction de plus entre ses deux ennemis.

Fléaufaucon s'en réjouit.

— Vous avez montré une facette de vos pouvoirs que je n'attendais pas, Fléaufaucon, dit le roi. Votre raisonnement est brillant. J'aurais dû faire de vous un de mes conseillers depuis longtemps.

Ancar se leva et regarda les sorciers.

— C'est parfait. Nous sommes d'accord sur une stratégie. Je donnerai les ordres aussitôt. Fedris, Bryon et Willem, vous partirez avec le premier contingent pour le contrôler. D'autres suivront. Ne vous mettez pas en danger, mais assurez-vous de collecter toute l'énergie que vous pourrez quand ces hommes mourront.

Il regarda les sorciers, sans cesser de sourire.

Le sourire de Fléaufaucon ne s'effaça pas non plus.

— Vous pouvez partir, dit le roi.

Les deux prédateurs se regardèrent, souriant…

CHAPITRE XII

— Voilà donc la pierre-cœur ?

Elspeth éternua. Il restait assez de poussière dans la pièce pour la faire larmoyer. Même l'oiseau de feu de Flammechant semblait poussiéreux.

Et il n'avait pas l'air d'aimer ça.

— Le petit cadeau de Va… euh, de Qui-vous-savez.

Elle se sentait un peu mal à l'aise de mentionner son ancêtre sans savoir qui pouvait écouter.

— Oui. Bien que Qui-vous-savez l'ait probablement fabriquée, je n'ai pas idée de la manière dont il s'y est pris, avoua Flammechant. J'ai l'impression de dire ça sans arrêt, ces derniers temps !

Elspeth sourit malgré la tension qu'elle éprouvait depuis son réveil.

— Comme ça, vous connaissez au moins l'étendue de tout ce que vous ignorez, dit-elle avec une pointe d'ironie. Ça vous aidera à comprendre ce que les humains « normaux » éprouvent…

Elle se tourna de nouveau vers la pierre. Elle ne ressemblait pas du tout à celle qu'elle avait vue dans la Vallée des k'Sheyna. Celle des Tayledras, une grande pierre en forme de dent dressée au centre d'une clairière, l'avait toujours mise mal à l'aise.

Celle-ci était un morceau de cristal sphérique de la

taille d'une tête, posé au milieu d'une table. Des couleurs indistinctes tourbillonnaient autour.

La pièce elle-même ne paraissait pas sortir de l'ordinaire. Elle ressemblait à la salle située immédiatement au-dessus, au rez-de-chaussée du palais.

Pourquoi faire une copie d'une pièce du sous-sol ? Peut-être pour tromper les ennemis... Si elle avait compris les propos de Vanyel, cette salle était le lien physique du réseau qui liait les Hérauts et les Compagnons.

Les serviteurs avaient été surpris de découvrir une porte derrière les amoncellements de tableaux. Pourtant, celle-ci était visible à la lueur d'une lanterne. Cela voulait-il dire que la pièce avait été « oubliée » avec le reste de la magie ?

La pièce était juste assez grande pour la table et les bancs qui l'entouraient. Quatre personnes pouvaient s'y tenir à l'aise, huit si on se tassait. Une seule lanterne, suspendue au-dessus de la table, éclairait faiblement la salle, dont les coins restaient dans la pénombre. Au milieu de la table, un globe de cristal trônait dans toute sa splendeur.

Comme dans la pièce au-dessus.

Les similitudes s'arrêtaient là. La pièce du rez-de-chaussée était souvent utilisée par les Hérauts qui avaient le don de vision à distance. Le globe de cristal leur servait de point focal. Il pouvait être déplacé, en dépit de son poids considérable, car il était posé dans un creux, au centre de la table en bois.

Ici, la table et les bancs étaient en pierre. Elspeth doutait qu'un tremblement de terre suffirait à faire bouger ce globe-là. Il était lié à la surface de la table, dont le pied central était lui-même lié au sol de pierre.

Flammechant lui avait assuré que le sol de la salle était lié au sous-sol rocheux. Même si le palais était rasé, cet ensemble de roc resterait probablement intact.

— Personne à ma connaissance n'a jamais *créé* une

pierre-cœur, dit Flammechant. Dans les Vallées, nous nous contentons de choisir une pierre liée au sous-sol et nous l'utilisons pour en faire la pierre-cœur. Je ne crois pas que quelqu'un ait jamais uni plusieurs pierres disparates…

Son oiseau-lige sauta sur la table, avança vers le cristal et en fit le tour, l'examinant avec beaucoup de sérieux. Elspeth comprit que son compagnon lui avait sans doute demandé de le faire.

La pierre irradiait une faible lueur, même pour une vision normale. Les serviteurs l'avaient vue, émettant quelques commentaires quand ils allumèrent la lampe.

La lueur ne les inquiétait pas, comme Elspeth s'y attendait. La pièce avait une atmosphère accueillante, apaisante et confortable.

La lueur « primaire » était peu de chose comparée à ce qu'on percevait avec une vision magique.

La pierre pulsait de pouvoir, s'illuminant et s'obscurcissant avec des mouvements semblables à ceux d'un cœur humain, mais en beaucoup plus lents. Des étincelles dansaient parfois à sa surface.

En plus d'être confortable, la pièce donnait une impression d'isolement et de… détachement. Les sons extérieurs étaient déjà étouffés dans la pièce du dessus, où on entendait à peine sonner les cloches du Collegium. Ici, on ne les percevait plus du tout. Une fois les portes fermées, le palais semblait ne plus exister du tout.

— La salle est protégée par des boucliers, dit Flammechant. Autant qu'un atelier de mage, mais il semble qu'on nous en ait donné les clés. Les boucliers sont puissants, complexes et très anciens. Cette salle ne laissera filtrer aucune énergie magique. C'est normal, puisqu'elle doit abriter une pierre-cœur au centre d'une zone à forte population. Les habitants de Haven ne sont pas préparés à vivre à proximité d'une énergie magique aussi puissante. Elle pourrait poser des problèmes qui ne se produiraient jamais dans une Vallée tayledras.

— Je suis d'accord avec vous, dit Elspeth, la gorge sèche.

Pour elle, l'énergie magique était réelle. Elle la percevait sur sa peau, comme les rayons du soleil. L'expérience n'était pas déplaisante. Vanyel lui avait affirmé que rien de mal ne lui arriverait à cause de ça. Mais ce n'était pas un phénomène auquel exposer une personne ordinaire...

Heureusement que Flammechant avait pris la précaution de placer les serviteurs sous un bouclier protecteur avant de les laisser entrer pour nettoyer.

Elspeth savait que l'énergie magique blanchissait les cheveux et délavait les yeux des sorciers qui l'utilisaient. Elle n'avait pas de mal à croire que vivre et travailler avec une pierre-cœur produirait ce résultat bien plus rapidement. Flammechant lui avait dit que ses cheveux étaient blancs avant qu'il ait eu dix ans...

Elle se demanda combien de temps prendrait sa propre transformation. Il y avait déjà de grandes mèches argentées dans sa chevelure et ses yeux s'étaient éclaircis.

Elle trouvait ça plutôt seyant.

Quand sa mère la regarderait, elle ne serait plus frappée par sa ressemblance avec son défunt père...

— Les ateliers de travail ont tous été nettoyés, dit-elle à l'Adepte assis sur un banc qui regardait la pierre-cœur d'un air béat. Nous avons transféré dans les greniers les objets qui y étaient stockés et redonné de nouveaux quartiers à ceux qui en avaient fait leurs chambres ou leurs bureaux. Ils sont prêts à être utilisés, dès que vous aurez un étudiant assez « dangereux » pour estimer en avoir besoin.

— Parfait, dit Flammechant. Je pense qu'ils nous seront utiles bientôt. En ce moment, vous êtes la seule Adepte parmi les Hérauts, mais ça pourrait changer. Avec tant de

Hérauts sur le terrain, nul ne peut prédire qui se montrera demain, et quel sera son potentiel.

— S'il y a vraiment sur le « circuit » des Hérauts qui ont un potentiel d'Adepte, je pense qu'ils arriveront dans les quelques jours qui viennent. Souvenez-vous que le Réseau nous unit et qu'il « sait » désormais que nous cherchons les Hérauts qui ont le don des mages. Ceux qui répondent à ce critère seront *attirés* ici. Ils n'auront pas le choix.

Flammechant pencha la tête et la regarda.

— Intéressant. Voilà quelque chose de très utile. Avez-vous retrouvé tous les ouvrages et les grimoires sur la magie, et l'histoire des Hérauts-Mages ?

— Je pense. S'il en existe d'autres, ils sont cachés dans des endroits protégés par des boucliers que je suis incapable de percevoir. Merci d'avoir suggéré de les chercher avec ma vision magique ! Je n'avais pas pensé que les ouvrages seraient « contaminés » par la magie et visibles de cette façon. Sans ça, je n'en aurais pas retrouvé la moitié !

Il sourit.

— Bien. Pouvez-vous m'accorder un moment de votre temps ? La pierre et moi sommes parfaitement accordés. Elle est totalement activée. Il reste une seule chose à faire en ce qui vous concerne. Le « déclenchement » dont je vous ai parlé.

Il veut dire qu'il est temps qu'il nous présente *à la pierre...*

En dépit des assurances de Flammechant, certain que la pierre était sans danger, Elspeth ne put s'empêcher de frissonner. Sa seule expérience avec une pierre-cœur avait eu lieu avec celle de la Vallée des k'Sheyna, la « parente » de celle-ci. Ça n'avait pas été agréable ! Mais si elle voulait fonctionner comme un Adepte formé par les Tayledras, elle devait pouvoir maîtriser l'énergie des nodes et celle de sa propre pierre-cœur. Celle-ci lui donnerait le pouvoir de jeter des sorts qui lui survivraient, ce que peu de mages pouvaient faire.

Cette pierre-cœur semblait « amicale ». Pourtant, elle était née d'une « mère » qui avait essayé de tuer plusieurs Tayledras qu'Elspeth connaissait et qui était parvenue à éliminer un grand nombre qu'elle ne connaissait pas.

Mais elle avait confiance en Flammechant. Il affirmait que la pierre était stable, et qu'elle *devait* être accordée à elle, afin qu'elle puisse ensuite l'accorder aux autres Adeptes. Gwena aussi devait faire partie du processus. Car sur le plan magique, Elspeth et son Compagnon étaient aussi proches qu'un couple lié pour la vie.

Un peu inquiète tout de même, elle posa sa « main » mentale dans celle que lui tendait Flammechant.

Puis elle ferma les yeux.

Elle fut soudain enveloppée de lumière. Quelque chose de très ancien et pourtant très jeune lui souhaita la bienvenue. La vieillesse de la pierre et la jeunesse du pouvoir : ces deux éléments faisaient partie de l'entité qui l'attira en son sein.

Grands dieux ! entendit-elle Gwena s'exclamer.

Elle comprit que son Compagnon avait perçu la même chose qu'elle.

Elle ne s'était pas attendue à ça. La pierre possédait une forme d'intelligence, mais pas d'esprit à proprement parler. Ou rien qu'elle reconnaissait comme tel. Heureusement, cela ne ressemblait pas à l'intelligence malveillante de la pierre des k'Sheyna. Cette « présence » avait une notion du temps très différente de celle d'Elspeth. Et si elle produisait des pensées, elles étaient si étrangères que la jeune femme ne pouvait pas les percevoir comme telles.

Une chose restait sûre : la pierre était vivante. Elle reconnut Gwena et Elspeth. Et elle les accueillerait avec bienveillance à l'avenir. Désormais elles faisaient partie d'elle.

La pierre lui donnerait le pouvoir dont elle aurait besoin, tant qu'elle serait à portée. C'était pour ça qu'elle existait.

Ce moment de vérité fit d'Elspeth une véritable Tayledras. Le pouvoir d'une pierre-cœur devait toujours être utilisé pour le bien du clan. Dans le cas d'Elspeth, cela englobait la totalité de Valdemar.

Pour le moment, la jeune femme désirait une seule chose : que la pierre l'aide à ériger un bouclier magique autour de Haven, pour protéger ses habitants.

Sentant l'approbation de Flammechant, elle commença.

La protection ne devait pas être trop puissante, sinon elle bloquerait la parole par l'esprit et les autres dons des Hérauts. Flammechant comprit ce qu'elle voulait et l'assista avec toute son expérience. Le bouclier serait à peu près équivalent à celui d'une Vallée normale.

Mais l'Adepte laissa Elspeth ériger elle-même les protections. C'était nécessaire, car il s'agissait de sa « Vallée » et de sa pierre-cœur.

Elle découvrit avec étonnement qu'une bonne partie des protections nécessaires étaient déjà en place... Le travail de Vanyel, ou de Flammechant, ou des deux. Il avait peut-être existé autrefois des boucliers magiques, qui s'étaient dissipés au fil du temps, laissant un « cadre » dans lequel il suffisait d'investir le nouveau pouvoir à sa disposition.

Tout ce qu'il lui restait à faire, c'était de donner la forme correcte au bouclier et de définir les protections...

Quand elle ouvrit de nouveau les yeux, elle était en sueur et épuisée. Flammechant lui fit un signe approbateur.

— Excellent ! Maintenant que le bouclier est lié à la pierre-cœur, et non à vous, il tiendra même après votre départ ou votre mort. C'est l'avantage d'une pierre-cœur : les sorts survivent à la disparition de celui qui les a lancés. Les autres ont tendance à s'affaiblir ou à disparaître. C'est pour ça qu'un Adepte, quand il lance un sort majeur, le lie aux autres mages de son école pour partager le fardeau avec eux. C'est ainsi que travaillent les mages des Vents Blancs…

— Je comprends. Pourtant, il existe des objets magiques. Besoin nous a raconté qu'elle fabriquait autrefois des épées ensorcelées. Il y a donc un moyen de placer la magie dans un objet afin qu'elle y reste.

Flammechant fit la grimace.

— Certes ! Mais je ne le connais pas. Cette lame obstinée acceptera peut-être de nous montrer un jour comment faire. Jusque-là, je travaillerai avec ce que je connais.

— Ne devrions-nous pas aller voir comment les griffons s'en sortent ? Treyvan a dit que les Hérauts qu'il forme devraient être capables d'agir sur le temps dès aujourd'hui, et j'aimerais être là quand ils essaieront.

— Ça va si vite ? demanda Flammechant, surpris mais ravi. Merveilleux ! J'aimerais voir ça aussi, et choisir ceux qui auront besoin de continuer l'entraînement. Nous ne commencerons jamais assez tôt à leur apprendre la magie de combat. Chaque heure compte !

Ils quittèrent la salle. Elspeth fut étonnée de voir la porte de bois se fondre dans le mur, devenant virtuellement invisible.

— C'est un camouflage, dit Flammechant. Ceux qui n'ont pas *besoin* de trouver cette pièce ne la verront pas, même s'ils se souviennent désormais de son existence. Ce n'est pas un sort, seulement une conception habile. C'est en partie pour ça que la salle est restée inexplorée toutes ces années.

Treyvan formait ses mages dans une bâtisse des jardins, une pièce de stockage construite en forme de tour ornementale. Elle faisait seulement trois étages de haut, mais sur le toit on avait une bonne vue de la campagne environnante. Elle avait été construite dans un bosquet d'arbres nains qui la faisaient paraître plus grande qu'elle ne l'était. Par temps clair, on apercevait l'ancien atelier de poterie d'Elspeth.

Mais le temps n'était pas beau ! Il restait mauvais depuis que la pierre-cœur s'était installée au palais. Cela changerait dans les prochains jours, mais il faudrait un moment pour restaurer le climat normal de la région.

Flammechant avait un peu arrangé les orages sur la capitale, mais il n'avait pas fait grand-chose pour le reste du pays, car il n'en savait pas assez et préférait être prudent. Un orage menaçait de nouveau. Le ciel était nuageux et le vent soufflait, mais il n'y avait pas de pluie.

Flammechant avait revêtu un costume de couleur plus sobre que d'habitude — gris et vert — mais c'était toujours un vêtement de mage tayledras. Le vent sifflait autour de lui, donnant l'impression que ses habits l'attaquaient. L'oiseau de feu était perché sur le rembourrage de son épaule, les yeux étrécis et la tête fourrée dans le cou de son maître. Les cheveux du mage flottaient derrière lui comme une bannière d'argent.

Je n'aimerais pas devoir peigner une crinière pareille, dit Gwena.

Elspeth acquiesça. Quand le vent aurait fini de jouer avec ses cheveux, Flammechant passerait des heures à les démêler. Pas étonnant que les éclaireurs soient tous tondus !

Il trouvera quelqu'un pour le faire à sa place, répondit Elspeth. *J'ai entendu des rumeurs sur un charmant jeune barde...*

Elspeth sentit l'odeur de la pluie dans le vent et grimaça. Les jardins seraient transformés en marécage !

Treyvan pourrait peut-être faire quelque chose, par

exemple pousser les nuages de pluie vers les fermes du nord, dont les terres étaient desséchées. Les paysans en seraient ravis…

Ils virent une grande paire d'ailes dorées battre énergiquement en haut de la tour.

Treyvan est en pleine forme, affirma Gwena. *Je suis au pied de la tour, mais j'ai suivi toute la leçon, excepté quand nous avons parlé mentalement à la pierre-cœur, bien entendu. Il est prêt à faire travailler ses élèves. Je lui ai dit que vous arriviez, et il vous attend pour commencer. Il veut que Flammechant et toi voyez les étudiants au travail. Ce groupe-là semble très doué.*

Ils dépassèrent la haie qui entourait la tour et découvrirent Gwena et deux autres Compagnons, occupés à regarder le sommet de la bâtisse.

Un des Compagnons était Rolan, mais Elspeth ne reconnut pas l'autre. Même pour un Héraut, il était parfois difficile de distinguer les Compagnons.

Je suis Sayvil, ma chère, dit une voix mentale qu'elle avait entendue une fois ou deux. *J'ignorais que les griffons pouvaient être des mages. Comme vous le savez, les kyrees le sont ainsi que les dyhelis et les hertasis. Il fait un excellent travail. Je n'y vois rien à redire.*

Encore un Compagnon qui s'y connaissait en magie ? Voilà qui était intéressant…

Etait-ce pour ça que Sayvil avait Choisi Kero ? Il était commode d'avoir un Compagnon connaissant la magie pour quelqu'un qui avait débarqué dans le pays en brandissant une épée magique !

Cette question pouvait attendre. Il y avait trop d'autres choses à découvrir.

Je ferai part à Treyvan de votre approbation, ma dame, dit Elspeth.

Sayvil lâcha un rire mental.

La tour servait à stocker des outils de jardinage, des

graines et des bulbes, et les plantes qui devaient hiverner à l'intérieur. Ce bâtiment sentait agréablement la terre, mais il était très sombre. Ils durent tâtonner pour trouver l'échelle.

Le vasistas du toit donnant un peu plus de lumière, les derniers barreaux furent plus faciles à grimper.

Ils émergèrent au sommet de la tour au moment où tombaient les premières gouttes de pluie.

— Vous arrivez juste à temps, les petits, dit Treyvan. Nous n'aurons pas besoin de travailler sous l'eau !

Le griffon occupait la moitié de l'espace. Le reste de l'assemblée était composé de trois adultes en uniforme blanc et de deux jeunes gens portant le gris des élèves. Elspeth n'en connaissait aucun. Un des adultes, âgé d'une vingtaine d'années, était blond et ressemblait à un habitant du Nord. Les deux autres, un homme et une femme d'une trentaine d'années, étaient solidement bâtis à la façon des gens de la frontière de Rethwellan. Les deux élèves étaient probablement en dernière année. L'un était très mince et de teint foncé, l'autre blond et grassouillet.

— Je ferai les présentations quand nous aurons fini, dit Treyvan. Etudiants, vous pouvez commencer.

Elspeth fut un peu étonnée de voir que Treyvan leur avait appris à travailler en groupe, car ils unirent aussitôt leurs pouvoirs. Le plus vieux des deux élèves s'occupa du vent, le forçant à se calmer en lui prenant son énergie. Elspeth ne vit pas l'intérêt de la tactique, car cela laissa l'orage sur la capitale, prêt à les inonder à tout moment. Puis le jeune homme transféra l'énergie qu'il avait absorbée au plus âgé des Hérauts. La femme n'essaya pas de changer la direction du vent, mais de créer un nouveau « système » de climat au nord de Haven.

Fermant les yeux, Elspeth vit la même chose qu'eux : un « paysage » représentant le temps identique à une maquette installée sur une table. L'élève prenait du « sable » sur une

« colline » à l'est, et le donnait à la femme. Elle transférait ce « sable » au sud, créant une nouvelle « colline ». Puis le second élève fit la même chose en puisant son « sable » au nord. Autour du « sable », l'air fut forcé de changer de direction en fonction de la façon dont il était « sculpté ».

Bientôt, un nouveau vent se leva, soufflant du sud vers le nord…

Où la pluie ferait le plus grand bien, si Elspeth en croyait les rapports. Les deux autres Hérauts ajoutèrent leur touche à la « sculpture », l'un poussant l'air frais et humide vers le nord, l'autre rendant celui du sud chaud et sec.

Elspeth vit que l'orage se déplaçait réellement dans une nouvelle direction.

Le second élève s'occupa de retenir l'eau dans les nuages jusqu'à ce que l'orage arrive à destination.

Flammechant sourit. Elspeth regardait à la fois avec ses yeux physiques et sa vision magique, fascinée par la manière intelligente dont ils travaillaient ensemble à un but commun.

Elle comprenait pourquoi Flammechant n'avait pas voulu modifier le temps par magie alors qu'il ne connaissait pas bien la disposition des terres. Ça pouvait si facilement tourner mal !

Elle voyait aussi comment ces manipulations serviraient au cours d'une bataille. Si on faisait tomber la pluie un mois durant sur un terrain, il devenait un marécage. L'ennemi serait épuisé avant d'avoir fini de le traverser pour attaquer.

— Très bien ! approuva Treyvan en regardant les derniers nuages disparaître au nord.

Avec un soupir de soulagement, les cinq nouveaux mages relâchèrent leur « emprise » sur l'orage et se tournèrent vers leur étrange professeur, les yeux brillants de plaisir.

— Excellent, ajouta Flammechant. Très bon contrôle, parfaite coordination. Et le système que vous avez créé devrait tenir assez longtemps pour que la pluie arrive à bon port. Vous apprenez vite. C'est fantastique que vous travailliez si bien ensemble ! Vous pouvez faire bien plus à cinq que séparément…

Un des Hérauts s'assit sur le parapet de la tour.

— Je dois avouer avoir été déçu quand mon don des mages s'est révélé aussi mineur que ma vision à distance, mais après ça… Je ne crois plus qu'il existe *réellement* des dons mineurs… Un tel pouvoir entre de mauvaises mains pourrait provoquer des dégâts incroyables. En faisant tomber la grêle juste avant les moissons, on affamerait un pays entier !

— Vous avez raison. De plus, ça peut servir au combat : vous pouvez frapper une ligne ennemi par la grêle, et le don de vision à distance complète bien celui des mages. Le premier vous permet de savoir où vous ferez éclater l'orage, et vous avez vu ce que vous pouvez faire avec le deuxième !

Kero vous dirait qu'il n'existe pas de mage « mineur », dit Sayvil. *Seulement des mages qui ne savent pas utiliser le pouvoir dont ils disposent.*

Les Hérauts hochèrent la tête. Les deux élèves eurent l'air un peu effrayé.

— Je suis le Héraut Rafe, dit un des hommes. Voilà Brion et Kelsy.

— Nous sommes Anda et Chass, dit un des élèves. Vous êtes Elspeth, n'est-ce pas ? Cet homme est-il votre ami le Frère du Faucon ?

— Je suis Elspeth, mais c'est Flammechant, pas Ventnoir. Flammechant a *toujours* été un mage, mais nous ne lui en voulons pas pour autant !

Flammechant lui fit une grimace comique et son oiseau-lige ricana.

Les cinq étudiants ouvrirent des yeux ronds.

— Ventnoir étudie d'anciens ouvrages en ce moment. Il cherche des diagrammes. Vous le rencontrerez tôt ou tard. Le but de ma visite, à part vous regarder faire, était de vous présenter Flammechant.

Se tournant vers l'Adepte-guérisseur, elle lui expliqua rapidement en tayledras la différence entre les Hérauts et les élèves. Puis elle revint au valdemarien.

— C'est un groupe très disparate… Je suis étonnée qu'ils travaillent si bien ensemble.

— Je resterai avec eux un jour ou deux, annonça Flammechant. S'ils peuvent unir leur pouvoir pour modifier le temps, ils sauront sans doute construire des boucliers.

— Je n'ai pas d'objection, dit Treyvan. Vous en savez plus que moi sur ce point. Flammechant, si vous voulez bien rester tout de suite, j'aimerais que vous montriez quelques petites choses aux étudiants…

Elspeth comprit qu'elle était de trop et quitta discrètement le toit.

En bas, elle retrouva Gwena. Les autres Compagnons étaient partis.

Un jour, Sayvil fera tomber quelqu'un d'un toit à force de saisissement ! dit Gwena. *Le groupe de Treyvan n'était pas le seul à contrôler le temps aujourd'hui. Hydona en a dirigé un autre ce matin pour dissiper l'orage créé par le Portail quand nous sommes revenus.*

— Dieux merci ! Je me sentais coupable au sujet de ce problème. Ventnoir dit qu'il y a probablement un orage au-dessus de chaque node majeur du royaume. Ça fait des perturbations incroyables !

J'espère que Ventnoir t'a aussi prévenue que nous ne pourrons pas tout régler. Nous ne sommes pas assez nombreux et nous n'avons pas le temps. La seule raison de traiter les perturbations climatiques, c'est qu'il s'agit d'un bon moyen de former les mages.

— Ventnoir me l'a dit… Cher cœur, j'ai besoin que tu me conduises à la salle d'entraînement. Je dois y retrouver Ventnoir. Il m'a dit qu'il irait consulter Kero après en avoir fini avec les livres. (Elle étouffa un bâillement.) Les jours n'ont pas assez d'heures ! Ce calme est trompeur, je le sais. J'ai l'impression que nous n'aurons pas le temps de faire tout ce qui est indispensable !

Elspeth essaya de profiter de la chevauchée pour se détendre. Avant d'être « présentée » à la pierre-cœur, elle avait examiné le dernier groupe d'élèves, les testant pour voir s'ils avaient le don des mages. Puis elle leur avait succinctement expliqué la différence entre la magie mentale et la magie véritable. Quand ce fut fait, elle avait confié le groupe à Hydona pour continuer sa formation.

Puis elle s'était rendue aux Archives, pour examiner les ouvrages que Ventnoir et elle avaient trouvés la veille. La plupart étaient des manuscrits reliés de cuir ou des copies à la main de grimoires encore plus anciens. Elle avait trié les ouvrages pour écarter ceux qui n'étaient pas de véritables traités de magie. Puis elle avait remis les livres sélectionnés aux Hérauts qui, sous la direction du chroniqueur Myste, traduiraient les textes en valdemarien moderne. Quelques ouvrages étaient rédigés en tayledras, ce qui avait surpris Ventnoir. Quelques autres utilisaient des langues qu'aucun d'eux ne put identifier.

Ventnoir voulait les montrer à Kerowyn quand il aurait fini d'« éplucher » les textes en tayledras.

Tous deux étaient épuisés. La journée d'Elspeth avait commencé avant l'aube et se terminerait bien après minuit.

Et le calme était si trompeur ! Il aurait été facile de croire que tout allait bien, mais Ancar mijotait quelque chose, Elspeth le savait.

Il avait peut-être déjà commencé...

Elle avait réussi à ériger une barrière autour de Haven. Dès que Flammechant en aurait fini avec les étudiants de Treyvan, il retournerait à la pierre-cœur et se servirait de son bouclier comme modèle pour mettre en place des protections supplémentaires.

Demain, avant l'aube, tout recommencerait...

Voilà pourquoi Gwena ne lui avait pas reproché de vouloir être transportée jusqu'à la salle d'entraînement.

Elle se laissa glisser du dos de Gwena devant la bâtisse de bois devenue le domaine de Kerowyn. La salle était pleine à craquer d'étudiants supervisés par Jeri, l'assistante de Kero, choisie et formée avec grand soin par le maître d'armes Alberich. Jeri tourna la tête vers Elspeth quand elle aperçut son reflet dans les miroirs qui couvraient deux murs.

Elle lui désigna du menton le bureau de Kero.

Elspeth dépassa les jeunes gens à l'entraînement et avança vers le bureau, évitant les pièces d'équipement qui jonchaient le sol.

Elle frappa à la porte, utilisant le code qu'elle avait établi avec Kero.

La porte s'entrouvrit. Un bras vêtu de cuir en sortit et tira Elspeth à l'intérieur.

Ventnoir était là, mais il y avait un autre homme. Sale et dépenaillé, il était habillé comme un colporteur.

Un des espions de Kero. Sans doute un mercenaire des Eclairs. L'homme était là pour leur donner des nouvelles d'Ancar. A son expression sombre, elles surent qu'elles étaient mauvaises.

— Je suis contente que tu sois là, dit Kero. Ventnoir et toi êtes ceux qui en savez le plus sur... Mort du Faucon. Ragges l'a vu. Il l'a décrit à Ventnoir. Je veux que vous entendiez tous deux ce qu'il a à dire.

— Petite plume, je crains qu'il s'agisse bien de Fléaufaucon. La description correspond parfaitement.

Elspeth se laissa tomber sur un tabouret et soupira.

— Malédiction ! Ce monstre ne pourrait-il pas mourir et *rester mort* ?

— Nous aimerions bien, fit Kero. Ragges, dis-leur ce que tu sais. Quelque chose pourrait être important…

— Fléaufaucon est devenu le conseiller d'Ancar. Il semble occuper un poste élevé dans la hiérarchie des mages. Au moment de mon départ, on murmurait qu'il avait détruit la barrière qui protégeait Valdemar de la magie. Les gens disaient aussi que la guerre était proche. Je suis parti pour devancer l'armée qu'Ancar levait peut-être.

— Fléaufaucon prétend n'importe quoi quand il pense pouvoir convaincre les gens, dit Ventnoir.

— Si elle n'y prend garde, Hulda ne sera plus longtemps la « sorcière favorite » d'Ancar. L'étoile de Fléaufaucon brille de plus en plus fort. Mais il y a autre chose : il y a à la cour un envoyé, portant un écusson et un uniforme que je ne connais pas. Voici l'écusson. (Sortant un bout de papier de sa poche, il le dessina.) Cet homme semble très ami avec Hulda. Elle fait de son mieux pour rester discrète, mais elle passe beaucoup de temps avec lui. La pauvre est tellement occupée à surveiller les espions d'Ancar qu'elle ne m'a jamais remarqué.

— Je ne le connais pas, dit Kero, regardant le dessin.

— Moi, je l'ai vu ! dit Ventnoir. Il y a peu de temps… (Il fronça les sourcils.) Ce matin, dans un livre !

Fouillant dans sa pile d'ouvrages, il en sortit un après avoir vérifié la première page.

— C'est bien ce blason, affirma Ragges.

Elspeth saisit le volume et le feuilleta. Il était écrit en valdemarien si ancien qu'elle l'avait pris pour une langue étrangère. Mais elle n'avait pas fait attention à la première page, qui semblait de facture plus moderne. Comme elle l'espérait, le texte racontait l'histoire de l'ouvrage. C'était une copie, mais les scribes avaient fidèlement reproduit les inscriptions et les diagrammes griffonnés dans les marges.

Pas n'importe quelle copie : celle d'un livre amené dans le pays quand il n'était pas un royaume.

Un ouvrage apporté par le baron Valdemar avant qu'il devienne le roi Valdemar.

— D'après le prologue, le blason est celui de la famille à qui appartenait le livre avant que le roi Valdemar l'« emprunte », quand il partit vers l'ouest avec son peuple.

— J'ai l'impression que je ne vais pas aimer ce que tu vas dire, grogna Kero.

— C'est celui de la famille royale de l'Empire de l'Est, murmura Elspeth.

Toute sa vie, elle avait entendu parler des horreurs que le monarque de l'Est faisait subir à ses sujets.

Valdemar avait fui très loin pour échapper au courroux de l'Empereur.

— Et l'Empereur de l'Est a un émissaire à la cour d'Ancar...

— L'envoyé du vieux Charliss fait copain-copain avec Hulda ! cria Kero. Par l'enfer !

Quelqu'un tambourina à la porte du bureau.

— C'est moi, Jeri ! cria l'assistante de Kero. Un message est arrivé de l'est. Tout le monde est convoqué ! Les troupes d'Ancar attaquent notre frontière !

— Malédiction ! cria Kero.

Ils sortirent au pas de course.

Le soir, d'autres messages annoncèrent qu'un Héraut arriverait bientôt avec de plus amples détails.

Les rapports étaient clairs et concis. Mais ils n'avaient pas de sens.

Elspeth se frotta les yeux, étouffant un bâillement.

Personne n'avait dormi depuis trois jours. Elspeth était à la fois tendue et épuisée. Il n'était plus temps de dormir. Plus le temps de rien, en fait.

Un élève posa une tasse de thé fort à côté d'elle. Elle la vida en trois gorgées.

Les forces d'Ancar avaient traversé la frontière peu après midi, le premier jour de l'attaque. Comme Kero et Elspeth le craignaient, il s'agissait de troupes contrôlées par magie. Cette fois, le contrôle ne disparaissait pas une fois la frontière passée.

La barrière n'existait plus, comme Vanyel l'avait dit.

L'armée d'Ancar avait conquis une ville en perdant près de la moitié de ses forces. Les envahisseurs fortifiaient leur position pendant que d'autres troupes arrivaient d'Hardorn.

A la vitesse où le roi perdait ses hommes, il lui faudrait remplacer le contingent entier dans un ou deux jours.

— Ça ne ressemble pas à Ancar, dit Kero d'une voix fatiguée au seigneur marshal. Il ne se bat pas comme ça ! Cette cité n'a aucune valeur stratégique. Et il a perdu la moitié de son armée pour la conquérir !

— Je dirais qu'il est devenu fou, s'il ne l'était pas déjà, marmonna le seigneur. Je n'ai jamais vu Ancar attaquer une cible sans valeur. Voilà pourquoi nous n'avions pas pris la peine de fortifier cette ville.

— Quelqu'un d'autre lui dicte sa tactique ! lança Ventnoir.

Tous les regards se tournèrent vers lui.

— Il n'a jamais laissé personne faire ça, répondit Kerowyn. Il est très prévisible. Des pertes élevées le font généralement reculer.

— C'était le cas par le passé, mais ce n'est plus vrai, insista Ventnoir. Il a laissé quelqu'un d'autre élaborer sa stratégie. Et nous savons *qui* a tendance à gaspiller la vie de ses subordonnés et se fiche de verser le sang de son propre peuple…

— Mornelithe Fléaufaucon, dit Elspeth.

— Le sorcier ? Depuis quand un sorcier s'y connaît-il en tactique militaire ?

— Ses décisions sont-elles tactiquement valables ? demanda Ventnoir. Pas vraiment ! Mais si Ancar continue comme ça, il vous écrasera par le seul effet du nombre. Souvenez-vous que ni Fléaufaucon ni lui ne se soucient de l'état des royaumes après la guerre. Fléaufaucon serait ravi de détruire les deux pays. Il a peut-être influencé Ancar jusqu'à ce qu'il pense uniquement à la vengeance.

Elspeth sentit un frisson glacé courir dans son dos. Voilà ce qu'elle avait deviné, sans vouloir y croire.

— Personne ne peut gagner dans ces conditions, dit un conseiller d'une voix tremblante.

Ventnoir inclina la tête.

— Alors nous sommes perdus ! C'est seulement une question de temps..., gémit le sénéchal.

Ses paroles reflétaient le sentiment général.

Le grand conseil de Valdemar était au bord de la panique.

— Faux ! dit Elspeth. Pas si nous faisons quelque chose d'inattendu. C'est comme ça que Ventnoir et moi avons vaincu le sorcier. Nous avions deviné ce qu'il pensait que nous ferions. Alors nous avons fait autre chose...

— Il suppose que la panique vous frappera, dit Ventnoir. Et que vous enverrez des troupes essayer de tenir le front pendant que la population fuira. Il attend que les gens prennent la direction du nord et du sud. Alors, il essaiera de vous couper de Rethwellan, en comptant sur les montagnes pour vous arrêter. Une fois qu'il aura créé la panique, il viendra du sud pour continuer à vous harceler.

Kero regarda la carte.

— Ça paraît logique, dit-elle. Ça nous couperait de nos alliés. Mais Ancar ne connaît probablement pas encore notre pacte avec Karse.

— Nous sommes alliés avec *Karse* ? glapit quelqu'un.

— Il s'attendra à rencontrer une ligne de défense contre son invasion..., dit Ventnoir. Des fortifications. Cela semblerait une réponse logique. Que pouvons-nous faire d'*illogique* ? Comment le frapper d'une manière qu'il ne devinera pas ?

Kero le regarda un long moment, puis se tourna vers Elspeth.

— Une attaque-surprise, dit-elle. Une toute petite contre-attaque, dans sa propre forteresse. Nous couperons la tête du serpent. Si nous tuons Ancar, Hulda et... Souffle du Faucon, tout s'écroulera !

Il y eut un silence pesant autour de la table du conseil. Elspeth vit que son beau-père hochait la tête d'un air entendu.

— C'est un meurtre..., objecta la dame Elibet.

— Un *assassinat politique*, renchérit le seigneur patriarche. De sang froid et prémédité. Un péché mortel !

— Je suis d'accord, c'est un problème moral, dit Kero. C'est bien un meurtre ! Tuer est un péché, je vous l'accorde. Je suis une mercenaire et je vous affirme qu'il n'existe pas de façon de tuer « gentiment ». Mais quel choix avons-nous ? Si nous fuyons devant ses troupes, nous lui abandonnerons tout ! Dois-je vous rappeler qu'une moitié au moins de notre population n'a aucun endroit où fuir. Si nous résistons, il nous battra par le seul effet du nombre. Car une fois qu'il aura envahi nos terres, il enrôlera *nos* paysans dans son armée contrôlée par magie ! *Avons-nous le choix* ?

Elspeth s'éclaircit la gorge quand Kero se tourna vers elle. Comme elle n'était plus l'héritière, elle n'avait plus sa place au conseil, mais on l'écouterait quand même.

— Nous pouvons le surprendre avec des raids. Ça le retardera. S'il attend une panique généralisée ou une ligne de défense, il faut le perturber en ne faisant rien de ce qu'il escompte.

— As-tu un plan ? demanda Kero.

— Oui, et Ancar ne s'y attendra pas... L'évacuation ! Attaquer au nord pendant qu'on évacue vers le sud. Puis frapper à partir du sud et l'attirer sur des terres brûlées pendant que l'évacuation continue vers l'ouest. De cette façon, nous pourrons faire sortir tout le monde. Capitaine, je sais que personne n'aimera ça, mais si les gens refusent de partir, il faudra brûler leurs fermes et leurs moissons. Ils ne resteront pas s'ils n'ont plus de toit et rien à manger.

Quelqu'un poussa un cri horrifié.

Le seigneur marshal hocha la tête.

— Nous devons penser d'abord aux gens, dit-il. Si nous privons Ancar de toutes les ressources du pays, il devra avancer plus lentement que s'il pouvait se livrer au pillage.

— Vous voulez détruire notre pays ? gémit Elibet. Comment pouvons-nous faire ça à Valdemar ? Et comment l'expliquer au peuple ?

Elspeth releva la tête.

— Dites-lui que Valdemar, ce n'est pas la terre, ni les champs de blés ni le bétail ou les routes. Valdemar, c'est son peuple ! Le grain poussera de nouveau. Le bétail se reconstituera et les maisons peuvent être rebâties. Nous devons préserver les vies de nos compatriotes. Ce doit être le but de notre combat : préserver toutes les vies ! Si les hommes et les femmes survivent, Valdemar survivra.

Elle regarda les conseillers.

— Aucun Héraut ne refuserait de se dresser entre son peuple et les forces d'Ancar, même s'il n'a pas d'autre arme que son esprit et ses mains. Moi comprise. Je suis volontaire pour faire partie du groupe qui s'infiltrera sur le territoire d'Ancar. Vous savez qu'il a une rancune personnelle contre moi, et je n'ignore pas ce qu'il me fera si je tombe entre ses mains. Mais chaque Héraut se battra jusqu'à son dernier souffle et sa dernière goutte de sang pour défendre le peuple. Dites ça aux gens. Rappelez-leur que les Hérauts n'ont pas de maisons ni de biens matériels, et qu'ils n'en ont jamais eu. Tout ce que les Hérauts possèdent leur vient du peuple. Ils le défendront jusqu'au bout et jusqu'au dernier !

CHAPITRE XIII

Kero fit sortir les élèves de la salle du conseil, plus pour les préserver que pour garder secrètes les décisions. Mais il serait difficile de les protéger tous si on murmurait qu'ils étaient au courant d'un plan secret.

Kero regarda les membres du conseil.

— A partir de maintenant, rien de ce que nous disons ne quittera cette pièce. Si j'en avais la possibilité, je lancerais un sort pour vous faire tout oublier quand vous serez sortis.

Ventnoir toussa poliment.

Kero se tourna vers lui.

— Ne me dites pas que vous avez la possibilité de faire ça !

— Si. Ça s'appelle un sort de contrainte. Nous ne nous en servons jamais, sauf en cas d'extrême urgence. Nous préférons ne pas utiliser la version qui fait oublier quelque chose d'important à quelqu'un, sauf si nous soupçonnons un ennemi d'avoir le don de la parole par l'esprit. Il est possible de rompre une contrainte, mais seulement en recourant à un sorcier plus puissant que celui qui l'a installée. Enfin, les Tayledras doivent obtenir le consentement de la personne sur qui ils placent le sort. D'autres mages ne sont pas aussi polis…

Fléaufaucon, par exemple, pensa Elspeth. Elle se souvenait trop bien de ce qu'Etoilelame avait enduré pour être débarrassé de ses sorts de contrainte.

Les autres membres du conseil, y compris les Hérauts Teren, Kyril et Griffon, s'agitèrent nerveusement et n'eurent pas l'air très rassurés. La *magie* ! C'était là le problème ! Ils connaissaient la magie mentale, mais cette magie-là était totalement étrangère à leur expérience. Elle les mettait mal à l'aise, car ils l'avaient rencontrée surtout chez leurs ennemis.

Maintenant, ils comprennent ce qu'éprouvent ceux qui n'ont pas de don mental, dit Gwena, ironique.

Le prince Daren eut l'air intéressé.

— Je savais que ces sorts existaient, mais je n'ai jamais rencontré un mage capable de les invoquer. Il semble que les prêtres de Vkandis en aient la possibilité, d'après ce que m'a dit Alberich.

Grâce à son don d'empathie, Talia savait que Ventnoir se couperait un bras plutôt que de faire du mal à un des conseillers.

— Une telle précaution nous protégerait des erreurs involontaires, dit-elle.

— C'est vrai pour mon équipe, et pour tout le monde ici... Je doute qu'Ancar envoie des agents pour enlever quelqu'un, mais n'oubliez pas que les illusions fonctionnent, désormais... Il pourrait infiltrer un agent déguisé en serviteur qui droguerait votre nourriture et vous ferait dire tout ce que vous savez. S'il s'y prend bien, vous n'en auriez même pas conscience.

Talia et Elspeth pâlirent, se rappelant comment Hulda avait réussi à s'introduire au palais et à droguer la nurse de la jeune héritière.

— Vous parlez sérieusement ? demanda la dame Kester. Dieux, je n'aurais jamais cru voir le jour où les conseillers ne pourraient pas être protégés au cœur de Haven !

— Moi non plus, soupira Daren. Mais je suis le premier

à accepter qu'on jette ce sort sur moi. Nous sommes nombreux, les serviteurs encore plus, et nous n'avons pas assez de mages pour déjouer toutes les illusions. Je suppose que le sort a une étendue limitée ?

— Si je l'installe maintenant et que je le supprime quand la réunion sera terminée, il sera limité à sa durée, répondit Ventnoir. Et si l'un de vous craint de ne pas pouvoir le supporter, il lui reste la possibilité de ne pas participer à la conversation.

Tous les conseillers acceptèrent, inspirés par l'exemple de Daren et de Talia, qui fut la deuxième à donner son accord.

Ventnoir chercha le node le plus proche pour y puiser de l'énergie. Elspeth le sentit et l'aida à s'y connecter. Il la remercia d'un sourire.

Les sorts de contrainte n'étaient pas difficiles à invoquer. Ventnoir eut terminé avant que les conseillers s'avisent que quelque chose s'était passé.

— Voilà, dit-il. Vous ne pourrez pas parler de ce que nous allons dire hors de la salle du conseil, ou à des gens qui n'appartiennent pas au conseil.

— Vraiment, demanda le père Ricard. Je ne me sens pas différent…

— C'est la nature de ce sort. Il est insidieux. On ne se rend pas compte qu'on ne peut pas parler d'une chose, comme quand la magie était un sujet interdit. Votre pays entier était placé sous un sort de contrainte et personne ne l'a jamais remarqué. Heureusement que votre dernier Héraut-Mage était un homme intègre !

Et qu'il a eu un tas de Compagnons pour l'aider, ajouta Gwena, confirmant les soupçons d'Elspeth : les Compagnons avaient contribué à faire de la magie une ressource « oubliée ».

Kero soupira.

— Bien. Maintenant que nous sommes sûrs de pouvoir

tenir tout ça à l'abri des oreilles d'Ancar, nous devons mettre sur pied notre équipe. Normalement, aucun de vous n'en aurait entendu parler : c'est un travail d'espionnage qui se conduit discrètement. Il y a déjà eu et il y aura encore des opérations secrètes.

Le seigneur patriarche sourit.

— Nous nous en doutions, ma dame.

Kero toussota.

— Je l'espérais. Mais cette fois, j'ai besoin de votre accord, parce que si nous voulons réussir, nous devons envoyer des mages contre notre ennemi. En les retirant des premières lignes de défense de Valdemar… Ils devront affronter Ancar, Hulda et un Adepte noir des plus dangereux. Nous devons donc envoyer les meilleurs. Ça signifie qu'il faut accepter l'offre d'Elspeth.

— En tant que stratège, je suis d'accord, dit le seigneur marshal, l'air contrarié. Elle s'est portée volontaire, et c'est la dernière chose qu'Ancar attendrait de notre part !

— Et Fléaufaucon, donc ! Il pensera que tous les nobles qui le peuvent se mettront à l'abri à Rethwellan. Il ignore tout du sens du sacrifice. S'il sait qu'Elspeth est revenue, il s'attendra à ce qu'elle demande l'asile à sa famille rethwellienne.

— Si vous envoyez Elspeth, vous devez aussi choisir Skif, dit la dame Kester. Je sais qu'il a déjà fait ce type de travail…

— Si j'y vais, Nyara viendra avec moi. Cymry lui fait confiance. Elle est intelligente, entraînée au combat, et elle a des comptes à régler avec Fléaufaucon. Elle le connaît mieux que personne…

Il ne précisa rien de plus. Ce n'était pas utile pour le moment.

— J'irai aussi avec Elspeth, dit Ventnoir. Nous travaillons bien ensemble et je suis plus expérimenté qu'elle.

Cela ferait deux mages et deux combattants dans l'équipe d'infiltration…

— Elspeth et vous devrez d'abord éliminer Ancar et Hulda, dit Flammechant. Ce qui implique que je dois aussi vous accompagner. Si vous séparez les équipes, je peux me joindre à Skif et à Nyara pour qu'ils aient aussi un Adepte avec eux quand ils s'attaqueront à Fléaufaucon.

— Je dois admettre que le sorcier noir n'est pas notre priorité, dit Kero.

Flammechant haussa les épaules.

— Il devrait l'être, croyez-moi. Si je participe à l'opération, cela donnera un Adepte contre Hulda, un contre Ancar, et moi contre Fléaufaucon. Je ne pense pas pouvoir l'éliminer seul, mais détourner son attention, pendant que Skif et Nyara s'occuperont de l'attaque physique.

Avec moi, dit Besoin dans l'esprit d'Elspeth. *Le gamin nous sera fichtrement utile, parce que je devrais être tout près de Fléaufaucon pour pouvoir intervenir.*

Elspeth n'avait pas escompté que Flammechant se porterait volontaire.

— Qui restera-t-il si vous partez tous ? demanda la dame Kester, inquiète.

— Vous aurez les griffons, dit Ventnoir. Ce sont tous les deux des Maîtres. Et aussi les Hérauts et les élèves qui ont le don des mages.

— Et j'ai une surprise pour vous, dit Kero. D'autres mages arrivent. Ils seront là sous peu.

Les conseillers se tournèrent vers Kero. Elle leur révéla que trois contingents de mages les rejoindraient bientôt.

— Voilà pourquoi vous avez envoyé ces « groupes de formation » sur le terrain ! dit le seigneur marshal.

— Oui. Mais y aura-t-il des Adeptes parmi eux, je l'ignore. Par bonheur, la valeur d'un mage ne se mesure pas seulement à ça, mais à la qualité des tacticiens avec lesquels il travaille et à son désir de faire de son mieux.

— J'ai connu quelques Adeptes qui n'arrivaient à rien, dit Flammechant. L'un d'eux a été battu dans un concours par un homme beaucoup moins puissant.

— Nous aurons donc des mages. Etes-vous d'accord sur la composition de l'équipe ?

Le vote fut unanime, même si les conseillers n'étaient pas ravis de se séparer de deux Adeptes et de l'ancienne héritière de la couronne.

— Très bien, dit Kero. La réunion est terminée en ce qui me concerne. Je dois trouver un moyen d'introduire l'équipe en Hardorn. Et vous, mes dames et seigneurs, vous devez prévenir vos gens, et vous charger des défenses et de l'évacuation. Coordonnez-les avec les raids qu'organisera le seigneur marshal. (Elle regarda Talia, Elspeth et Daren.) Je ne vous envie pas votre prochaine mission... Selenay n'aimera pas ce que nous avons décidé.

— Je m'occuperai de la prévenir, dit Daren. Je lui rappellerai que nos enfants détesteraient être orphelins de père. Peut-être ne m'assassinera-t-elle pas...

Elspeth et Talia attendaient dans l'antichambre des appartements de Selenay et de Daren.

Il revint très vite les chercher et elles le suivirent dans le bureau de la reine.

Elspeth fut désolée de voir sa mère si inquiète et fatiguée. Elle n'aimait pas ajouter à ses soucis...

Selenay la prit dans ses bras et l'étreignit, mais sans les pleurs qu'Elspeth avait redoutés.

Puis elle la lâcha et la regarda intensément.

— C'est bien, dit-elle enfin. Tu as décidé toi-même, n'est-ce pas ? Personne ne t'a poussée ?

Elspeth secoua la tête.

— J'avais pensé à commander un bataillon, mais je ne suis ni une tacticienne ni une excellente combattante. Au combat, je serais une guerrière parmi d'autres. Même si je pouvais aider à organiser les mages... Mais Kero m'a toujours appris qu'on n'éteint pas un feu à distance. Il faut y aller et lui couper le chemin.

— Kero est un bon professeur. La reine est d'accord avec ta démarche. La mère, c'est autre chose... Je déteste te savoir en danger, mais tu es une adulte responsable de sa propre sécurité. Je ne peux plus te protéger comme quand tu étais enfant. Et Elspeth, je suis si *fière* de toi !

Elspeth n'aurait jamais cru ça de sa mère. Elle se jeta dans ses bras. Cette fois, elles se laissèrent aller à verser quelques larmes. Daren et Talia se joignirent à l'étreinte. Ils restèrent ainsi quelques instants, sachant que leurs vies ne seraient jamais plus les mêmes, quoi qu'il arrive.

— Merci, maman, dit Elspeth. C'est la chose la plus merveilleuse que vous m'ayez dite. J'ai toujours été fière de vous, moi aussi, mais jamais autant qu'aujourd'hui.

— Quand tu étais une enfant difficile, avant l'arrivée de Talia, je n'aurais jamais cru que tu deviendrais une adulte si équilibrée et encore moins que tu me rendrais tellement heureuse d'être ta mère. Personne n'aurait pu exiger de toi ce que tu as donné à Valdemar.

Elspeth s'empourpra.

— J'ignore si le prince Daren vous a parlé de mon discours sur la nécessité de sauver le peuple et non la terre. J'ai appris ça en vivant avec les k'Sheyna. Le moment venu, ils abandonnent sans regret leurs vallées et leurs maisons, mais ils pleurent la mort de leurs compagnons, que ce soient des faucons, des hertasis ou des humains. Cela m'a fait comprendre bien des choses. Il importe peu qu'Ancar s'empare de territoires, tant que le peuple survit.

— Tu es *vraiment* adulte. Et plus avisée que moi...

Elspeth eut un rire hésitant.

— Non. Je m'y connais seulement dans des domaines différents. Mère, il me faut retourner auprès de Kero. Plus vite nous partirons, mieux ça vaudra.

— J'irai avec elle si vous me le permettez, dit Talia. Je pense avoir un contact qui leur permettra de se déplacer rapidement en Hardorn.

— J'aurai besoin de toi quand j'annoncerai aux nobles que nous sommes sur le chemin d'une invasion que nous ne pouvons pas repousser. Mais ce n'est pas pour tout de suite.

Selenay serra brièvement Elspeth dans ses bras.

— Si je ne te revois pas avant ton départ, souviens-toi que mon amour est avec toi. Ainsi que mon respect et mes espoirs. Je t'aime, petit chaton. Reviens, afin que nous puissions célébrer tes fiançailles avec le beau jeune homme qui t'aime tant.

Elspeth rendit son étreinte à sa mère, puis s'enfuit avant de recommencer à pleurer.

Ils étaient de nouveau réunis dans le bureau de Kero. Talia évoquait ses liens avec les colporteurs et les forains, normalement peu ouverts aux étranger. Elspeth en avait déjà entendu parler, mais elle était fascinée. Talia lui semblait la dernière personne au monde à pouvoir s'entendre avec les « gens du voyage », comme on les appelait.

C'était l'un d'eux qui avait prévenu Valdemar quand Ancar l'avait capturée et jetée dans une cellule isolée par un bouclier magique.

— … Je suis toujours restée en contact avec lui. Je l'aide à éviter les ennuis, quand c'est possible. Franchement, ils peuvent aller à des endroits qui nous sont inaccessibles. Je me suis dit qu'il serait utile d'avoir leur assistance pour infiltrer une équipe en Hardorn.

Kero soupira.

— J'ai essayé de recruter un agent parmi eux. En vain ! Ils sont très repliés sur eux-mêmes…

— Ancar n'a pas d'amis en leur sein, je vous le garantis, continua Talia. Il a enlevé des familles entières… J'ai peur de penser à ce qu'il en fait. Depuis que ça a commencé, ils se regroupent pour entrer en Hardorn, ou éviter qu'un chariot isolé « disparaisse ». Ils ont forcé des caravanes de colporteurs et de gens du spectacle et ils organisent des foires itinérantes. Mon contact, en paiement de toutes les faveurs qu'il me doit, pourra introduire notre équipe dans une caravane, lui donner un véritable chariot et des choses à vendre, et la protéger des étrangers.

— Avec une foire itinérante… Dieux, je ne suis pas sûre… J'aurais préféré quelque chose de plus… discret.

— Comment pensez-vous dissimuler Nyara ou les oiseaux-liges ? Nous ne pouvons pas essayer de nous faire passer pour des fermiers…

— Exactement, dit Talia. Si vous ne pouvez pas les cacher, déguisez-les ! Comment fait-on pour dissimuler un poisson rouge ?

— On le met dans une mare pleine d'autres poissons rouges, dit Kero. D'accord. Contactez votre homme. Ne lui dites rien de précis jusqu'à ce que vous ayez son consentement. Puis Ventnoir placera un sort de contrainte sur lui.

Talia se leva.

— Il sera ici à l'aube, affirma-t-elle.

Elle partit.

— Si j'ai bien compris, dit Flammechant, notre couverture sera de faire des tours de magie dans des foires ?

— Et de vendre des potions magiques et d'autres babioles…, ajouta Kero.

— C'est trop beau ! Je vous en prie, laissez-moi jouer un rôle ! Je ne retrouverai jamais une occasion pareille. Le grand mage Pandémonium…

— Je ne vois pas comment nous pourrions vous en empêcher, dit Skif. Et votre oiseau est le plus difficile des deux à cacher.

Vree pencha la tête.

Tours. Moi, Aya. Ensemble.

A la surprise générale, il sauta sur la table et vint se rouler devant Flammechant, comme un chien qui fait la fête à son maître.

— Il suggère de faire un numéro avec lui et votre oiseau-lige, dit Ventnoir. Je pense toujours que cet animal ne comprend pas très bien les concepts abstraits, mais il ne cesse de me surprendre. Ce serait une excellente façon de justifier la présence des oiseaux.

— Je pourrais vous servir d'assistante, dit Nyara. Fléaufaucon m'a obligée à apprendre des danses de séduction. Elles seraient appréciées, je pense... Et vous pourriez dire que je suis votre prisonnière.

— Les gens seraient convaincus que l'aspect de Nyara est dû à un habile maquillage..., dit Skif. J'aime cette idée !

— Je m'habillerai de façon aussi flamboyante que possible, avec aussi peu de goût que Chercheciel k'Treva, gloussa Flammechant. Et il n'en a *vraiment* aucun ! Dommage que je ne puisse pas teindre Aya en rose vif...

Le regard horrifié que lui jeta son oiseau lui valut une crise de fou rire.

— Qui nous empêcherait d'emmener aussi le dyheli ? Personne en Hardorn ne sait ce qu'est un dyheli, ni un oiseau-lige, excepté Fléaufaucon. Et je crois peu probable qu'il fréquente les foires.

— Excellent ! Reste un problème : vous serez tous associés à la magie... Un de vous peut-il faire ce que Quenten réussissait pour mes troupes : installer des « couches » d'illusions ?

— Nous le pouvons tous. C'est une magie très simple, répondit Elspeth.

Kero sourit.

— Parfait ! Voilà ce que nous allons faire. Flammechant, vous serez un mage mineur, trop faible pour intéresser

Ancar, mais capable de produire des illusions. Vous en placerez sur les Compagnons et le dyheli, la première couche les montrant comme des chevaux bais au poil brillant. Dessous, une autre strate « révélera » ce que tout autre mage prendra pour la réalité : de vieux hongres décrépits.

Si quelqu'un utilise sa vision magique pour examiner Nyara, il verra une humaine déformée portant un maquillage de félin, dit Besoin. *Et la présence d'une illusion justifiera l'aura de magie qui nous entourera.*

— J'allais suggérer quelque chose comme ça, avoua Kero. Grands dieux, heureusement que nous sommes honnêtes, ou personne ne serait en sécurité avec des larrons comme nous !

Flammechant avait l'air béat. Elspeth et Ventnoir échangèrent un sourire.

— Quand vous serez en Hardorn, vous devrez vous adapter à la situation de votre mieux. Mais je peux vous faire passer de manière assez simple. Il suffira de rassembler un groupe de ce qu'Ancar pensera être des Hérauts à un point précis de la frontière. Cela attirera son attention. Il fera surveiller cet endroit de très près, laissant les autres plus accessibles. Par l'enfer, je peux même lui donner quelque chose…

— Quoi ? demanda Elspeth.

— Une idée que je viens d'avoir. Je demanderai à un des élèves de me fabriquer une « machine de guerre » à l'air compliquée, quelque chose qui ne marchera pas mais semblera assez puissant pour démolir un mur. Je demanderai à mes pseudo-Hérauts — des Eclairs déguisés — d'escorter la machine jusqu'aux fortifications d'Ancar. Puis je le laisserai s'en emparer. Il deviendra fou à essayer de comprendre comment elle marche !

Tout le monde éclata de rire.

— Heureusement que nous sommes honnêtes, répéta Kero en s'essuyant les yeux.

— Parlez pour vous ! dit Flammechant. Pour ma part, j'ai l'intention de faire sortir les pièces des bourses des spectateurs !

L'oiseau de feu ricana et continua à se lisser les plumes.

Fléaufaucon but une gorgée de vin épicé et se radossa à son fauteuil. Il était ravi.

Autant qu'il pouvait l'être sous la coupe d'un ennemi. Tout se passait selon ses plans.

Sa stratégie avait si bien marché qu'Ancar lui avait envoyé plusieurs autres prisonniers. Il s'était aperçu que ce n'étaient pas les contraintes d'Ancar qui l'empêchaient d'accéder aux nodes et aux lignes de puissance, mais une série de sorts de protection installés par Hulda qui tenaient également le roi éloigné des sources de pouvoir.

Il ne pouvait y accéder qu'à travers Hulda, si celle-ci le décidait.

Cela renforça la détermination de Fléaufaucon : il devait se débarrasser de cette chienne ! Il n'avait pas besoin d'elle, et ses charmes mûrissants ne l'attiraient pas. Si elle avait au moins proposé de lui donner accès aux nodes…

Qu'elle s'en soit abstenue prouvait qu'elle n'avait pas l'intention de partager.

Cela éclairait d'un jour nouveau l'incapacité d'Ancar à utiliser un autre pouvoir que celui qu'il tirait de lui-même ou de la mort de ses victimes. Si Hulda avait pris soin de « verrouiller » les sources, Ancar n'était peut-être pas si inapte…

Un léger coup à la porte signala l'arrivée du roi. Encore une petite victoire : Fléaufaucon l'avait finalement persuadé de s'annoncer. Le gamin devait apprendre le respect ! Peut-être valait-il la peine d'être gardé à son service, quand tout serait fini…

— Entrez, dit Mornelithe.

Les gardes qui accompagnaient Ancar ouvrirent la porte.

Deux hommes entrèrent, suivis par le roi. Puis les soldats se postèrent de chaque côté de la porte. Fléaufaucon trouvait leur présence amusante. Le gamin ne prenait aucun risque ! S'il se protégeait en présence de quelqu'un en qui il avait « confiance », Fléaufaucon se demanda ce qu'il faisait quand il couchait avec une fille. Il la droguait ?

Le gamin manquait tellement de charme que c'était sans doute sa seule façon de se procurer une compagne de lit...

Ancar se versa un verre de vin. En dépit de ses précautions, il se comportait comme un imbécile : Fléaufaucon aurait pu empoisonner le vin par magie, sans avoir physiquement accès aux poisons.

Ancar l'ignorait-il ?

— J'ai essayé de puiser du pouvoir dans les lignes d'énergie dont vous m'avez parlé. Hulda les a mentionnées. Quelque chose m'a empêché d'y accéder. J'avais pourtant réussi à les toucher, autrefois. J'ignore pourquoi je ne peux plus le faire.

L'accès aux lignes avait été coupé récemment. Sans doute quand Hulda s'était aperçue qu'Ancar avait créé un Portail. Sachant qu'il se livrait à des expériences, elle avait trouvé ce moyen de limiter les « dégâts ».

— Ce n'est pas de mon fait, mais je l'ai remarqué aussi. Voilà pourquoi je ne peux pas en faire plus pour vous, excepté vous donner des conseils. Mais si vous cherchiez l'origine du sort qui nous tient à distance des lignes de pouvoir, vous découvririez qu'il s'agit d'Hulda.

— Vous en êtes sûr ? demanda Ancar, l'air intéressé.

— Vérifiez par vous-même, Majesté. Vous disposez de la vision magique. Rien ne vous empêche de retracer le sort jusqu'à son origine.

— Elle dépasse les bornes, marmonna Ancar.

— Alors, donnez-lui une leçon qui la remettra à sa place ! Lequel de vous deux gouverne ? La laisserez-vous continuer à vous priver d'une source de pouvoir qui vous appartient ? Les sorts de contrainte que vous avez placés sur moi fonctionnent bien. Pourquoi ne les lancez-vous pas sur elle ? Laissez-la moisir quelque temps dans une cellule… Qu'elle comprenne ce que ça rapporte de vous nuire !

La mâchoire d'Ancar tressauta.

— Je ne suis pas sûr que ces sorts suffisent. Elle est au sommet de sa force. Vous étiez affaibli quand je les ai utilisés sur vous.

Fléaufaucon éclata de rire.

— Majesté, cette femme se comporte comme une chienne en chaleur quand elle voit un beau jeune homme ! Tendez-lui un piège avec un appât irrésistible, et elle sera dans un état de faiblesse similaire au mien. Mais choisissez bien votre homme, et assurez-vous qu'il l'épuise avant de refermer le piège.

— Oui, ça pourrait marcher, dit Ancar, pensif.

— Si la ruse échoue, qu'aurez-vous perdu ? Vous êtes presque un Maître. Vous devriez pouvoir lancer ce sort avec suffisamment de subtilité pour qu'elle ne s'en aperçoive pas jusqu'à ce qu'elle fasse quelque chose contre vous. Si le sort ne tient pas, il y a peu de chances qu'elle puisse repérer son origine, ou même réaliser que *quelque chose* a été tenté contre elle. S'il résiste, vous l'aurez en votre pouvoir.

Ancar sourit.

— Vous êtes un bon conseiller, Fléaufaucon, et un excellent sorcier. Voilà pourquoi je ne lèverai *pas* les contraintes que j'ai placées sur vous. Et je ne le ferai pas avant de savoir tout ce que vous avez à m'apprendre.

Fléaufaucon parvint à ne pas montrer son déplaisir. Il n'avait pas pensé que le gamin serait assez rusé pour ça…

Il devrait faire plus attention, à l'avenir.

Ancar quitta les appartements de Fléaufaucon avec le sentiment d'avoir accompli quelque chose. Il avait remonté la piste jusqu'à Hulda, comme l'Adepte le lui avait dit. Il n'aurait pas cru qu'elle laisserait des marques aussi visibles…

C'était le moment de lui donner une leçon.

La femme s'était presque lassée de son muletier. Ancar l'avait prévu. Il lui avait trouvé un remplaçant une semaine plus tôt.

L'homme était un esclave. Un spécimen si remarquable que le roi avait demandé à ses agents de chercher son équivalent femelle pour lui.

Les informateurs disaient que l'homme avait été élevé uniquement pour l'utilisation *privée* d'une grande dame de Ceejay. Elle avait été victime d'un accident — un vrai, aussi étrange que ça paraisse —, et les agents d'Ancar avaient acheté le jeune homme à l'aubergiste chez qui elle logeait au moment de sa mort.

L'homme avait découvert les talents du jeune coq quand il l'avait trouvé au lit avec sa femme…

Heureusement pour Ancar, c'était un type flegmatique que l'infidélité de son épouse ne tracassait pas outre mesure. Il préférait faire un bon profit sur la vente du jeune esclave.

Quand le garçon était arrivé au palais, Ancar l'avait « testé » sur une femme de chambre. Il voulait vérifier si les rapports étaient vrais…

Ils l'étaient. Quand il en eut terminé avec elle, elle était si épuisée qu'elle dormit un jour entier.

Depuis, il avait reçu l'éducation d'un page, et avait été gardé dans le célibat le plus strict. Les rapports disaient qu'il avait hâte de mettre ses « talents » en pratique…

Il était prêt à séduire Hulda…

Ancar mit son plan à exécution en commençant par changer la moitié des serviteurs d'Hulda. Le jeune homme faisait partie des remplaçants. Le reste suivrait automatiquement, car il avait été conditionné pour satisfaire toute femme qu'il appelait « maîtresse ». Hulda ne résisterait pas à son air innocent et à sa fraîcheur, surtout après son muletier…

Bientôt, elle serait trop occupée à prendre du bon temps avec lui pour penser à autre chose.

Ancar attendit que ses espions lui apprennent qu'Hulda s'était retirée dans ses appartements en compagnie de l'esclave. Quand il estima qu'un délai suffisant s'était écoulé, il lança son sort. Les appartements d'Hulda étaient protégés contre la magie d'attaque, mais pas contre les contraintes. Hulda n'aurait pas cru qu'Ancar eût l'audace de s'en servir contre elle.

Le roi attendit un peu, puis il entra dans la chambre d'Hulda, suivi par une escorte de gardes. Il ouvrit doucement la porte pour ne pas effrayer le jeune homme.

Peut-être aurait-il encore besoin de ses talents particuliers…

Le gamin s'éveilla aussitôt et regarda Ancar d'un œil encore ensommeillé. Sa longue chevelure blonde cascadait sur ses épaules.

Ancar posa un doigt sur ses lèvres. Puis il fit signe au garçon de quitter la pièce.

L'esclave sortit du lit si discrètement qu'il ne fit même pas bouger les draps. Un garde lui tendit une robe de chambre, qu'il passa avant de partir vers les quartiers des serviteurs.

Ancar fit signe aux soldats de prendre position autour du lit.

Puis il s'éclaircit bruyamment la gorge.

Hulda réagit plus violemment qu'il s'y était attendu. Elle se leva comme un animal prêt à attaquer.

— Vous ! cracha-t-elle. Comment osez-vous !

Elle lança une attaque magique.

Ou plutôt, elle *essaya.*

Les contraintes d'Ancar le lui interdirent.

Il attendait que la femme soit interloquée, pas qu'elle se lance dans une attaque à pleine puissance.

Il recula quand il sentit ses sorts frémir sous l'impact.

Il sut qu'elle avait compris… qu'elle ne contrôlait plus Ancar !

Il avait l'intention de faire d'elle sa servante obéissante. Désormais, il était son ennemi, et elle le détruirait si elle le pouvait.

Il mesura au même instant la précarité du contrôle qu'il avait sur elle. La terreur le submergea. Elle pouvait se libérer à tout moment.

Quand elle le ferait, elle frapperait pour tuer.

Il n'était pas son égal en magie, loin s'en fallait…

— Arrêtez-la ! cria-t-il à ses gardes.

Ils n'hésitèrent pas, en sachant assez sur les sorciers pour ne pas laisser à la femme le temps de tourner ses sorts contre eux.

Un garde prit un tapis et le jeta sur la tête d'Hulda. Puis il la poussa sur le lit, l'enveloppa dans le tapis et l'attacha avec les rideaux arrachés au lit.

Il présenta le « paquet » à son maître, comme un chien bien entraîné rapporte une proie.

Ancar sourit.

— Très bien ! approuva-t-il.

C'était l'homme qui avait déjà pensé à donner un vêtement au jeune esclave. Il faudrait récompenser son sens de l'initiative…

Ancar ne pouvait pas laisser Hulda dans le palais, ç'aurait été trop dangereux.

Il pensa à un endroit qui serait apte à « héberger » la femme. L'ironie était délicieuse !

Des années auparavant, ils avaient travaillé ensemble à isoler de la magie la cellule qui avait servi à la détention du Héraut Talia. Ancar et Hulda avaient gardé la pièce en l'état, espérant capturer de nouveau leur ennemie. La pièce était si bien isolée que la magie mentale ne pouvait pas en sortir. Et aucun sort ne pouvait traverser ses boucliers.

Comme Hulda n'avait pas tenu la promesse de lui livrer Talia, il était juste qu'elle occupe la cellule.

Bien qu'Hulda eût érigé les boucliers, une fois à l'intérieur elle ne pourrait rien faire pour les dissiper.

Il fit signe de le suivre à l'homme qui avait capturé Hulda. Celui-ci ne prit aucun risque : il frappa sa captive à la tête à travers le tapis.

La sorcière aurait un sacré mal de crâne en se réveillant…

Quand ils sortirent, le jeune esclave se tenait devant la porte des appartements des pages. Le garde le regarda et s'empourpra, mais ce n'était pas dû à l'embarras…

Voilà une façon de remercier le garde, songea Ancar. Une nuit avec le jeune page, et l'homme serait prêt à donner sa vie pour son maître, par pure gratitude.

Ancar conduisit la petite colonne jusqu'au donjon.

Ne voulant pas courir le risque de la laisser emporter avec elle des objets dangereux, il ordonna qu'on apporte une livrée de servante. Si Hulda ne voulait pas rester nue, elle serait obligée de s'habiller ainsi.

S'il pouvait la contrôler, elle serait un outil entre ses mains…

Presque aussi utile que Mornelithe Fléaufaucon.

Fléaufaucon ne bougea pas de son fauteuil quand le gamin quitta sa chambre. Il était sûr qu'il suivrait son conseil.

Et pratiquement sûr qu'il réussirait.

Temporairement…

Hulda était une Adepte puissante. Le gamin n'avait

jamais affronté un sorcier, encore moins un Adepte. Quand elle retrouverait ses forces, elle serait capable de briser les contraintes… et prête à tuer celui qui l'avait humiliée.

Cela prendrait du temps, mais elle y parviendrait.

La seule question importante, aux yeux de Fléaufaucon, était de savoir si Ancar réussirait à la tuer avant qu'elle se libère de son contrôle.

C'était parfait !

Le sorcier avala une gorgée de vin et sourit.

Qu'Ancar gagne ou perde, il serait libre, et ses deux ennemis mourraient. Si Hulda tuait Ancar, les contraintes s'effaceraient, et la chienne serait assez faible pour qu'il puisse la détruire.

Fléaufaucon n'avait pas l'intention de laisser derrière lui une Adepte en colère.

Si Ancar tuait Hulda, il devrait y consacrer toute son énergie, et Fléaufaucon se libérerait.

Il aiderait peut-être Ancar, discrètement…

Quand le roi serait épuisé après avoir vaincu son ennemi, Fléaufaucon le tuerait. Ce serait si rapide qu'il ne glanerait pas beaucoup de pouvoir, mais le monde n'était pas parfait.

Ensuite, il devrait s'enfuir. Vers l'ouest ou le sud, les choses seraient assez chaotiques pour qu'il puisse retourner dans ses territoires sans se faire reprendre. S'il devait passer à Valdemar, il se déguiserait en paysan avec un sort d'illusion. Et il ferait semblant d'être simple d'esprit pour cacher qu'il ne parlait pas le valdemarien.

Il envisagea un instant de rester sur place et d'essayer de prendre la direction du royaume. Mais ce n'était pas une bonne idée. *Primo*, Ancar avait dévasté le pays. Il ne valait pas la peine qu'on se batte pour le garder. *Secundo*, deux armées au moins seraient prêtes à l'envahir. Il ne connaissait pas le terrain. Un moment d'inattention suffirait pour qu'il se fasse tuer.

Il lui fallait rentrer chez lui et reconstituer son pouvoir. Il lui restait toujours à récupérer les artefacts cachés dans les plaines Dorisha, et à explorer le Portail permanent des ruines des griffons.

Et il devait se venger. Sa fille était toujours en liberté, quelque part, avec cette fichue épée magique…

Et il y avait aussi les *griffons*…

CHAPITRE XIV

Fléaufaucon s'assoupit et rêva de griffons torturés. Certains songes étaient des souvenirs, d'autres des souhaits.

Les rêves étaient aussi tordus que l'Adepte. An'desha avait hâte qu'il tombe dans un sommeil plus profond où ils s'effaceraient.

Il essaya de se détendre et attendit l'arrivée des Avatars.

Lors de leur dernière visite, ils l'avaient informé qu'ils lui avaient trouvé des alliés et qu'il pourrait communiquer mentalement avec l'un d'entre eux, mais seulement quand Fléaufaucon scrait profondément endormi et qu'An'desha irait sur les Sentiers Lunaires.

L'idée de pouvoir parler à quelqu'un qui pourrait l'aider l'emplissait d'émerveillement et de joie.

Une silhouette humaine se forma dans la cheminée.

Tre'valen.

Suis-moi, dit l'Avatar.

An'desha prit le chemin qu'il connaissait désormais par cœur, et se trouva sur le sentier de lumière, entouré d'une brume grise luminescente.

A côté de Tre'valen et d'Aubefeu se tenait une troisième personne.

Une femme âgée aux cheveux gris, mais forte et bâtie comme une guerrière. Elle portait d'étranges vêtements de cuir, des braies et une cape qui semblait faite d'une peau de daim entière. Elle était debout à côté de Tre'valen, les mains sur les hanches. Sur son visage ridé et sévère, ses yeux révélaient sa compassion.

An'desha l'apprécia aussitôt. Si cette femme avait été le chaman de son clan, il ne se serait peut-être pas enfui…

— Voilà donc le gamin, dit-elle.

Elle lui saisit le menton et le regarda dans les yeux.

— Tu as besoin d'entraînement. Tu n'es pas du métal dont on fait les marmites, mais tu n'es pas en acier trempé non plus. Pas encore !

Il la regarda sans se troubler.

— Je n'ai pas vraiment eu l'occasion de prouver ma valeur, ma dame, dit-il. Mon expérience a été limitée par les circonstances.

Tre'valen sourit.

— Pourquoi, petit ? demanda la femme.

— Parce que… (Il s'interrompit, honteux de devoir avouer ce qu'il était, ou plutôt ce qu'il n'était plus.) … mon corps appartient à Fléaufaucon. Chaque minute où je suis moi-même lui est dérobée.

— Oh ? Je suppose que tu te sens terriblement désolé ? Tu as le sentiment que le destin a été injuste envers toi ?

— Oui. Non… Enfin…

— Tu ne sais même pas ce que tu penses ! Ecoute-moi : Tre'valen m'a parlé de toi. Voilà ce que *je* pense : je pourrais me sentir désolée pour toi, mais je n'en ferai rien. J'ai connu trop de gens dont la vie a été dure pour m'apitoyer sur ton sort. Pas question de perdre mon temps avec quelqu'un qui passe son temps à gémir sans agir. Si tu veux te tirer de là, petit, tu dois y travailler !

An'desha comprit qu'elle avait raison. Le sort de Nyara était-il plus enviable que le sien ? Et celui des innombrables victimes de Fléaufaucon ?

— Oui, ma dame, dit-il. Tre'valen m'a déjà expliqué tout ça. Si je veux récupérer mon corps, je dois le gagner.

J'ai été lâche, ma dame, mais je ne suis pas idiot. Enfin, je l'étais à un moment mais je ne le suis plus.

Elle ricana, mais son regard resta indulgent.

— Foutaises ! Un homme courageux est seulement quelqu'un qui ne laisse pas sa peur l'arrêter. Nous avons tous nos craintes, petit. J'ai toujours eu peur de l'eau. Et je n'ai jamais réussi à apprendre à nager.

An'desha sourit. La femme était une dure à cuire, mais elle avait bon cœur. Et elle voulait l'aider. Cela l'encouragea davantage que l'assistance des Avatars car elle était aussi réelle et « terrestre » qu'une miche de bon pain.

— J'aurais plutôt cru que les eaux auraient peur de vous, ma dame, et s'écarteraient pour vous laisser le passage.

Elle éclata de rire.

— Parfait ! Tre'valen, tu avais raison. Il fera l'affaire.

Je vous l'avais dit, n'est-ce pas ?

Elle redevint sérieuse.

— Ecoute-moi bien, petit. Tu te souviens des gens que Fléaufaucon voulait détruire ? Sa fille, la gamine en blanc et le jeune Frère du Faucon ? Ceux qui vont aller en Hardorn pour lutter contre Ancar et l'Adepte noir ?

Il hocha la tête. Il se souvenait d'eux. Nyara et Ventnoir, le fils d'Etoilelame, l'Adepte que Fléaufaucon avait corrompu.

Ce souvenir le mettait mal à l'aise, car Mornelithe avait combiné le plaisir et la douleur pour contrôler Etoilelame. An'desha se sentait sali par ce qui était arrivé.

— Ces trois-là sont en route pour Hardorn. Ils veulent éliminer Ancar, Hulda et Fléaufaucon avant qu'ils aient le temps de détruire Valdemar. Ce que nous voulons, c'est qu'ils tuent Fléaufaucon sans te tuer, *toi*. Comprends-tu ce que je veux dire ?

— Il nous faut trouver un moyen d'exécuter Fléaufaucon sans détruire mon corps, afin que je puisse le récupérer. Je ne suis pas un mage, ma dame, et je ne vois pas comment cela serait possible.

Elle ricana.

— Par l'enfer, gamin, j'ai vu des choses plus invraisemblables ! Ce qui semble impossible, c'est la façon dont il est passé d'un corps à l'autre au fil des âges. Nous ignorons comment il a fait. Si tu peux le découvrir, nous aurons une chance de succès.

Elle avait raison ! Fléaufaucon avait trouvé un moyen de garder son esprit intact au cours des siècles. Et la femme était elle-même une magicienne, c'était évident. Quand elle saurait comment il s'y prenait, elle trouverait peut-être le moyen de le forcer à quitter ce corps…

Il hocha la tête, enthousiasmé par cette idée.

— Bien. Cinq personnes arrivent, en fait, dont trois sont des Adeptes. Nous avons une bonne chance de succès en ce qui te concerne. Tu veux voir de quoi ils ont l'air en ce moment ? Tu n'en croiras pas tes yeux !

— Oui, s'il vous plaît, répondit-il.

Tre'valen les lui avait montrés une fois, mais il avait hâte de les revoir, surtout l'un d'entre eux…

Il eut soudain l'impression de regarder par une fenêtre. Trois personnes chevauchaient dans le « cadre ».

Le premier était le jeune homme d'une incroyable beauté, sa longue chevelure blanche tressée. Il portait des vêtements si voyants et aux couleurs si mal assorties qu'An'desha cligna des yeux, comme aveuglé. Un turban monstrueux et des bijoux de quatre sous complétaient sa tenue. Sa monture était un dyheli blanc dont les cornes avaient été peintes en doré. Le pauvre portait un harnais d'aussi mauvais goût que les habits de son cavalier.

Sur l'épaule de celui-ci se perchait un oiseau de feu dont les plumes avaient été teintes dans toutes les couleurs de l'arc-en-ciel.

Contrairement au cavalier et au dyheli, qui avaient l'air amusé, l'oiseau ne trouvait pas ça drôle.

Pas du tout !

An'desha étouffa un rire.

— Notre jeune Flammechant est un sacré spectacle, pas vrai ? dit la femme. En le voyant, croirais-tu que c'est un Adepte-guérisseur tayledras ?

— Non ! Il serait difficile de le prendre pour autre chose qu'un charlatan...

En dépit de son accoutrement, le jeune Adepte éveillait en An'desha des désirs et des sentiments oubliés depuis longtemps.

Il détourna à regret son attention de Flammechant pour regarder les deux autres cavaliers.

Ils montaient deux chevaux bais au pelage luisant, mais ils n'avaient rien de remarquable : deux mercenaires aux yeux fuyants et à l'air équivoque.

Sous le déguisement, An'desha vit qu'il s'agissait d'Elspeth et de Skif, que Tre'valen lui avait déjà « présentés ».

La vision se déplaça, montrant le chariot tiré par des mules qui suivait les trois cavaliers. Assise à côté du conducteur, il vit Nyara, à demi nue, portant un collier avec une chaîne attachée à un anneau de fer. Le conducteur était Ventnoir, affalé sur son siège, l'air à la fois ennuyé et soumis. Son faucon, orné de rubans colorés, était perché sur son épaule.

Le collier et la chaîne retenant Nyara l'inquiétèrent. Que ferait-elle en cas de danger ?

— Le collier se détache en un tournemain, dit la vieille femme, lisant dans son esprit aussi clairement que les Avatars. Ils sont déguisés en amuseurs de foire. Flammechant est un magicien qui fait un numéro d'oiseaux savants ; Ventnoir est son assistant, et Nyara sa « femme-chat captive ». Elle danse en enlevant quasiment tous ses vêtements. Je t'assure que les villageois en ont les yeux qui leur sortent de la tête ! Ils proposent aussi un remède miracle prétendument fabriqué par Flammechant : du cognac avec quelques herbes. Comme ils le vendent à peu près au prix du cognac, les villageois leur en achètent facilement.

An'desha regarda Nyara, quelque chose d'inquiétant lui venant à l'esprit.

— Ma dame, demanda-t-il, si Fléaufaucon entend parler d'une femme-chat, il voudra en savoir plus et il essaiera peut-être de la voir. Il ignore que c'est Nyara qui a brisé son cristal et l'a précipité dans le vide.

— Vraiment ? dit la vieille femme, ses yeux brillant d'intérêt.

— Oui. Je connais son esprit et ses souvenirs. Je suis certain qu'il n'a jamais su qu'il s'agissait d'elle. En ce moment, il est persuadé qu'elle a fui vers l'est. Il croirait sans peine qu'elle a été capturée par ces gens. Et il ignore à quelle distance réelle il se trouve de son domaine…

— C'est intéressant. Je le transmettrai aux autres. Nous verrons si nous pouvons utiliser ça.

Il sourit timidement et s'apprêta à lui demander où elle était dans la caravane, quand il sentit le frémissement qui annonçait le réveil de Fléaufaucon.

— Je dois partir ! cria-t-il.

La foule clairsemée qu'ils croisèrent en chemin était calme. A Valdemar, les gens les avaient accueillis avec des cris d'enthousiasme. Mais le peuple d'Hardorn avait peu de raisons de se réjouir…

Skif s'inquiétait pour Nyara, se demandant comment elle vivait son rôle d'objet sexuel. Les regards concupiscents des hommes la mettaient plus mal à l'aise qu'elle ne l'admettait, Skif s'en rendait compte. Après chaque danse, elle tremblait un long moment.

Skif jeta un œil malveillant aux gens qui regardaient passer la caravane. Il n'aimait pas ça, ni le regard effrayé que lui valaient ses démonstrations d'hostilité, mais ça collait avec son personnage.

Les choses avaient empiré en Hardorn depuis la dernière fois qu'il y était venu, et elles n'étaient déjà pas brillantes à cette époque. La plupart des habitants avaient perdu tout espoir, et ça se voyait à l'état des rues et des maisons, à l'usure de leurs vêtements…

Tu vois ce jeune homme infirme ? demanda Cymry. *Il a été expulsé de la cavalerie parce qu'il s'est cassé une jambe et que personne ne s'est soucié de la soigner correctement. Il a un don de parole par l'esprit rudimentaire. C'est comme ça que je l'entends.*

Skif grimaça. Une telle chose ne serait jamais arrivée à Valdemar, chez les Eclairs de Kero ou dans n'importe quelle bonne compagnie de mercenaires.

Le temps était aussi pourri en Hardorn qu'à Valdemar, mais Ancar ne s'était pas soucié d'intervenir. Les rues se transformaient en rivières de boue sous le ciel plombé de nuages.

Flammechant s'assurerait que la pluie ne reviendrait pas avant que la troupe ait fini sa représentation. Grâce à lui, à Ventnoir et à Elspeth, ils voyageaient sous un ciel gris, mais ils étaient épargnés par la pluie.

Le maintien d'un climat raisonnable comptait parmi les conditions que les gens du voyage avaient posées pour protéger l'expédition. Ainsi, ils pouvaient dresser leurs tentes et présenter leurs attractions sans craindre une averse.

Comme toujours, Nyara serait un des numéros les plus populaires du carnaval.

Skif contrôla son accès de jalousie et d'anxiété. Ses mains se crispèrent sur les rênes de Cymry. Il se jura une fois encore de ne pas faire payer cette jalousie à Nyara.

Elle jouait son rôle, comme lui, et n'y prenait pas le moindre plaisir. Elle lui avait confié que les regards des hommes lui rappelaient des mains huileuses courant sur son corps. Elle en avait peur, mais elle ne l'aurait pas avoué à quelqu'un d'autre que lui.

Cette idée aidait Skif à contrôler sa jalousie.

Après la première performance de Nyara, les autres forains avaient marmonné devant son succès.

Ces protestations avaient cessé quand Nyara et lui avaient partagé leur « recette » avec les autres forains. C'était l'idée de Nyara, et Skif lui en était reconnaissant, car la situation, au lieu de se dégrader, était devenue agréable. De plus, leur mépris de l'argent corroborait leur raison « officielle » d'être là : tirer des membres de leur famille des griffes d'Ancar et les faire sortir d'Hardorn.

Comme Talia les en avait avertis, cette troupe ne comportait pas de familles, seulement des hommes et quelques femmes célibataires aussi dures qu'Elspeth semblait l'être.

Seuls des gens décidés à risquer gros pour ramasser de l'argent s'aventuraient dans un tel voyage. Il n'y avait plus de véritables foires en Hardorn, et les colporteurs ne parcouraient plus la campagne. Pour les habitants, la troupe serait probablement la seule occasion de s'amuser ou de dépenser un peu d'argent en babioles. La vie continuait en dépit des exactions d'Ancar…

La route débouchait sur la place du village. Heureusement, elle était surélevée, donc pas inondée comme dans le dernier hameau où ils s'étaient produits.

Devant eux, les autres chariots se disposèrent en cercle.

Le placement des chariots était basé sur la façon dont les gens dépensaient leur argent, mais Skif n'en connaissait pas les détails. Il se contenta de suivre les indications du chef de la caravane, faisant signe à Ventnoir de le suivre. Ils s'installèrent à côté des jongleurs, comme d'habitude, à la dernière place. Nyara étant l'attraction la plus populaire, cette configuration obligeait les badauds à passer devant toutes les tentations avant d'accéder au spectacle.

Flammechant faisait son boniment pour attirer les gens, et, entre les représentations, les poussait à acheter sa « potion miracle ». Il s'amusait comme un petit fou. Le numéro d'oiseaux savants exaspérait Aya, mais Vree prenait du bon temps.

Le chariot ralentit et s'arrêta. Elspeth et Skif laissèrent leurs Compagnons pour aider Ventnoir à préparer le spectacle.

Skif et Ventnoir défirent des crochets sur les flancs du chariot, puis firent descendre sur ses charnières ce qui avait semblé être la paroi latérale du chariot. Cela constituerait la scène où Flammechant ferait son numéro. Derrière, sur des étagères, se trouvaient les flacons du « remède miracle de Pandémonium ». La scène reposait sur quatre pieds solides que Skif et Ventnoir tirèrent de sous le chariot.

Elspeth et Nyara sortirent la tente et les poteaux rangés sous le chariot et la montèrent. Une autre plate-forme descendit sur ce flanc du véhicule. Elle n'était pas à double paroi comme l'autre, mais fermée par un rideau. Nyara entrerait et sortirait en passant par le chariot qui fermait l'arrière de la tente, dont les trois autres côtés et le toit étaient en toile.

La petite tente permettait de recevoir une dizaine de personnes, mais la scène était suffisamment surélevée pour que personne ne puisse atteindre Nyara avant d'être arrêté par Elspeth ou Skif.

Ils ne voulaient pas plus de dix personnes à la fois, au cas où quelqu'un déciderait qu'il désirait autre chose de la femme-chat que la voir danser.

Ventnoir frappait sur un tambour pour accompagner son numéro. Elspeth et Skif montaient la garde autour de la scène, et Flammechant surveillait l'extérieur. Si les choses tournaient mal, Elspeth ou Ventnoir frapperait les trublions en utilisant leur magie.

Les premières fois qu'ils avaient monté leur tente, les forains les avaient aidés afin qu'ils soient prêts à temps. Maintenant, ils étaient seulement *un peu* moins rapides que les autres…

Skif renifla. Il sentait l'odeur d'huile chaude et d'épices venant des échoppes de vendeurs de nourriture, des beignets dégoulinant de graisse et de la bière très bon marché. Leur « potion » se vendait si bien qu'ils y avaient ajouté des herbes contre les maux d'estomac !

En voyant les regards affamés de certains badauds, Skif se demanda si la misérable nourriture de la foire n'était pas maintenant meilleure que ce qu'ils avaient chez eux…

La tente se souleva : Nyara avait installé le poteau central. Un instant plus tard, les deux autres suivirent. Skif et Ventnoir tirèrent sur les cordes de soutien et les arrimèrent aux piquets qu'ils avaient plantés en terre. La toile bougea quand Nyara, de l'intérieur, l'attacha au sommet du chariot.

Skif s'épousseta les mains sur ses braies et fit le tour de la tente pour rejoindre les autres.

Ventnoir et Elspeth avaient pris place au bord de la scène. Un instant plus tard, Flammechant sortit du chariot, « resplendissant » dans son costume bigarré. Aya et Vree se dégourdirent les ailes en volant d'un bout du champ de foire à l'autre. Des cris d'admiration montèrent de la foule.

— Tout est en place, dit Ventnoir. Pourquoi ne rejoignez-vous pas Nyara dans le chariot pour passer un peu de temps avec elle, avant le premier spectacle ? Vous avez rarement l'occasion de vous voir seul à seule…

Ventnoir n'eut pas besoin de le dire deux fois.

Skif se précipita dans le chariot.

Elle était en train de se maquiller, utilisant des morceaux

de fourrure de lapin pour donner l'impression qu'elle portait un déguisement. Ce qui l'agaçait le plus, c'était l'immense paire d'oreilles qui auraient pu lui servir de voile sur un bateau.

— Je ne les aime pas, protesta-t-elle, tenant les oreilles à bout de bras. Elles ne me vont pas et elles me démangent !

Skif sourit et l'aida à coller le premier appendice au-dessus de son oreille délicatement pointue.

Elle sourit faiblement et lui tendit l'autre lobe.

— Je préférerais que nous n'ayons pas à faire ça, dit-elle.

Skif se trompait-il, ou était-elle plus nerveuse de jour en jour ?

— Moi aussi, j'aimerais mieux que ce ne soit pas nécessaire, fit-il, la voix rauque à force d'étouffer ses émotions.

— Si tu détestes ça au point d'en être blessé, j'arrêterai ! Nous pourrions peut-être… me montrer dans une cage, ou quelque chose comme ça…

Cette idée l'effrayait encore plus que celle de se donner en spectacle et Skif s'en aperçut.

— Non, dit-il. Ce que nous faisons est le meilleur moyen pour qu'*il* entende parler de toi. C'est nécessaire. Mais je m'inquiète à ton sujet. Je sais combien cela te blesse, tous ces hommes qui te regardent avec luxure, comme ton père le faisait. Si tu en venais à penser que je suis avec toi pour la même raison, parce que tu es un bel objet à posséder, je…

— Oui… Il m'est arrivé de me demander si ma seule valeur n'était pas mon aspect physique…

Il voulut parler, mais elle lui posa un doigt sur les lèvres.

— … Puis tu dis quelque chose d'apaisant, ou Besoin m'ordonne de cesser de me comporter comme une fillette stupide et de faire mon boulot ! Et je sais que ce n'est pas vrai.

Elle l'attira à elle et l'enveloppa de ses bras.

— Je t'aime, Héraut ! lança-t-elle.

— Je t'aime aussi, dame-chat !

Elle rit quand elle vit une tache de maquillage sur le visage de Skif. Taquine, elle lui effleura le nez du bout d'une griffe.

Le tambour de Ventnoir annonça la première apparition de Flammechant.

Ce serait bientôt au tour de Nyara…

Treyvan plissa les yeux et regarda la prêtresse du Soleil vêtue d'écarlate avec ce qu'il espérait être un regard de prédateur.

— Je suis d'accord avec vous, Rashi est un jeune idiot, et il est sans doute difficile de travailler avec lui. C'est une tête sans cervelle…

La prêtresse hocha la tête, l'air furieux.

— *Mais* vous travaillerez avec lui ! Il connaît des sorts que vous ignorez et que vous devez assimiler. De plus, il vous faut apprendre à collaborer avec les autres, même ceux qui ne vous plaisent pas.

La prêtresse venait d'une famille noble de Karse. Elle était très consciente de son rang. On avait prévenu Treyvan qu'elle avait déjà posé des problèmes lors de sa formation. Rashi n'était pas seulement écervelé, c'était surtout le fils d'un porcher. Mais il avait bon cœur, et il connaissait des sorts de protection que personne ne maîtrisait. Qu'elle aime ça ou non, Treyvan avait décidé que Gisell les apprendrait et s'habituerait à travailler avec Rashi.

— Un mage qui refuse de coopérer est un danger pour nous tous, affirma-t-il. Je ne suis pas d'ici, ni de Karse ni de Rethwellan. Et je partirai quand cette guerre sera finie.

Je m'occupe de la formation parce que Ventnoir me l'a demandé comme une faveur. Cela dit, je suis prêt à briser l'échine de ceux qui se mettraient en travers de ma route !

Il claqua du bec, espérant qu'il avait l'air assez menaçant.

— J'ai des jeunes à nourrir, et ils aiment la viande, ajouta Hydona. Surtout fraîche…

La prêtresse déglutit.

— Rashi a peut-être seulement besoin qu'on soit un peu patient avec lui…, dit-elle.

— La patience est une excellente chose, concéda Treyvan. C'est un joyau sur le diadème d'une prêtresse.

La femme s'inclina avec une servilité nouvelle, puis partit rejoindre Rashi, qui ne se doutait probablement pas qu'elle était venue exiger de Treyvan un autre partenaire. L'ennui, c'était qu'il ne restait plus personne : la prêtresse avait épuisé la patience de tous les Hérauts et de la plupart des mages rethwelliens, à part Rashi, qui n'était pas un génie mais avait bon caractère.

La formation de Gisell n'était pas terminée et elle atteindrait probablement le niveau de Maître à la fin de ses études. Rashi était un cran en dessous, un simple mage de la terre. Mais il compensait ce qu'il lui manquait en puissance par une excellente formation et du talent.

C'était ainsi que Treyvan et Hydona groupaient les élèves : un mage puissant dont la formation n'était pas terminée devenait le partenaire d'un mage moins puissant mais formé, un peu comme quand Elspeth avait travaillé avec Besoin. A la connaissance des griffons, cela n'avait jamais été tenté. Tant mieux ! Ancar ne pourrait pas deviner ce qu'ils faisaient.

Certaines équipes étaient déjà parties en patrouille avec les Eclairs. Il y avait deux mages capables de devenir des Adeptes parmi la vingtaine de Hérauts revenus de leur circuit en réponse à la demande du Réseau. Les deux avaient aussitôt reçu un partenaire : le premier travaillait avec un mage des Vents Blancs célibataire assez jeune pour supporter les rigueurs de la guerre, le deuxième avec le sorcier principal du Fils du Soleil, un homme efficace pour son âge. Son sens de l'humour ressemblait un peu à celui de Treyvan.

Les patrouilles se tiraient fort bien du travail consistant à ralentir autant que possible les troupes d'Ancar. Elles plaçaient des protections pour diminuer l'effet des sorts de contrainte sur les soldats. Ancar avait dû renforcer son armée, sa Garde d'Elite étant chargée de donner aux troupes une « motivation » supplémentaire...

Treyvan et Hydona dirigeaient les mages de Valdemar et de leurs alliés parce qu'ils étaient les plus *étrangers*, ceux qu'Ancar risquait le moins d'identifier. Leur raison d'agir officielle, pour tout le monde sauf Selenay et les membres du conseil, était de faire une faveur personnelle à Ventnoir alors qu'ils se fichaient complètement de la politique de Valdemar et de ses alliances.

Avec leur taille et leur aspect redoutables, ils n'avaient pas de mal à se faire obéir. Personne n'avait tenté de braver leur autorité. Quand ils devaient agir avec les forces de Valdemar, ils utilisaient comme intermédiaires des sous-officiers désignés par Selenay.

Treyvan se tourna vers le trio avec qui il travaillait quand Gisell les avait interrompus.

— Excusez-moi, dit-il.

A un autre moment, un groupe aussi hétéroclite n'aurait peut-être pas fonctionné. Mais sous la direction de Treyvan, tout se passait bien.

Pourtant, un Héraut, un prêtre de Vkandis en robe rouge et un mage qui avait autrefois combattu Karse sous le commandement de Kerowyn auraient eu toutes les raisons du monde de ne pas s'accorder !

— Gisell a toujours été difficile, dit le prêtre, tandis

que le Héraut et l'ancien mercenaire souriaient. Elle est jeune…

— Attendez qu'elle arrive en première ligne, elle se calmera ! lança le Héraut.

Le mage, un homme âgé et voûté, acquiesça.

— Les débutants le font, en général, sinon ils ne survivent pas à leur première bataille. (Il regarda ses deux compagnons.) Mais je crois que je pourrais travailler avec vous…

— J'ai une question, dit le prêtre à Treyvan.

Le griffon aurait aimé être un meilleur expert des jeux de physionomie des humains. Le prêtre affichait une expression vraiment bizarre…

— Je ne suis pas un prêtre en robe rouge, dit-il enfin, mais un Robe Noire.

Il regarda le Héraut, qui haussa les épaules.

Le vieux mage recula d'un pas en marmonnant quelque chose.

— Des rumeurs prétendent que vous avez la capacité de contrôler les démons, dit le Héraut, mal à l'aise. Mais je ne l'ai jamais cru, parce que je n'ai jamais eu de preuves.

— Contrôler ? C'est un grand mot. Nous pouvons les invoquer, les envoyer, les capturer. Mais les contrôler ? Comme si on voulait diriger une chute de pierres… Le Fils n'aime pas les démons. Il a dit que ceux qui invoquent les démons ne doivent plus exister.

— Vous avez été rétrogradé ?

— Non. J'ai gardé mon rang, mais pas ma fonction. Ma question est celle-ci : le Fils dit que les démons sont mauvais, mais devons-nous les utiliser dans cette guerre ?

Treyvan plissa les yeux, pris de court.

— Qu'entend-il par « démons » ? demanda-t-il au Héraut.

— Des récits prétendent que les prêtres de Vkandis

peuvent contrôler les créatures nocturnes, expliqua le Héraut. Elles sont censées être impossibles à arrêter. Les villageois s'enferment chez eux la nuit tant elles les effraient. On dit qu'elles peuvent enlever quelqu'un dans son lit, derrière une porte fermée, sans que personne ne s'en aperçoive. Je ne sais rien de concret sur ces monstres, mais ils pourraient provenir des Abysses. Dans ce cas, ils n'ont pas une grande intelligence. Pour les utiliser, on les tire de leur « trou », on leur donne une cible ou une zone à surveiller, et on essaie de ne pas se mettre en travers de leur chemin !

— Oui, acquiesça le prêtre. C'est comme ça ! Ces créatures sont terribles !

Treyvan n'avait jamais invoqué de monstres, à part un élémental ou deux, comme les *vrondis*. Ce genre de chose était plus souvent le fait d'un mage peu puissant qui n'hésitait pas à se livrer à la magie du Sang pour trouver l'énergie qui lui faisait défaut.

Ce prêtre était une exception à la règle. Il était presque du niveau d'un Maître — et il n'avait pas *besoin* des démons pour l'aider. Il semblait sincère et désireux de faire de son mieux.

— Les démons sont terribles. Mais Ancar aussi, ajouta-t-il.

Treyvan claqua du bec. Un ennemi terrible justifiait-il qu'on utilise une arme aussi redoutable ?

— Ancar pourrait-il prendre le contrôle des démons ? demanda-t-il. Pourrait-il se servir d'eux, une fois qu'ils sont lâchés ?

L'homme sursauta comme s'il n'avait pas pensé à ça. Puis il hocha la tête.

La question était réglée.

— Pas de démons, dit le griffon. Nous ne donnerons pas au roi une arme qu'il pourrait utiliser contre nous.

Le prêtre eut l'air soulagé. Le vieux Jonaton, le mage, et le Héraut soupirèrent à l'unisson.

— Bien, continua Treyvan, voyons si nous pouvons perfectionner la fusion des boucliers...

Les griffonneaux et les jumeaux royaux jouaient à se poursuivre. Les enfants étaient les moins affectés par ce qui se passait. Depuis la naissance de Lyra et de Kris, leur pays en décousait avec Ancar. Et Lytha et Jerven avaient toujours vécu dans un monde dangereux. Pour les deux paires de jumeaux, le danger était une constante. Mais la tension palpable chez leurs parents était compensée par le fait d'avoir de nouveaux camarades.

Pour les deux enfants humains, avoir Rris comme professeur était une expérience fascinante. Les griffonneaux, eux, aimaient leur nouveau terrain de jeu.

Les quatre enfants vivaient ensemble pendant la journée, dans la salle d'entraînement. Les leçons au Collegium avaient été annulées. Les élèves en fin de cycle reçurent leur uniforme blanc et furent placés sous la tutelle d'un Héraut confirmé. Les autres servirent de pages.

La salle avait une seule entrée, facile à surveiller, tant par des gardes que par des Compagnons qui se relayaient par groupes de trois. On construisit des équipement spéciaux pour les griffonneaux.

A eux quatre, les petits faisaient autant de bruit qu'une armée entière !

Deux Hérauts à la retraite leur servaient de professeurs de lecture et d'écriture, au moins pour les enfants humains, car les serres des griffonneaux n'étaient pas faites pour tenir des crayons.

Les Hérauts leur enseignaient aussi les quatre langues désormais pratiquées dans l'enceinte du palais.

Hydona soupira, pensant qu'elle aurait aimé passer un

peu plus de temps avec les petits. Mais elle savait qu'ils étaient entre de bonnes mains. Et puis Selenay éprouvait les mêmes sentiments qu'elle, et que ses journées étaient encore plus longues que les siennes. La reine et Kerowyn coordonnaient tout, enfermées dans la salle militaire du palais.

Ce serait impossible, si les Hérauts n'étaient pas capables de parler par l'esprit.

Le point fort de Valdemar était son réseau de communication, et sa connaissance du terrain. Les Hérauts avaient établi des cartes extrêmement précises au cours de leurs circuits.

Ancar avait avalé une partie de Valdemar, mais Selenay et Kerowyn s'assuraient qu'il aurait du mal à la digérer ! Les mages de Treyvan harcelaient ceux du roi, utilisant leur énergie pour perturber les sorts et essayer de les briser si possible. Cette stratégie n'avait jamais été mise en œuvre auparavant. Ancar ne penserait pas que des Hérauts doués de vision à distance pourraient identifier ses mages et les désigner comme des cibles.

L'évacuation se passait très bien. Il y eut peu de pertes parmi les civils, seulement quelques personnes trop bêtes ou trop têtues pour partir quand on le leur demandait.

Une chose qu'Hydona ne pouvait pas comprendre. Comment les humains pouvaient-ils s'attacher à des choses au point de perdre leurs vies pour ne pas les quitter ?

Elle regarda encore une fois les petits. Dieux, elle aurait aimé les prendre sous ses ailes, les humains comme les griffonneaux ! Les jeunes ne l'avaient pas vue, et elle ne les dérangea pas. Elle ressortit discrètement, remerciant d'un signe de tête le garde posté à l'entrée et les trois Compagnons qui surveillaient les enfants.

Ses élèves étaient presque prêts pour aller en première ligne. Bientôt, il leur faudrait partir, laissant les petits derrière eux…

Quand elle approcha du palais, Hydona vit un cheval qu'on conduisait à l'écurie.

La bête avait un pelage gris épais, des muscles denses et une grande tête hideuse…

Une jument de combat shin'a'in !

Hydona vola jusqu'au palais.

Une silhouette vêtue du gris des élèves agita ses bras dans sa direction.

— Une femme veut vous voir, ma dame, dit la jeune fille quand la griffonne eut atterri. Elle a parlé à la reine, et maintenant elle veut rencontrer un griffon.

— Dois-je la rejoindre, ou me rejoindra-t-elle ? demanda Hydona.

— Je me joins à vous, ma dame, dit en kaled'a'in la guerrière shin'a'in qui apparut derrière l'élève.

Cette pléthore de langages pourrait devenir épuisante, songea Hydona.

— Il vous serait difficile d'entrer dans ce bâtiment, continua la guerrière. Je vous apporte les salutations de ceux de votre race…

Fermant les yeux, elle débita une série de messages provenant de la famille et des amis d'Hydona et de Treyvan restés dans la Vallée kaled'a'in.

L'élève regardait la scène, bouche bée.

Hydona remarqua que la femme n'était pas vêtue de noir, comme elle l'avait d'abord cru, mais de bleu foncé. Grâce aux dieux, elle n'était pas là pour régler une querelle. Ils n'avaient pas besoin de ça…

La femme répondit à sa question implicite.

— Je viens ici pour la même raison que vous, affirma-t-elle. Je suis l'émissaire de mon peuple auprès de Valdemar. En cette qualité, j'ai apporté à la reine un cadeau pour sceller notre alliance. Il n'y a pas de raison que je ne vous le dise pas, car bientôt tout le monde sera au courant : les Tayledras, les Kaled'a'in et les Shin'a'in se sont unis et protègent les routes à la frontière ouest et sud de Valdemar. Si tout le reste échoue, les habitants de k'Valdemar feront ce qu'ils ont fait par le passé : ils fuiront et trouveront des abris. Les guerriers resteront et nous ferons en sorte de remettre les choses dans l'ordre !

Hydona soupira de soulagement. Elle craignait que Fléaufaucon bloque la frontière de l'ouest, emprisonnant les fugitifs entre les forces d'Ancar et une armée de ses créatures monstrueuses.

La guerrière avait dit *k'Valdemar.* Le royaume était donc considéré comme un clan ?

Par tous les clans réunis ?

Hydona pensa qu'une seule chose avait pu forcer les Shin'a'in à quitter leurs plaines et les Tayledras à sortir de leurs vallées…

Elle jeta un œil interrogateur à la femme, qui hocha la tête.

Donc, la Déesse était intervenue. Intéressant…

La Shin'a'in avait dû chevaucher nuit et jour pour arriver aussi vite, même si elle avait emprunté un Portail tayledras pour atteindre la frontière de Valdemar.

— Veuillez me pardonner, ma dame, dit Hydona. Je vous empêche de goûter un repos bien mérité.

— Je vais le prendre de ce pas, fit la guerrière avec un sourire de gratitude. Je m'appelle Querna, des Tale'sedrin. (Puis, se tournant vers l'élève, elle ajouta en valdemarien :) Merci, petite. J'ai accompli le dernier de mes devoirs, et je vous suivrai volontiers dans la chambre dont vous m'avez parlé.

— Merci à vous, guerrière. Dormez bien ! cria Hydona.

Treyvan serait si content de la nouvelle !

Elle partit à la recherche de son compagnon, se sentant le cœur plus léger.

Si leur tactique de harcèlement marchait, les civils étant évacués sans pertes, et s'ils parvenaient à tenir les troupes d'Ancar en respect assez longtemps pour que leurs véritables armes trouvent leur cible, ils fêteraient ça dignement !

CHAPITRE XV

Flammechant chevauchait devant Skif et Elspeth, essayant de se convaincre qu'il ne devait pas se laisser aller à déprimer. Il le cachait, ne voyant pas de raisons de décourager aussi les autres.

Plus ils avançaient, plus l'état de la terre s'aggravait, comme si les choses devenaient plus terribles à mesure qu'ils approchaient de la « tanière » d'Ancar. Les couleurs de la végétation semblaient délavées, comme si la grisaille et la boue envahissaient tout.

Flammechant savait qu'une partie du problème était due à la promiscuité de la vie en ville. Habiter dans une Vallée tayledras ne l'avait pas préparé à ça. Il avait vu les avantages de ce mode de vie à Valdemar. Mais en Hardorn, il n'y en avait aucun. Les gens s'entassaient les uns sur les autres comme des moutons dans un enclos, et passaient le plus clair de leur temps à se procurer de la nourriture.

Cela n'était pas une fatalité : Flammechant avait vu à Valdemar comment on pouvait améliorer le sort du peuple. Mais Skif lui avait expliqué que le roi d'Hardorn infligeait *délibérément* ces privations à ses sujets : un homme affamé s'occupe de se nourrir et de nourrir sa famille, pas de faire la révolution. Un travail acharné ne lui laisse pas le temps de penser à améliorer sa situation.

Même les citoyens les plus modestes de Valdemar avaient un peu de loisirs. Ici, ce n'était pas le cas. Avant de travailler pour se nourrir, les gens devaient faire leur part des travaux non payés que le roi exigeait d'eux : labourer ses champs, entretenir ses routes, s'occuper de son bétail... Quand c'était fait, ils pouvaient cultiver leurs propres champs. C'était comme ça tous les jours...

La terre avait aussi souffert des manipulations d'Ancar. La plupart des sorciers noirs prenaient soin de ne pas épuiser leur domaine, puisqu'ils entendaient continuer à y vivre.

L'énergie magique provenait des êtres vivants. Chaque vie produisait une petite quantité d'énergie accessible aux mages de niveaux inférieurs. Ces énergies se regroupaient en lignes de pouvoir, que seuls les mages du niveau Maître pouvaient utiliser. Et les nodes ne pouvaient être contrôlés que par des Adeptes. Si Ancar avait été un roi et un sorcier responsables, il aurait cultivé ces ressources, au lieu de les gaspiller.

Pas étonnant que ses sujets aient l'air épuisés et sans espoir ! Ancar aspirait leurs vies et leur énergie, plus celles de leur bétail et de leurs plantations.

Le seul côté positif, c'était que l'influence négative d'Ancar serait simple à corriger. Il suffirait d'éliminer le monstre. S'il mourait, il cesserait de sucer l'énergie du pays comme une sangsue. Ses sorts se dissiperaient et les lignes de pouvoir reviendraient à la normale.

Tout se remettrait en place.

De plus, son action sur le temps n'avait pas été aussi grave que ça. Le climat se stabilisait sur Valdemar, maintenant que la source de pouvoir amenée par la pierre-cœur était contrôlée. Il ferait de même en Hardorn quand Ancar serait mort.

Mais Flammechant avait hâte de finir le travail et de quitter ce lieu. Le désespoir s'était infiltré en lui comme un poison. Plus tôt ils en auraient terminé ici, plus vite ils pourraient retourner à Valdemar afin de réparer les dégâts.

Il « préparerait » la terre pour qu'Elspeth, Ventnoir et les Hérauts puissent exercer correctement leur magie. En dépit de son assurance de façade, Flammechant savait qu'il était seulement capable d'influencer l'ordre naturel, pas de le contrôler.

Ils dépassèrent un groupe de fermiers sales et couverts de boue qui travaillaient dans un champ, essayant de sauver des tubercules dont la moitié avaient pourri à cause des pluies. Tous avaient l'air épuisés et vidés de leur énergie.

Flammechant détourna la tête.

Ce pays était en train de mourir ! Fléaufaucon ne valait pas beaucoup mieux qu'Ancar, mais il n'avait jamais asséché ses territoires à ce point.

Tout ça avait affecté Flammechant au point que ce qui lui avait semblé amusant au début ne le distrayait plus. Il portait ses robes extravagantes uniquement pour les spectacles, et ne demandait plus à Aya de se parer de rubans, sauf pour les démonstrations en arrivant à un village.

Ce sera bientôt terminé, s'encouragea-t-il.

La foire ambulante était à quelques jours de la ville où vivait Ancar.

Flammechant s'inquiétait aussi pour Nyara, se demandant si elle était capable d'assumer son rôle, le plus difficile de tous étant donné son passé. Il se serait inquiété davantage si Besoin ne l'avait pas rassuré de temps en temps. L'épée lui parlait souvent, et il la croyait quand elle lui assurait qu'elle pouvait contrôler Nyara si la tension devenait trop forte pour elle. Elle avait montré qu'elle était capable de dominer un sorcier. Flammechant ne doutait pas qu'elle pourrait contenir Nyara si besoin était, au moins physiquement. En tant qu'Adepte-guérisseur, Flammechant lui conseilla d'agir sur le corps de la jeune femme pour l'inciter à se calmer. A eux trois — Skif, l'épée et lui —, ils pourraient ramener Nyara à la raison si quelque chose se passait mal. Mais ce ne serait pas bon pour la jeune femme et pour son amour-propre. Il espérait que les événements n'en viendraient pas là.

Une autre chose l'exaspérait, et il ne pouvait rien y faire : il n'avait pas eu d'amant depuis qu'ils avaient quitté Valdemar. Et pour un homme qui n'avait jamais dormi seul depuis qu'il avait l'âge de donner des plumes à ses galants, c'était très dur.

Aucun membre de la caravane ne lui avait fait d'avances. Et il s'interdisait de penser à Ventnoir, par respect pour Elspeth. De toute façon, le jeune homme n'avait pas semblé intéressé…

Skif ? Il ne paraissait pas motivé, non plus, mais c'était peut-être par manque d'occasion ?

Non. Nyara en serait choquée. Je ne peux pas infliger ça à une amie !

Rien à faire ! Il serait bien obligé de rester célibataire pour le moment.

Une pensée horrifiante !

Il soupira. Skif lui jeta un regard intrigué. Flammechant désigna les fermiers d'un geste. Skif grimaça. Le jeune Héraut percevait en partie la maladie qui affectait les terres, même s'il n'avait pas de vision magique.

Comparé aux misères de ce pays, manquer de partenaire semblait vraiment trivial.

Mais quand Skif se tourna, Flammechant se surprit à admirer son profil…

Ça suffit, Flammechant, se morigéna-t-il. *Tes besoins ne sont pas les seuls à devoir attendre des jours meilleurs…*

C'était tout de même bizarre… On remarquait rarement un besoin, sauf quand il n'était plus satisfait…

Ventnoir écouta Nyara marcher un moment dans le chariot avant de s'asseoir sur une couchette. Elle se tenait cachée le plus possible, afin que des rumeurs atteignent

Fléaufaucon, pas des descriptions trop précises. S'il s'intéressait à ces rumeurs, Nyara serait peut-être l'appât du piège où ils attireraient le monstre. Tout dépendait de ce que les espions de Fléaufaucon lui diraient. Penserait-il que l'aspect de Nyara était un déguisement, ou qu'elle était de la même espèce que Fléaufaucon ?

C'était un plan parmi d'autres, mais celui qui offrait les meilleures perspectives.

Il y avait une autre raison de la garder cachée. Plus ils approchaient de la capitale, plus les Gardes d'Elite d'Ancar se faisaient nombreux. Ces hommes n'hésitaient pas à prendre ce qu'ils voulaient. Mieux valait qu'ils n'aient pas la tentation de s'approprier Nyara...

Jusque-là, Ventnoir et Elspeth n'avaient pas eu de mal à contenir la dizaine d'hommes qui entraient dans la tente. La seule fois où quatre gaillards s'étaient énervés, ils les avaient placés sous un sort d'oubli déguisé en intoxication alcoolique.

Elspeth et lui avaient travaillé ensemble avec la même aisance qu'avant. Grâce à elle, Ventnoir retrouvait le plaisir d'exercer la magie qu'il avait connu dans sa jeunesse. C'était une consolation au milieu des tensions qu'ils supportaient.

Ventnoir savait que Skif était inquiet. Il n'était pas sûr de la fiabilité des autres membres de la caravane. A juste titre : qui pouvait dire comment ils réagiraient si Ancar faisait capturer l'un d'entre eux pour l'interroger ? Ventnoir savait aussi que Skif et Elspeth s'inquiétaient de ce qui se passait chez eux. Ancar avait-il progressé à la frontière ? Treyvan et Hydona pouvaient-ils s'occuper de tous les sorciers ?

Les Compagnons refusaient de contacter leurs confrères par peur d'être repérés. Elspeth savait, et elle le dit à Ventnoir, que sa mère n'hésiterait pas à donner des informations erronées pour ne pas décourager l'équipe.

Cela ne soulagea pas ses inquiétudes…

Ils étaient tous soucieux. Ils avaient hâte d'en avoir terminé avec leur mission.

Certains membres de la caravane commençaient à douter du bien-fondé de l'expédition, et pas à cause de la présence des Valdemariens. Les Gardes d'Elite d'Ancar avaient posé des problèmes lors de deux dernières étapes.

Ventnoir n'était pas ravi à l'idée de la représentation à venir…

Nyara s'était endormie. Il lui envia cette échappatoire, probablement due à l'influence de Besoin. Dans certains cas, l'arme n'hésitait pas à imposer sa volonté à la jeune fille.

Ça devait être dur pour Skif, qui n'avait pas une confiance illimitée dans l'épée…

Il était difficile de se concentrer sur le spectacle, avec tout ce qu'il retournait dans sa tête. Et les autres connaissaient les mêmes problèmes. Pourtant, il leur fallait exécuter leurs numéros impeccablement, sous peine de se faire repérer.

Ventnoir, dit la voix rauque de Besoin.

Oui, ma dame ?

Il s'était pris d'amitié pour la vieille ronchonne et se faisait un peu moins de souci pour la santé physique et mentale de Nyara, sachant que Besoin prenait soin d'elle.

J'ai des nouvelles qui vous feront plaisir. J'ai un informateur à la cour d'Ancar !

Il n'aurait pas été plus surpris si Nyara s'était levée et l'avait assommé avec un poêle à frire.

Ma dame, c'est une nouvelle extraordinaire ! Dites-moi tout ! Comment avez-vous fait ?

J'ai mes méthodes, éluda l'épée. *C'est une source fiable, et qui restera probablement secrète. Mon homme maîtrise la magie mentale, et il est assez proche du monstre pour pouvoir, s'il est très prudent, découvrir ce qu'il prévoit et l'influencer !*

Le soulagement de Ventnoir se transforma en panique. Un informateur était une chose, mais celui-là possédait le don de parole par l'esprit.

S'en servir contre Fléaufaucon... Réalisait-il à quel point c'était dangereux ?

Ma dame, avez-vous conscience des risques ? Et lui ?

Le monstre n'avait pas un grand don de parole par l'esprit. Cela dit, il risquait de détecter les sondes mentales. Il n'était pas allé aussi loin en étant stupide. Comment quelqu'un pouvait-il espérer cacher son intervention ?

Ne t'inquiète pas, petit, dit Besoin. *Fléaufaucon n'est plus ce qu'il était. Ecoute-moi avant de paniquer !*

Pendant qu'il continuait à surveiller la route, l'arme lui expliqua ce qui était arrivé à Fléaufaucon depuis qu'il avait été précipité dans le vide, entre les Portails.

Ventnoir éprouva contre son gré une certaine admiration pour la façon dont l'Adepte noir était parvenu à survivre. Mais Besoin avait raison : d'après sa description, le sorcier était un individu mentalement diminué, aux pouvoirs presque épuisés, et qui ne mesurait pas l'étendue de son handicap.

Entre les contraintes d'Ancar et la fragmentation de sa personnalité, il est si mal qu'il ne peut rien remarquer de subtil. Il ne se rend même pas compte des choses évidentes !

Ventnoir serra les dents. Ça avait l'air trop beau pour être vrai ! A moins que Besoin ait omis quelques détails pour lui donner une explication plus « cohérente » ?

Laissez-moi réfléchir un peu à ce que vous m'avez révélé, avant que je vous réponde, dit-il pour gagner du temps.

L'épée eut l'air amusé.

Réfléchis aussi longtemps que tu veux, tant que ça ne

prend pas plus d'une semaine ! Je sais que tout ça est soudain, mais je ne voulais pas t'en parler avant d'être sûre. Je suis la dernière personne au monde à vouloir te pousser à faire quelque chose, maintenant que je suis réveillée...

Si quelqu'un d'autre lui avait dit ça, il ne l'aurait pas cru. Tout reposait sur un espion qu'ils ne connaissaient pas et ne pourraient pas contacter directement...

Mais Besoin était la prudence incarnée. Elle ne se précipitait jamais.

Donc, elle avait vérifié son « informateur ». C'était pour ça qu'elle n'en avait pas parlé tout de suite.

Il soupesa tout ce qu'il savait sur l'épée et décida de lui poser deux questions.

Depuis combien de temps avez-vous ce contact ? Et y a-t-il à son sujet quelque chose que vous ne pouvez pas encore me dire ?

Besoin rit.

Voilà ce que j'apprécie chez toi, Ventnoir ! Tu es méfiant ! Oui, il y a pas mal de choses que je ne peux pas te dire sur mon informateur. Et je suis en contact indirect avec lui depuis quelque temps, avant que nous passions la frontière d'Hardorn. Je ne peux pas te révéler comment nous avons été mis en rapport, mais je t'assure que les entités qui s'en sont chargées sont fiables.

Des « entités » ? Un terme intéressant... Les Compagnons étaient-ils là-dessous ?

Pas les Compagnons, mais quelque chose d'approchant. Quelqu'un en qui tu aurais confiance si je pouvais te dire de qui il s'agit.

Les Kal'enedral ?

Tu es têtu, petit ! dit Besoin. *Et tu as deviné juste.*

Il devait s'agir de Kal'enedral *leshy'a*. Ça expliquerait beaucoup de choses. Mais que faisaient les guerriers-fantômes en Hardorn ? Il se souvint que le pauvre Tre'valen lui avait dit que les intérêts de la Déesse allaient désormais au-delà des Plaines…

Avez-vous choisi de passer par moi pour livrer cette information afin d'épargner Nyara ?

Exactement, répondit Besoin, satisfaite de sa sensibilité. *As-tu remarqué qu'elle agit de manière plus* humaine ? *Depuis que je suis avec elle, j'ai découvert certains souvenirs de ce que le monstre lui a fait, et j'ai inversé quelques modifications. Je ne suis ni une déesse ni un Avatar, mais je peux réussir quelques petites choses…*

J'avais remarqué. Félicitations, ma dame. Vous ne vous proclamez pas Adepte, mais vous n'en êtes pas loin.

Bien. Puis-je compter sur toi pour expliquer tout ça aux autres ?

Il donna son accord.

Le manque de confiance en soi de Nyara sera un avantage, dit-elle. *Elle pense si peu de bien d'elle-même qu'elle ne s'étonnera pas que vous m'ayez choisi pour répandre la nouvelle.*

Besoin soupira.

C'est triste, mais vrai. Skif et moi travaillons sur ce point. Et si tout se passe bien, ça lui donnera un coup de pouce dans la bonne direction.

Le village suivant n'était plus très loin. Ventnoir aperçut les bâtiments à demi cachés par un rideau d'arbres, juste devant le chariot de tête. Il s'occuperait de tout ça plus tard. Pour le moment, il avait un personnage à jouer, un spectacle à préparer, et, avec un peu de chance, les hommes d'Ancar ne leur compliqueraient pas les choses.

Mais sur ce dernier point, il ne fallait pas rêver.

Les chariots entrèrent dans le village. Les gens ne sortirent même pas de chez eux pour les regarder passer. Ils avaient l'air plus effrayés que ceux qu'ils avaient rencontrés jusque-là.

Quand ils atteignirent la place, ils comprirent pourquoi.

Vingt ou trente Gardes d'Elite d'Ancar étaient réunis devant un grand bâtiment au bord de la place. Ils les regardèrent s'installer.

Apparemment, ils étaient en garnison, mais il ne semblait pas y avoir de raisons de laisser une force dans ce minuscule village. Personne ne les avait prévenus lors de leur précédente étape. Et, la dernière fois que la caravane était venue, il n'y avait pas de soldats.

La foire courait des risques en s'installant là. Les Gardes d'Elite avaient de l'argent et peu d'occasions de le dépenser, mais ils se souciaient rarement de payer pour prendre ce qu'ils voulaient.

Cela dit, il était impossible de *forcer* par la terreur un comédien, un musicien ou un jongleur à effectuer une bonne performance… Avec un peu de chance, les soldats l'avaient compris.

La tension s'était communiquée à tout le monde dans la troupe. Ventnoir avait l'estomac noué et les muscles crispés.

Avant que les clients commencent à arriver, les forains firent passer le mot : donner tout ce qu'ils voulaient aux hommes d'Ancar et ne pas leur faire payer la nourriture, la boisson ou les divertissements. Ventnoir pensa que c'était une bonne idée : s'ils sortaient de là entiers, ça lui suffirait !

Il informa ses compagnons, qui furent tous d'accord.

— Je leur offrirai ma potion miracle par bouteilles entières, s'ils en veulent ! dit Flammechant. En fait, ce n'est pas une mauvaise idée ! Ils se gaveront de viandes de bas étage et de beignets dégoulinant de graisse. Ça donnerait mal à l'estomac à une autruche ! Je leur prescrirai ma potion… Elle est plus forte que ce qu'ils ont l'habitude de boire. Avec toutes les herbes qu'il y a dedans, ils feront peut-être des ivrognes agréables ! Et ça les soûlera plus vite que la bière.

Une idée intéressante.

— Mentionnez qu'elle contient du cognac, ça retiendra leur intérêt. Un truc du genre : « fabriqué avec le meilleur cognac, distillé trois fois, où ont macéré les herbes sacrées des dieux de la forêt qui donneront du cœur à l'ouvrage aux hommes, feront sourire les femmes et danser les jeunes filles… » Qu'en pensez-vous ?

— Vous êtes doué, dit Flammechant avec un sourire ironique.

— Peut-être pourrais-je un jour vivre de charlatanisme, fit Ventnoir.

— Ça à l'air assez bon pour me tenter, dit Skif, et c'est moi qui ai fabriqué le dernier lot ! Autre chose : Nyara ne dansera pas ce soir. Le spectacle de la tente sera le numéro des oiseaux. Nous ne pouvons pas contenir trente soldats. Ils ignorent que Nyara est là. Ne tentons pas le sort.

— Je suis d'accord, dit la voix tremblante de Nyara.

— Je vais aller prévenir les contorsionnistes, annonça Elspeth. Qu'ils gardent leurs femmes cachées ce soir…

Pendant qu'ils préparaient la tente pour le spectacle, Ventnoir leur transmit ce que Besoin lui avait dit.

Tout le monde en fut réconforté.

Quand les Gardes d'Elite arrivèrent, Flammechant les régala d'une bonne performance.

Au début, un seul soldat accepta une bouteille de potion. D'après ses grimaces, il devait avoir englouti pas mal de nourriture douteuse.

Quand il avala la première gorgée, il s'étrangla de stupeur.

— C'est si mauvais que ça, Kaven ? ricana un de ses camarades.

— Par l'enfer, non ! C'est délicieux !

Il porta de nouveau la bouteille à sa bouche puis tendit la main pour en avoir une deuxième.

Flammechant la lui donna. L'homme vida la première

et avala la moitié de l'autre. Puis il reboucha le flacon, le fourra dans une poche de sa tunique, et tomba en arrière, évanoui, un sourire béat sur le visage.

La réserve de potion miracle de Flammechant disparut en un clin d'œil.

Les soldats se battirent pour les bouteilles, faisant montre d'une totale indiscipline. A voir l'absence de réaction des officiers, ils avaient l'habitude de se comporter ainsi.

Tant que les soldats furent à peu près sobres, Ventnoir et Flammechant prirent soin de varier le spectacle, ne répétant jamais deux fois le même tour. Ensuite ils n'eurent pas besoin d'être aussi attentifs, car les soldats étaient si ivres qu'ils ne se souvenaient pas de ce qu'ils venaient de voir.

Dans la tente minuscule, les vapeurs d'alcool étaient suffisamment fortes pour faire tourner la tête des oiseaux, et l'odeur des corps en sueur était plus entêtante que celle d'un bouc.

L'obscurité tomba. Entre les chariots, les allées étaient à la fois trop pleines et trop vides. Les Gardes d'Elite monopolisaient la foire : aucun villageois n'avait été assez courageux pour s'y risquer. Les membres de la caravane sursautaient au moindre bruit.

Ventnoir se demanda pourquoi les gardes ne s'étaient pas attaqués aux femmes du village.

— Toutes les jolies femmes qui ont des parents ailleurs sont probablement parties, dit Skif en réponse à sa question. Et les autres font attention à ne pas traîner là où des soldats pourraient les capturer. Ces hommes ne sont pas totalement indisciplinés. Même si Ancar se soucie peu de leur comportement, leur commandant sait que s'il les laisse aller trop loin, le village se révoltera. Il ne veut pas de ça : il a un quota de marchandises ou de nourriture à fournir, et ça lui est impossible sans les travailleurs locaux. Mais nous sommes des proies toutes désignées. Personne ne se soucie de ce qui peut nous arriver.

Une excellente raison pour que les femmes du carnaval restent hors de vue.

A ce moment, des cris de douleur s'élevèrent au-dessus du brouhaha des colporteurs et des artistes.

Exactement ce que Ventnoir avait craint.

Trente et un corps inconscients étaient étendus au milieu de la foire. Deux colporteurs amenèrent le trente-deuxième et dernier. Le reste de la caravane s'affairait à lever le camp.

Chacun de ces hommes était tombé comme une masse, quelques instants après le premier cri.

La plupart gisaient à quelques pas de la victime.

Flammechant était agenouillé sur le sol, le visage gris d'épuisement. Lancer un sort de sommeil avait été rendu bien plus difficile par la nécessité de viser uniquement les soldats et de les endormir tous en même temps. C'était beaucoup trop compliqué pour Elspeth ou Ventnoir. Flammechant était passé à l'action alors que les autres essayaient encore de comprendre ce qui se passait.

La victime était un des colporteurs. Le jeune homme n'était pas particulièrement efféminé, mais il vendait de la dentelle, ce qui rappela aux soldats qu'il n'y avait pas de femmes dans la foire.

Et il était seul au moment où les gardes l'abordèrent.

Ils étaient venus avec l'espoir de trouver quelques conquêtes faciles... Et ils firent comprendre au jeune homme que, faute de femmes, il devrait « s'occuper » d'eux.

Ils étaient dix. Le malheureux n'avait pas une chance de pouvoir se défendre.

Quand le sort de Flammechant entra en action, un des soldats avait eu le temps de s'attaquer au jeune homme.

L'affaire avait été un choc pour Flammechant. Quand

Ventnoir était éclaireur, il avait été témoin des violences perpétrées par les hommes de Fléaufaucon. Mais Flammechant, un Adepte-guérisseur, avait mené une vie plus protégée.

Il n'avait jamais vu personne être molesté. Et il était plus troublé par la violence de l'attaque que par la dépense d'énergie due au sort.

Ventnoir éprouvait une certaine compassion pour l'Adepte. Il aurait aimé avoir le temps de le réconforter, mais il y avait trop à faire.

Il posa la main sur l'épaule d'Elspeth.

— Es-tu prête ? C'est notre tour, maintenant.

Elle hocha la tête.

— Je n'aime pas ça ! S'il ne tenait qu'à moi, ces salauds se réveilleraient eunuques. Ou ne se réveilleraient pas du tout !

— Je serais d'accord avec toi, s'il n'y avait pas le problème des villageois et des forains. Ils n'ont nulle part où se cacher…

Si les soldats étaient mutilés ou tués, les représailles ne tarderaient pas. Seuls les Valdemariens avaient une chance d'y échapper. Il était impensable de faire courir un tel risque aux forains.

Ils n'avaient pas le choix. Ils suivraient le plan prévu. Les soldats retourneraient à leur baraquement dans un état de somnambulisme induit par magie. En s'éveillant, ils auraient tout oublié de l'attaque et de la façon dont ils s'étaient écroulés. Ils auraient seulement le souvenir d'avoir pris du bon temps à la foire, d'avoir trop bu puis d'être rentrés cuver leur alcool.

— Laisse-moi au moins leur donner la pire gueule de bois de leur vie, supplia Elspeth. Et les rendre impuissants le temps qu'elle durera !

Ventnoir soupira. Il était d'accord avec elle, et la punition lui semblait bien trop légère.

— J'aurais voulu pouvoir faire plus, dit-il. Notre seule chance de redresser les torts est d'accomplir notre tâche : nous débarrasser d'Ancar, de Fléaufaucon et d'Hulda.

Ils se mirent au travail. Quelques instants plus tard, les hommes se levèrent gauchement et prirent la direction de leur baraquement, les yeux vitreux comme des cadavres animés.

— J'aurais aimé leur flanquer la peste, marmonna Elspeth. Je le ferais, si je ne craignais pas que les villageois l'attrapent aussi…

Quand le dernier soldat se leva et partit en titubant, Flammechant se redressa, un peu plus alerte, mais toujours épuisé. Les forains étaient partis aussi. D'après le bruit, ils finissaient de plier leurs tentes.

— Il est dur de jeter des sorts quand on n'a pas eu le temps de s'y préparer convenablement, murmura Flammechant. J'ai été obligé d'utiliser ma propre énergie et de faire en sorte que ça ne soit pas trop repérable… Pourtant, j'ai le sentiment que j'aurais pu empêcher ça si j'avais agi plus tôt.

— Inutile de vous sentir coupable, affirma Ventnoir. Vous avez été plus rapide que nous tous. Et vous avez fait de votre mieux.

Flammechant regarda ses mains.

— Mais ce n'était pas suffisant. Où est ce pauvre garçon, Liam, je crois ?

— Gerdo l'a emmené dans sa caravane. Il a dit que Sara comprendrait. Et qu'il savait ce que le garçon endurait, parce que la même chose lui est arrivée quand il était adolescent. Lui et sa compagne pourront au moins le persuader que rien de tout ça n'était sa faute.

— J'aimerais tout de même aller m'excuser auprès de lui, dit Flammechant.

Ventnoir sentit l'approbation d'Elspeth et de Gwena.

— Ça vous ennuie que nous venions avec vous ?

Personne ne se reposa cette nuit-là. La foire plia bagages et déménagea dans l'obscurité. Ils s'arrêtèrent dans le village suivant, où ils ne rencontrèrent pas d'hommes d'Ancar.

Flammechant passa la plus grande partie de la nuit et du jour suivant avec Gerdo, pour s'occuper de Liam. Il était un Adepte-guérisseur, même si sa spécialité n'était pas les gens mais la terre. Il pouvait faire beaucoup de bien au jeune garçon.

Et l'épreuve que vivait Liam l'aiderait aussi.

Pour la première fois, il avait été confronté à la violence et à la méchanceté des soldats d'Ancar. Jusque-là, il avait surtout remarqué les dégâts causés à la terre.

Il lui était désormais impossible de fermer les yeux sur ce qui arrivait aux êtres humains. Il revint en fin d'après-midi, silencieux et pensif, mais paraissant satisfait.

Ventnoir comprit pourquoi quand il vit Liam sortir du chariot de Gerdo, prêt à se remettre au travail. Le jeune homme avait surmonté son traumatisme. Il n'oublierait pas, mais les conséquences de l'attaque ne seraient pas dramatiques.

Flammechant avait appris beaucoup de l'aventure.

Il avait touché de près la douleur des malheureux qui subissaient le joug d'Ancar.

L'Adepte-guérisseur avait utilisé son don au service des innocents. Pour lui, la guérison n'était désormais plus un simple exercice mental.

Ce soir-là, Besoin leur raconta ce qu'elle avait appris de son « contact ».

Ventnoir aurait aimé dormir, mais il s'était déjà accommodé de moins de sommeil dans sa vie. Et les informations étaient importantes.

Ils se réunirent dans l'obscurité du chariot, sans allumer de chandelle pour ne pas attirer l'attention.

D'abord, nous pensions savoir qui était responsable de

l'état des choses en Hardorn. Mais ce n'était pas Ancar, contrairement à nos déductions. C'est à peine un Maître. C'était Hulda !

— Hulda ? murmura Elspeth.

Oui. Une Adepte.

— Mais… Comment est-ce possible ? Avec les protections en vigueur à Valdemar quand elle y était…

Apparemment, elle n'a jamais utilisé la magie pendant son séjour. Donc, elle n'a pas attiré l'attention des vrondis. *Elle savait ce qu'elle faisait. C'est elle qui a installé l'effet « drainant » sur le pays. Ancar a reçu des babioles : l'or, les biens, les jeunes filles. Elle a donné un hochet au bébé, mais elle a gardé le pouvoir. Nous ignorons ce qu'elle en a fait. Mornelithe l'ignore aussi. Il pense qu'elle courtise l'envoyé de l'Empereur. La magie est utilisée dans l'Empire. Il est possible qu'Hulda ait transmis du pouvoir à l'Empereur. Si c'est vrai, c'est la première fois que j'entends parler de quelqu'un capable de faire ça.*

— Hulda a délibérément ruiné le pays ? demanda Ventnoir, pris de nausée.

Oui. Elle a encouragé les folies d'Ancar, sans lui donner la formation nécessaire… Au fait, je sais peut-être ce qu'elle a fait de ce pouvoir ! Les attaques magiques, les sorts de contrainte sur les troupes… Tout ça semble trop fort pour les sorciers qu'emploie Ancar, sauf si quelqu'un les alimente en énergie. C'est une idée intéressante…

— Et qui semble fondée, dit Flammechant. Ancar est donc une marionnette manipulée par Hulda ?

Jusqu'à une date récente… La sorcière est devenue imprudente et Ancar s'est rebiffé. Elle a commis l'erreur de lui promettre de continuer à le former, et elle ne l'a pas fait. Il a décidé de se livrer à ses propres expériences. C'est ainsi qu'il a « récupéré » Fléaufaucon. Il a construit une moitié de Portail sans savoir ce qu'il faisait. Quand le Portail a commencé à se retourner contre lui pour le dévo-

rer, il a souhaité qu'un Adepte le tire de là. Le Portail a supposé que ce souhait était la destination, et il a livré Fléaufaucon sur un plat d'argent !

— Ancar est l'imbécile le plus veinard du monde, ou le veinard le plus idiot, dit Ventnoir. Il n'avait pas une chance sur mille de survivre à une telle ânerie !

— Et Fléaufaucon a eu plus de chance qu'un dieu ! grogna Flammechant.

Il a placé des contraintes sur Fléaufaucon pendant qu'il était sans défense. Ancar a désormais un Adepte sous sa coupe. Il pense pouvoir se passer d'Hulda. Fléaufaucon l'encourage pour les monter l'un contre l'autre et s'enfuir quand ils s'entre-tueront. Mais Ancar est parvenu à coincer Hulda. Il l'a enfermée dans une cellule à l'épreuve de la magie. Pour l'instant, elle est hors jeu.

— Les trois pouvoirs que nous supposions unis seraient en réalité ennemis ? dit Skif. Nous avons une meilleure chance de réussir !

Avant que vous soyez trop sûrs de vous, laissez-moi vous expliquer les détails.

Ventnoir eut du mal à croire que Fléaufaucon avait fait autant d'erreurs.

C'était impossible, incroyable, insensé.

Une bonne description de Mornelithe Fléaufaucon…

Pourtant, l'idée que l'Adepte noir puisse changer d'idée et décider de coopérer avec le roi était terrifiante. Les dégâts provoqués par Ancar sans l'aide du sorcier étaient déjà colossaux. Ils n'osaient pas penser à ce qu'ils deviendraient si Fléaufaucon apportait son aide.

Et le sorcier était capricieux. Il pouvait retourner sa veste à tout moment. Leur seule chance serait de frapper pendant qu'il était encore sous la coupe d'Ancar.

S'il se rangeait du côté du roi avant qu'ils atteignent la capitale, les chances ne seraient plus de leur côté.

Et encore moins du côté de Valdemar.

CHAPITRE XVI

An'desha attendait sur les Sentiers Lunaires. Il était seul, Aubefeu lui étant apparue juste le temps de l'appeler. Parfait. Ça voulait dire que la vieille femme voulait lui parler. Comme elle le lui avait demandé, il avait incité Fléaufaucon à détester Ancar.

Mais l'Adepte noir était une créature changeante et imprévisible. An'desha avait eu du travail pour détourner Mornelithe de la tentation de s'allier au roi. Il avait été obligé de lui rappeler l'existence des contraintes et de souligner que le roi n'avait aucune intention de les annuler.

Hulda était toujours emprisonnée. Les protections qu'elle avait aidé à installer autour de la cellule restaient plus puissantes que Fléaufaucon l'aurait cru. Elle n'en sortirait pas de sitôt...

Le sorcier commençait à s'impatienter.

Un bruit de pas retentit sur les Sentiers Lunaires. C'était probablement la vieille femme. Elle était assez contrariante pour produire un tel son en un lieu où il n'était pas nécessaire...

— Mon garçon, j'espère que tu es aussi prêt que tes amis le pensent, car le moment de risquer le tout pour le tout arrive !

— Mes amis ?

— Les Avatars.

— Je fais de mon mieux… J'ai empêché Fléaufaucon d'approfondir l'idée d'une alliance avec Ancar…

— Bien ! Mais ce qui reste à faire sera encore plus difficile. Nous sommes à un tournant décisif. Il n'y a plus moyen de reculer. Tu ne dois pas le laisser seul un instant, et assure-toi qu'il ne réalise pas que tu joues avec son esprit. Mes gens sont à moins d'une journée d'ici.

— Ce que nous avons à faire devra être accompli bientôt… Je comprends. Vous avez un plan, et son succès dépend de moi. Si j'échoue, nous perdrons tous.

— Exactement. Nous allons voir si tu es à la hauteur de la tâche ! Tu devras créer un faux souvenir chez Fléaufaucon. Lui faire croire qu'un serviteur lui a parlé de la foire et de la femme-chat captive. Nous voulons qu'il essaie de trouver Nyara, histoire qu'il se jette dans l'embuscade que nous lui tendrons. Peux-tu faire ça ?

Un faux souvenir… Il en avait déjà altéré quelques-uns, ajoutant une nuance injurieuse à ce qu'Ancar avait réellement dit. Fléaufaucon ne se doutait pas que sa mémoire avait été modifiée.

— Je pense en être capable, ma dame.

Elle sourit.

— Parfait. Je vais te laisser. Il te faut du temps pour réussir ce que nous te demandons.

Elle se tourna et disparut dans la brume.

An'desha s'aperçut rapidement que l'histoire d'un serviteur ayant parlé de la femme-chat à Fléaufaucon ne marcherait pas. Les domestiques avaient peur de lui et ne lui adressaient pas la parole. Il valait mieux implanter un souvenir où Fléaufaucon avait surpris une conversation entre des domestiques.

Un souvenir un peu vague, comme si le sorcier somnolait quand il avait entendu l'information.

Il choisit pour base un événement réel : deux serviteurs

étaient entrés dans la chambre de Fléaufaucon pour s'occuper du feu. Ils avaient échangé des commérages sur Ancar et Hulda, ne se doutant pas que l'Adepte était seulement assoupi.

Cela montrait à quel point l'esprit de Fléaufaucon était endommagé. En pleine possession de ses moyens, il se serait réveillé aussitôt.

An'desha « étala » le souvenir devant lui et entreprit de le modifier en y ajoutant les phrases dont il avait besoin. Il garda l'Adepte profondément endormi pendant qu'il travaillait.

Ce ne fut pas facile. Mais il parvint à reconstituer la scène à sa convenance.

Deux serviteurs. Le premier portait des bûches, le deuxième les mettait dans le feu.

Fléaufaucon entrouvrit un œil. Il entendit les mots « foire », « spectacle » et des rires étouffés.

— *Qu'y a-t-il de si exceptionnel ? demanda le premier homme.*

— *Une danseuse... Ils l'appellent la femme-chat. Elle* ressemble *à un félin. Je t'assure, quand elle a terminé, tu n'as qu'une envie : qu'elle vienne partager ta couche ! Quand elle bouge, tu ne peux penser qu'au sexe.*

— *Je parie qu'elle ne se contente pas de danser, si tu sais t'y prendre !*

— *C'est pour ça que je veux y retourner !*

Des bruits de crépitement dans la cheminée. Puis les pas des serviteurs quittant la chambre.

Ça semblait suffisamment réaliste.

Maintenant, réveillons Fléaufaucon et faisons-lui croire que cette conversation vient d'avoir lieu.

Ça marcha. Le sorcier fut persuadé d'avoir entendu les serviteurs.

An'desha le regarda réfléchir aux implications de l'existence de cette « femme-chat ». Etait-elle une humaine habilement déguisée ?

Non. Il ne doit pas y penser un instant.

Ou était-elle vraiment ce qu'elle semblait ?

C'est mieux !

Personne n'aurait osé imiter un métamorphe ! Encore moins l'imiter, *lui.* Sa réputation empêcherait les gens de s'y risquer. Si la femme-chat était réelle, il ne pouvait s'agir que de…

Nyara, murmura An'desha.

Nyara ! Les griffes de Fléaufaucon s'enfoncèrent dans ses draps, y perçant des trous. Elle était partie vers l'est ! Elle avait dû fuir jusqu'à ce qu'elle soit capturée par les forains. C'était l'occasion de se venger.

Mais je dois cacher son existence à Ancar, suggéra An'desha.

Il lui faudrait, bien entendu, ne pas révéler à Ancar qu'elle existait. Il devrait quitter le palais discrètement et la faire prisonnière par ses propres moyens. Si le roi entendait parler d'elle, il voudrait la voir, et il comprendrait qu'elle était l'œuvre de Fléaufaucon. Alors, il essaierait de se servir d'elle. Mornelithe avait investi beaucoup de puissance dans la création de Nyara. Tout Maître comprendrait qu'il pourrait utiliser la créature contre son créateur. Car un sorcier laissait une partie de lui-même là où il investissait du pouvoir.

Se rendre à cette foire seul et sans être observé ne serait pas facile. Il y avait toujours des gardes à sa porte et d'autres partout dans le palais. Il lui faudrait trouver un moyen de les éviter, pendant qu'Ancar serait occupé ailleurs.

Il avait besoin de temps pour se préparer…

Mais c'est pour ça que j'ai stocké de l'énergie magique, dit An'desha.

Heureusement qu'il avait emmagasiné autant d'énergie

magique que possible ! Même avec les contraintes, il pouvait lancer un sort qui le rendrait « transparent » à ceux qui poseraient les yeux sur lui. Il endormirait les gardes avec un sort de sommeil, et il emprunterait les voies les plus détournées pour quitter le palais. S'il choisissait un moment où Ancar était occupé à ses plans de bataille, il irait à cette foire et en reviendrait sans que personne ne s'en aperçoive.

Quant à Nyara... Lorsqu'il s'occuperait d'elle, il ferait en sorte que son agonie lui semble durer une éternité...

Quelle délicieuse réunion de famille en perspective !

Fléaufaucon pensa à ce qu'il ferait à sa fille quand il lui mettrait la main dessus.

An'desha frissonna mais résista à l'envie d'aller se terrer dans sa cachette.

Skif remarqua le soulagement des forains quand la caravane s'installa devant les murs de la capitale, à côté du Portail le plus proche du palais. Ici, les hommes d'Ancar n'avaient pas la bride sur le cou. Ils se comportaient comme des soldats disciplinés et soucieux de maintenir l'ordre.

Skif aurait aimé partager le sentiments des forains. Mais pour les Valdemariens et leurs associés, le danger avait augmenté.

Les gens du voyage étaient d'avis qu'il serait possible de rester une semaine sur place et que le lieu était assez sûr pour laisser sortir les femmes de leurs cachettes. Une grande ville promettant des bénéfices intéressants. Plusieurs forains avaient aménagé des compartiments secrets dans leurs chariots pour y dissimuler leurs gains.

Aucun d'eux ne connaissait la véritable raison de la venue des Valdemariens. Des parents disparus étaient un malheur assez fréquent en Hardorn pour expliquer leur présence.

Skif était entré dans la ville pour voir comment elle se présentait. Maintenant, il revenait à la foire, ramenant des provisions et un grand nombre d'informations. La nuit précédente, Nyara avait donné trois représentations. Skif avait entendu plusieurs personnes parler d'elle sur la place du marché. Il suffisait que Fléaufaucon capte quelques rumeurs et vienne les vérifier...

Les citadins étaient déjà là, regardant, touchant et achetant. Skif avança jusqu'à l'échoppe du « Grand Mage Pandémonium ». Pour le moment, elle était fermée. Ils avaient décidé de donner leurs spectacles le soir, car Nyara attirait uniquement les adultes, et la foule de la journée semblait composée surtout de familles et d'adolescents.

Les autres devaient être sous la tente. Le chariot était trop petit pour qu'on y fasse autre chose que dormir. Et ils y *dormaient* seulement. Skif était trop timide pour coucher avec Nyara en présence d'autres gens. Et il savait qu'Elspeth et Ventnoir partageaient sa réserve.

Il s'était attendu à une certaine tension, mais pas à l'expression ébahie qu'ils arboraient tous.

— Notre amie pointue vient de nous informer d'une complication, dit Ventnoir en regardant l'épée pendue au côté de Nyara. Il semblerait que Fléaufaucon ne soit pas vraiment Fléaufaucon.

— Un imposteur ? cria Skif. Nous sommes sur les traces d'un...

— Non ! affirma Elspeth. Mais le monstre n'est pas exactement *seul*...

Skif en fut encore plus perplexe.

— De quoi parlez-vous ?

Par l'enfer, grogna Besoin, irritée. *Vous ne comprenez pas de quoi il retourne ! Je vais vous le* « montrer ».

Skif fut plongé dans les souvenirs d'une autre personne, un peu comme quand Besoin l'avait propulsé dans sa mémoire pour lui montrer qui elle était au moment de son

« réveil ». Ces souvenirs-là appartenaient à un jeune homme, un Shin'a'in...

Un demi-sang, coupa Besoin. *Croyez-moi, ça fait toute la différence, dans ce cas.*

Skif vit le garçon découvrir ses talents de mage et décider de rejoindre les Frères du Faucon.

Il le vit se perdre dans la forêt et essayer d'allumer un feu par magie...

... L'entité appelée Mornelithe Fléaufaucon dans cette vie se rua en lui pour prendre possession de son esprit et de son corps.

Besoin arracha Skif aux souvenirs du jeune homme. Il se retrouva sous la tente, regardant les autres se remettre eux aussi du choc.

— J'aimerais bien que vous ne fassiez pas ça sans prévenir, ma dame, marmonna Skif.

Ça fait gagner du temps, dit Besoin. *Voilà, vous êtes au courant de l'identité de mon informateur.*

— Le garçon ? Et je suppose qu'il vit toujours quelque part dans le corps de Fléaufaucon. Pardonnez-moi, mais qu'est-ce que ça change ?

Fléaufaucon lui a volé son bien. Le gamin a découvert comment *il s'y est pris. Le corps d'An'desha n'est pas le premier qu'il s'approprie, et ce ne sera pas le dernier, excepté si nous trouvons un moyen de l'éliminer en l'empêchant de dissimuler son esprit dans les plans intermédiaires. Il fait ça depuis les Guerres Magiques ! Il a seulement besoin du corps d'un de ses descendants ayant le don des mages. Et il s'assure à chaque fois qu'il aura un tas de descendants !*

Skif jura.

— Bref, si nous le tuons comme nous l'avions prévu, nous risquons de le retrouver dans quelques années ?

S'il déniche quelqu'un de sa lignée, certainement ! Il risque de prendre le contrôle d'un des enfants de Nyara, si elle décide d'en avoir. En dépit des mensonges de son père, elle sera très... prolifique. Sur ce point, elle ressemble à un félin...

Skif chercha Nyara du regard.

— Je ne pourrai pas le tenir à distance, Skif, dit-elle. Besoin peut m'aider, mais pas être sur le qui-vive en permanence.

Même si tu n'as pas d'enfants, il trouvera un de ses descendants. Le père d'An'desha a semé des bâtards un peu partout dans le sud. Tôt ou tard, Fléaufaucon reviendra.

— Nous ne pouvons pas le capturer ni le tuer ! cria Skif. Pourquoi sommes-nous ici ? Nous devrions abandonner !

Flammechant lui jeta un regard qui lui coupa le souffle.

— Nous pouvons le tuer, Skif, dit-il. Besoin et moi, nous en parlons depuis votre départ. Nous pouvons même nous débarrasser de lui à tout jamais et permettre à An'desha de récupérer son corps. Mais il faudra que quatre au moins d'entre nous travaillent ensemble : vous, Nyara, Besoin et moi. Peut-être aussi votre Compagnon... Le minutage devra être impeccable. Et ça ne sera pas discret !

— Vous voulez dire que nous devrons utiliser la magie de manière évidente ? demanda Skif.

— C'est pour ça qu'Elspeth, Vree, Gwena et moi ne seront pas présents. Nous devrons frapper Ancar dès qu'il aura encaissé le choc en retour de cette magie... Avant qu'il ait le temps de réagir. Comme le roi a placé un grand nombre de sorts de contrainte sur Fléaufaucon, sa mort devrait les briser et les lui renvoyer, comme des cordes d'arc qui cassent sous la tension. Encore du minutage, comme vous le voyez. Nous devrons agir au moment où il sera le plus faible. Flammechant nous enverra un signal quand Fléaufaucon aura été éliminé. Nous tuerons d'abord Ancar, puis nous nous occuperons d'Hulda.

Skif avait une dernière question à poser.

— Ne serait-il pas plus facile de tuer Fléaufaucon sans se soucier du sort du garçon ?

Quel bien cela ferait-il à Nyara de voir le corps de son père habité par quelqu'un d'autre ? Pourquoi compliquer les choses ? An'desha était très gentil de les avoir aidés, mais à la guerre, il fallait se résigner à la perte de vies innocentes…

Skif se sentit honteux d'avoir ces idées-là, mais quelle autre solution y avait-il ?

— Nous le pourrions, et ce serait plus simple, reconnut Flammechant. Mais cette solution ne me plaît pas. D'autre part, une complication de moins augmenterait nos chances de survie…

Skif acquiesça. Elspeth aussi.

A la surprise de Skif, Nyara s'éleva contre cette décision.

— Besoin m'a donné une idée de ce qu'An'desha a subi pendant toutes ces années, dit-elle. Ce que Fléaufaucon m'a fait n'est rien à côté de ce qu'il a infligé à ce garçon. Il nous a aidés au péril de sa vie, sachant que nous choisirions peut-être de ne pas essayer de le sauver. Mais si nous faisions comme s'il n'existait pas, cela nous hanterait. Nous devons tenter de le libérer. Je suis prête à mettre ma vie en jeu pour essayer !

Elle regarda Skif comme si elle craignait qu'il la juge folle.

Il déglutit. Puis il alla vers elle et la serra un instant dans ses bras.

— C'est idiot et suicidaire, mais elle a raison, dit-il enfin. Nous devons aider ce garçon dans la mesure du possible.

Voilà pourquoi tu as été Choisi, murmura Cymry.

— D'accord, Grand Mage Pandémonium ! Allons-y ! Et sans hésiter !

La nuit tombée, les préparatifs de Fléaufaucon étaient finis. Le temps allait tourner au froid hivernal. C'était parfait. Les intempéries lui faciliteraient les choses.

Il avait placé un simulacre de lui-même dans le lit, au cas où quelqu'un entrerait pendant son absence.

Ancar travaillait dans sa salle de guerre, une grande pièce dont le balcon ouvrait sur la cour du palais. Hulda était toujours prisonnière de la cellule protégée. Les autres sorciers assistaient le roi, mais il ne faisait pas assez confiance à Fléaufaucon pour lui révéler ses plans de bataille.

Les serviteurs s'étaient faits rares. Les rumeurs sur ce qu'il avait infligé aux prisonniers politiques avaient suffi à les éloigner.

Mais il y avait deux gardes à sa porte.

Fléaufaucon avança silencieusement et posa ses mains à la hauteur de sa tête, de chaque côté de la porte. Ayant très peu de magie mentale, il devrait jeter de véritables sorts, une opération difficile quand on ne voyait pas les cibles.

Rassemblant son pouvoir, il ferma les yeux, se concentra, et lança avec chaque main une « flèche » d'énergie qui perça le mur sans faire du bruit.

Il ouvrit les yeux. Tout semblait normal.

Il s'enveloppa dans la cape qu'il avait demandée à un serviteur puis abaissa le capuchon. Avec le froid, personne ne remarquerait un homme emmitouflé dans son vêtement.

Il poussa la porte. Les deux gardes étaient toujours là, immobiles.

Un peu *trop* immobiles ?

Mornelithe gloussa et leur passa une main devant les yeux.

— Il y a quelqu'un ? demanda-t-il, ne pouvant pas résister à la tentation.

Pas de réponse, comme il s'y attendait. Ancar n'avait pas pensé à protéger les gardes contre un sort, se fiant aux contraintes pour empêcher Fléaufaucon de les influencer.

— Je vais seulement faire une petite balade, les gars, dit-il d'un ton mutin. Je serai de retour avant que vous vous demandiez où je suis allé, promis !

Fermant la porte derrière lui, il s'en fut dans une envolée de tissu noir. Il ne s'inquiétait pas d'être vu par les serviteurs car aucun ne le reconnaîtrait avec sa cape. Et il y avait suffisamment de visiteurs au palais pour que personne ne se demande qui il était.

Dans quelques instants, les deux gardes sortiraient de leur transe, ignorant qu'ils avaient été sous l'influence d'un sort. Fléaufaucon referait la même chose en revenant, et ils ne sauraient jamais ce qui leur était arrivé.

Fléaufaucon tenait à éviter les autres gardes d'Ancar. Le meilleur moyen serait de quitter rapidement le palais.

Il ne rencontra pas d'hommes en uniforme dans les couloirs. Mais à quelques pas de la sortie il entendit un bruit caractéristiques de bottes.

Quatre paires, au moins !

Fléaufaucon courut vers l'escalier de service et s'y glissa au moment où les gardes apparaissaient.

Sur le palier, il heurta un jeune serviteur.

Le garçon ouvrit la bouche. Avant qu'il émette un son, Fléaufaucon le saisit à la gorge et serra. Puis il vida le jeune garçon de sa force vitale et le lâcha.

Que ceux qui le trouveraient cherchent de quoi il était mort !

L'escalier débouchait dans les couloirs publics du palais, où il risquait moins qu'on lui demande son identité. Il ouvrit la porte d'un geste assuré et avança d'un bon pas, prenant plaisir à la façon dont les gens évitaient de le regarder. Un homme qui marchait avec autant d'assurance et de nonchalance dans le palais d'Ancar était forcément puissant et dangereux...

Une combinaison que les minables du cru préféraient éviter, surtout si l'étranger avait pris soin de dissimuler son visage...

Il déboucha sur le palier menant à la cour. Les soldats ne le regardèrent pas.

Ils étaient là pour contrôler les personnes qui voulaient entrer, pas sortir.

Il traversa la cour, jetant un coup d'œil au balcon qui la surplombait. La salle de guerre était toujours éclairée et on voyait des ombres se déplacer. Parfait ! Que les gamins s'amusent !

Au retour, il emprunterait un autre chemin. Il passerait par les jardins, défendus par des portails faciles à ouvrir avec une épingle bien placée. C'était la voie qu'utilisaient les serviteurs pour revenir au palais après une escapade en ville. Dommage qu'elle serve seulement à entrer, pas à sortir, à cause des haies et des arbres qui permettaient de descendre en venant de l'extérieur, mais qui auraient dû être escaladés si on arrivait de l'intérieur.

Fléaufaucon était un sorcier, pas un acrobate !

Il sortit du palais devant une escouade de gardes qui avaient l'air de s'ennuyer et s'enfonça dans la ville.

Un instant, il fut tenté de continuer à marcher droit devant lui, en oubliant la femme-chat qui était peut-être Nyara.

Il était libre ! Pourquoi ne pas en profiter ?

L'idée seule provoqua une brusque réaction des contraintes, comme si on tirait sur une laisse. La force fut suffisante pour le faire trébucher.

Cette liberté était illusoire. Les contraintes étaient trop bien ancrées et le roi avait prévu que son prisonnier essaierait de s'enfuir. Il pouvait se déplacer dans la ville, mais pas plus loin.

Jusqu'à ce qu'Ancar soit mort.

Très bien. Il allait vérifier si cette femme-chat était Nyara. Dans ce cas, sa mort lui servirait à augmenter ses pouvoirs, car il reprendrait toute l'énergie investie dans sa « création ».

Puis il retournerait dans le palais d'Ancar et mettrait au point de nouveaux plans…

An'desha était heureux que son lien avec son corps physique soit si ténu quand le monstre était réveillé. S'il s'était mis à transpirer de nervosité, l'Adepte aurait certainement remarqué que quelque chose ne tournait pas rond.

Quand Fléaufaucon avait pensé qu'il lui suffirait de partir droit devant lui, An'desha avait pris un risque. Il lui avait infligé une sorte de secousse qu'il était censé prendre pour l'effet des contraintes d'Ancar. Ça avait marché, mais la vieille femme avait raison : il lui faudrait toute son intelligence et son attention pour réussir. L'Adepte était passé près de faire échouer tous leurs plans.

Les dés étaient jetés. Ce qui devait arriver arriverait…

Fléaufaucon avançait rapidement dans les rues sombres et bruyantes de la capitale. Il plissa le nez en sentant l'odeur des excréments, dans les caniveaux, que le froid mordant ne parvenait pas à masquer. Et c'était censé être la meilleure partie de la ville ! An'desha ne comprit pas comment quelqu'un pouvait avoir *envie* de vivre dans cette ruche.

Il eut une vision mentale de ses Plaines natales. *La nature,* pensa-t-il. *La reverrai-je jamais ?*

De l'autre côté du Portail, la foire était installée sur un champ légèrement en pente. Les stalles éclairées, comme les chariots et les tentes, indiquaient que la fête battait son plein. Les badauds, dans les allées, prouvaient que les gens avaient besoin de divertissements en dépit des exactions d'Ancar, ou peut-être à cause d'elles.

Fléaufaucon se fraya un chemin dans la foule. La plupart des gens l'évitaient ou l'ignoraient, mais il s'en aperçut à peine. Il dépassa les scènes où se produisaient les jongleurs, les contorsionnistes et les musiciens, puis les échoppes de colporteurs et de marchands de nourriture.

Là où la foule était la plus dense, il trouva ce qu'il était venu chercher.

Il lui fut impossible d'approcher du chariot, car les badauds étaient entassés autour, mais le peu qu'il vit lui suffit.

Le spectacle venait de se terminer. La danseuse sortit de la tente pour aguicher le prochain lot de spectateurs.

En dépit des fausses oreilles qu'elle portait, et d'un maquillage ridicule, il s'agissait bien de Nyara. Vêtue de quelques voiles, elle portait un collier et une laisse.

Elle s'arrêta de danser, laissa tomber un voile et retourna dans la tente.

Un homme vêtu d'un costume incroyablement bigarré invita la foule à « venir en voir davantage » dans quelques minutes.

Puis il rejoignit Nyara sous la tente.

Après le premier choc, Fléaufaucon n'eut plus qu'une idée en tête.

C'est un piège !

An'desha s'affola. Etre si près du but pour voir Fléaufaucon fuir ! Impossible ! Il devait y avoir un moyen de le pousser à rester…

Oui !

Avant que Fléaufaucon ait fini de formuler sa pensée, An'desha en ajouta une autre, priant la Déesse pour que l'Adepte noir ne s'aperçoive pas qu'il y avait une autre « voix » dans sa tête.

Elle était avec les griffons. Ils sont sûrement quelque part !

Fléaufaucon vit rouge en pensant à ses ennemis jurés.

Bien joué, mon garçon ! Je vais prévenir la jeune fille, dit une voix rauque dans l'esprit d'An'desha.

Fléaufaucon ne se soucia plus de rien quand la suggestion d'An'desha réveilla son obsession des griffons. Ils étaient là, il le savait ! Ils avaient échappé deux fois à sa colère, mais il les aurait ! Peut-être avec leurs petits…

An'desha sentit que ses pensées et celles de Mornelithe se mêlaient de plus en plus étroitement à mesure qu'il manipulait l'esprit de l'Adepte. Et si Fléaufaucon quittait son corps en emmenant avec lui l'esprit d'An'desha ?

Dans ce cas, je paierai le prix qu'il faudra…

An'desha continua à pousser le sorcier dans ses retranchements.

Fasse la déesse que Mornelithe soit éliminé. Quelles qu'en soient les conséquences pour moi !

Fléaufaucon s'approcha, se souciant peu des protestations des curieux qu'il bousculait. Il se dirigea vers l'arrière de la tente. Les griffons devaient y être, ils étaient trop volumineux pour se cacher ailleurs.

Il arriva dans la zone de la foire où ne se trouvaient normalement que les forains et avisa une douzaine de grandes tentes. Un cheval était attaché devant l'une d'elles. Il vit aussitôt que l'aspect de l'animal était une illusion. Regardant avec sa vision magique, il découvrit une vieille rosse épuisée.

Il ricana. Une tricherie typique des forains !

Pendant qu'il essayait de s'orienter, il aperçut l'ombre des ailes d'un griffon se détacher sur une tente.

Le sorcier devint littéralement fou de rage. Le pouvoir jaillit de ses mains, embrasant la tente…

Il se rua dedans.

Nyara tenait une épée comme si elle savait s'en servir ! Derrière elle, un jeune homme frisé faisait des ombres portées avec une lanterne.

Il avait raison : c'était un piège !

Ça devenait trop drôle. Ils pensaient l'avoir avec leur pantomime ?

Quelque chose se campa derrière lui, le frappant à la vitesse d'un éclair avant qu'il puisse réagir.

Il tomba en avant, à demi assommé.

Sur la pointe de l'épée.

Tenue par Nyara.

Pourtant, il n'y avait pas de griffons...

Fléaufaucon sentit sa rage mourir en même temps que son pouvoir. Une vague d'amertume le submergea quand la douleur se diffusa dans son corps...

Flammechant attendait dans l'ombre, à l'arrière de la tente.

— Un griffon ! cria soudain Nyara. Vite, que quelqu'un imite un griffon ! Il est sur le point de partir !

Surpris et n'ayant pas préparé d'illusion, Flammechant essaya de faire ce qu'elle demandait...

Dieux, faites que tout ne rate pas au dernier moment !

Skif passa ses mains devant la lanterne et projeta sur la paroi de la tente l'ombre d'un griffon claquant du bec.

Avec ses doigts, il imita le mouvement des ailes.

Cela suffirait-il à tromper Fléaufaucon ?

Il eut la réponse un instant plus tard. La paroi de la tente s'enflamma. Le sorcier apparut, les mains lançant des éclairs et la folie brillant dans ses yeux.

Il fit face à Nyara.

Elle brandit Besoin, prête à l'attaque. A la façon dont elle bougeait, Skif comprit que la jeune femme avait laissé le contrôle de son corps à l'épée.

Un mage n'a pas besoin d'épée pour tuer, alors que Besoin seule pouvait éliminer le monstre. Mais si le sorcier noir ne trouvait pas une autre cible que sa fille, elle risquait de ne pas survivre assez longtemps pour avoir le temps de le frapper.

La peur agit sur Skif comme une drogue, affûtant ses réflexes et lui donnant l'impression que les autres se déplaçaient avec une lenteur anormale. Flammechant leva la main pour lancer une contre-attaque, mais trop tard pour sauver Nyara.

Seul Skif pouvait le faire.

Il saisit son épée, sachant qu'il n'avait aucune chance contre Fléaufaucon, mais prêt à mourir pour défendre Nyara.

Non, mon Elu !

Un hennissement de fureur retentit, ponctué par un bruit de sabots. Cymry jaillit des ténèbres et se jeta sur Fléaufaucon. Le sorcier tomba, directement sur la lame de Nyara.

La jeune femme supporta le choc à la fois physique et mental.

Comment leur ennemi avait-il pu être aussi *stupide* ?

Mornelithe rassembla son pouvoir, se raccrochant à la seule chose qu'il contrôlait toujours.

Le cheval-sorcier recula avec un hennissement de triomphe.

Nyara tituba sous l'impact. Le sorcier faisait une fois et demi son poids. La force de la poussée l'avait forcé à s'embrocher sur l'épée.

Il regarda la jeune femme d'un œil terne. La douleur faisait rage dans son corps.

Sa magie le quitta en même temps que le sang qui coulait sur le sol devant lui.

Ce corps était en train de mourir. Il avait le choix : utiliser ce qu'il lui restait de vie pour se venger, ou s'échapper et prendre sa revanche une autre fois.

Il fit ce qu'il faisait toujours, éclatant de rire en dépit de la douleur atroce.

An'desha sentit Fléaufaucon rassembler ses dernières énergies et *bondir.*

Et il se retrouva seul aux commandes de son corps. La douleur le secoua comme s'il était une poupée de son.

Il hurla quand sa vue se brouilla et que l'obscurité l'engloutit…

Puis il vit une lumière.

Les Sentiers Lunaires ! La vieille femme était là, debout de l'autre côté d'un abîme noir et insondable.

— Viens, dit-elle. Rejoins-moi.

Il hésita.

— As-tu confiance en ta Déesse ? Saute !

La Déesse prenait parfois l'apparence d'une vieille femme qui dispensait la vie et la mort…

Oui, c'était la Déesse !

Il devait Lui faire confiance.

Il sauta. La femme le ceintura, le tint contre elle et l'empêcha de tomber dans l'abîme qui s'ouvrit sous ses pieds.

Skif rattrapa le sorcier et l'allongea sur le sol. Nyara avait les yeux fermés. Son visage était un masque de concentration.

Tiens-le bien, petit. J'aurai besoin d'une bonne quantité de ton énergie pour faire ça. Empêche-le de bouger. Nyara doit me sortir de son ventre le plus lentement possible.

Skif regarda la blessure, puis le visage cendreux de Fléaufaucon.

Il était impossible que Besoin parvienne à faire quelque chose !

Silence, nigaud ! Il me faut guérir la plaie à mesure que

j'en sors. Mais je peux réussir ! J'ai déjà guéri des blessures plus graves, et je n'étais pas réveillée à l'époque...

Skif ferma les yeux quand une vague de vertige le submergea. La sensation ne s'améliora pas. Il pensa au jour où Cymry et lui étaient tombés d'une falaise...

Il allait tomber pour l'éternité...

Mon Elu... Touche mon esprit...

Cymry ! Il s'arrima à sa présence et ne la lâcha plus.

Il ne lâcha pas Fléaufaucon, non plus.

An'desha. Fléaufaucon n'est plus. Ne t'inquiète pas, je peux te retenir aussi longtemps que nécessaire. Prends en moi ce dont tu as besoin. Je suis avec toi.

Le vertige cessa. Skif ouvrit les yeux.

Nyara le regardait, haletante comme si elle avait couru. Il ne restait plus aucune trace de la blessure, excepté la déchirure de la chemise et le sang sur le sol.

Les yeux de l'homme s'ouvrirent.

Innocents. Vulnérables. Terrifiés.

Ils ne ressemblaient pas plus aux yeux de Fléaufaucon que ceux de Nyara.

An'desha regarda les inconnus. D'abord, celui qui avait imité un griffon avec des ombres et qui le tenait entre ses bras. Puis Nyara, l'air épuisé, appuyée sur une épée.

Une épée qui était la vieille femme !

Vous m'avez menti ! pensa-t-il.

Je ne t'ai jamais dit que j'étais ta Déesse, grogna l'épée. *Je t'ai seulement demandé si tu avais confiance en Elle !*

Flammechant se lança sur les traces de Fléaufaucon. Il volait dans le monde des esprits sous la forme d'un faucon d'argent. Les signes du passage du sorcier s'effaçaient à une vitesse surnaturelle. Flammechant investit un peu plus de son énergie pour le suivre dans la « poche » des plans intermédiaires où il s'était ménagé une cachette. Là, la mort et le temps ne pouvaient pas l'atteindre.

Dans le chaos coloré des lignes de puissance, Flammechant voyait l'étincelle qui incarnait Fléaufaucon. Il la regarda plonger dans la poche de néant.

Pas étonnant qu'il ne soit pas devenu fou quand il avait été emprisonné entre les Portails ! Il avait l'habitude de ce type de situation...

Fléaufaucon s'engouffra dans son refuge et le scella de l'intérieur. C'était rusé ! Il s'était aperçu que le vide gardait toute chose en stase et que personne ne remarquerait une petite *indentation* là où il y aurait dû ne rien avoir.

Mais Flammechant avait vu le lapin se cacher dans son terrier. Il *savait.*

Mornelithe Fléaufaucon avait rendez-vous avec la mort.

Un rendez-vous qui aurait dû avoir lieu beaucoup plus tôt...

Flammechant marqua une brève pause, se souvenant qu'il avait promis un signe à Ventnoir et à Elspeth quand le moment serait venu d'attaquer Ancar.

Et voilà qu'il découvrait toute cette énergie comprimée en une minuscule balle... C'était du pouvoir issu de la magie du Sang, rien qu'un Adepte-guérisseur ne pût utiliser, mais il serait dommage de la laisser se perdre.

Le feu purifierait cette énergie. Le moment était venu.

Flammechant saisit l'abri précaire entre des « mains » de feu.

Il capta un sentiment de surprise quand il déchira les murs de la cachette de Fléaufaucon. Puis il sentit de la panique.

Il ne laissa pas le temps d'éprouver autre chose à son ennemi.

Adoptant l'apparence de son oiseau de feu, il déchiqueta Fléaufaucon avec son bec et ses serres.

Puis il en fit des étincelles qui illuminèrent le ciel d'Hardorn des lieues à la ronde.

Il purifia chaque étincelle, les purgeant des souvenirs corrompus du sorcier noir.

Enfin, il brûla les restes de l'abri et dispersa les « cendres » dans le vide.

Alors, il revint dans son corps.

Il était allongé sur le sol, soutenu par Nyara. Skif et Fléaufaucon — non, *An'desha* — le regardaient.

Il s'agissait bien d'An'desha : Fléaufaucon n'aurait jamais eu des larmes sur les joues, et Nyara n'aurait pas posé une main protectrice sur son épaule.

An'desha brisa le silence.

Dehors, des gens s'exclamaient à la vue du « feu d'artifice ».

— Est-il parti ?

Flammechant hocha la tête, épuisé mais satisfait.

An'desha le regarda, puis éclata en sanglots, un peu comme le pauvre Liam…

Flammechant hésita. Pouvait-il faire quelque chose pour ce garçon ? Accepterait-il le réconfort qu'il était prêt à lui offrir ? Et comment s'y prendre ?

Tu es un Adepte-guérisseur, mon ami, dit Besoin. *Mais tu n'as pas besoin de ta magie pour guérir : des mots suffiront. Et de l'affection, sans parler des soins…*

Flammechant s'agenouilla près du garçon et ouvrit les bras.

Le jeune homme s'y blottit comme un enfant. Flammechant le berça doucement.

— Tout va bien, An'desha. Il ne pourra plus jamais te faire de mal. Tu l'as vaincu. Tu es en sécurité. Nous serons là pour t'aider. Je serai toujours près de toi…

CHAPITRE XVII

Des fleurs de flamme naquirent dans le ciel. Ventnoir leva la tête et observa le feu d'artifice magique.

— Sacré Flammechant, marmonna-t-il. Son personnage de mage de foire déteint sur lui !

Il est temps d'y aller, ashke, dit-il à Elspeth.

Ventnoir chevauchait un animal dérobé aux Gardes d'Elite d'Ancar. Elspeth montait Gwena, toujours bardée de l'illusion protectrice. Tous deux portaient des uniformes volés. Elspeth avait caché ses cheveux sous sa casquette et choisi une veste assez ample pour masquer sa poitrine.

Il ne leur avait pas été difficile de se procurer les vêtements. Un grand nombre de soldats d'Ancar s'enivraient dans les tavernes de la ville. Deux d'entre eux s'éveilleraient le lendemain avec la gueule de bois, nus comme des vers et attachés.

Ce n'était probablement pas la première fois qu'une telle chose arrivait à des soudards…

Ventnoir avait pris un sac qui ressemblait de loin à une sacoche de messager. Ils étaient censés ramener des dépêches du front. La ruse avait marché.

Ils étaient dans la cour du palais quand le « feu d'artifice » se déclencha.

Pour quiconque était sensible aux courants magiques, il s'agissait d'un spectacle angoissant. Ventnoir n'avait jamais perçu de telles perturbations dans le flot des énergies naturelles.

Ancar va s'apercevoir de quelque chose ! lança Elspeth. *Et je sens un orage magique en formation.*

Un énorme nuage en forme d'enclume apparut sur la ville, sortant de nulle part.

Les gens crièrent de surprise.

Des serviteurs et des soldats sortirent du palais, se demandant ce qui se passait.

Incroyablement, Ancar en personne vint dans la cour !

Il aurait difficilement pu ne pas sentir les perturbations de l'énergie magique. Avec tous les sorts qu'il avait imposés à Fléaufaucon, le contrecoup de leur rupture, quand le monstre était mort, avait dû l'assommer à moitié.

Mais ils n'auraient jamais espéré dans leurs rêves les plus fous que leur ennemi sortirait sur le pas de sa porte, comme n'importe quel imbécile, pour regarder le ciel !

Et personne ne prêtait la moindre attention à Ventnoir et à Elspeth !

Ils saisirent leurs arcs sans se concerter, encochèrent une flèche et tirèrent. La première était à peine en vol quand une deuxième et une troisième suivirent.

Ancar avait probablement un bouclier contre les attaques magiques, mais pas forcément contre les attaques physiques.

C'était la meilleure occasion qu'ils auraient jamais.

Les flèches heurtèrent un bouclier érigé contre les éléments matériels.

Elles se désintégrèrent dans une pluie d'étincelles.

Voilà qui a attiré son attention, pensa Ventnoir quand Ancar se tourna vers eux.

Son regard glissa sur Ventnoir et se riva sur Elspeth.

Ventnoir comprit qu'il la reconnaissait, en dépit des déguisements et des illusions.

Il *savait* qui était venu le tuer !

Ancar leva les mains. Des éclairs magiques rouge sang en jaillirent.

Avoir reconnu la jeune femme sembla lui donner une raison supplémentaire de se battre.

Elspeth et son compagnon laissèrent tomber leurs arcs. Ventnoir sauta de son cheval au moment précis où Ancar lançait un éclair d'énergie.

Le cheval sauta de côté quand les pavés éclatèrent devant lui.

Elspeth descendit du dos de Gwena d'une manière plus contrôlée.

Ventnoir tendit la « main » vers elle et ils unirent leurs pouvoirs avec l'aisance d'une longue pratique.

Leurs boucliers se joignirent au moment où un deuxième éclair magique les frappait.

Ils n'eurent pas le temps de respirer. Des éclairs s'écrasèrent sans arrêt sur leurs boucliers, les forçant à se concentrer uniquement sur la défense.

Mais ce n'était pas tout. La mort de Fléaufaucon et la bataille avaient perturbé l'équilibre précaire de la nature autour de la capitale.

Les éléments se déchaînèrent.

Flammechant avait dit qu'ils risquaient de le faire…

En même temps que ceux d'Ancar, un autre éclair jaillit du ciel et frappa le palais. Ventnoir n'avait jamais vu un orage aussi violent, pas même celui qu'ils avaient fait exploser sur le manoir Ashkevron avec leur Portail.

La foudre frappa deux fois le palais, mettant le feu aux toits.

Ancar ne sembla pas s'en apercevoir, trop occupé à bombarder le bouclier de Ventnoir et d'Elspeth.

La foudre frappa une troisième fois. Elle atteignit les portes, derrière le roi. L'énergie effleura les boucliers d'Ancar ; puis les portes explosèrent. Les vêtements roussis, le roi tomba mais ne parut pas autrement affecté.

Il se remit aussitôt debout et reprit son attaque.

Ventnoir ne comprenait pas où Ancar puisait tant de pouvoir. Il était au mieux un Maître. Comment pouvait-il tenir tête à deux Adeptes ?

— Il est fou ! cria Elspeth.

A la lueur de l'éclair suivant, Ventnoir vit le visage du roi et il comprit qu'elle avait raison. Ancar s'était traversé une lèvre avec les dents sans s'en apercevoir. Il était *réellement* fou, assez pour brûler sa propre énergie et ne pas se soucier des conséquences.

Et pour utiliser l'énergie fournie par la foudre ! Ventnoir sentit comme un picotement. Il eut juste le temps de pousser Elspeth hors de la trajectoire du prochain coup, qui noircit les pavés à l'endroit où ils se tenaient un instant auparavant.

Ancar éclata de rire, les yeux dilatés. Une lueur rouge y dansait, fournie par l'énergie magique qu'il envoyait sur les deux Adeptes.

Il pointa un doigt vers eux. Elspeth poussa Ventnoir, leur permettant d'échapper à un autre éclair.

Ancar tendit de nouveau l'index.

A la lueur de la foudre, Ventnoir vit que les cheveux du roi étaient hérissés par l'énergie de l'orage, qu'il absorbait sans précaution.

Allongés sur le sol où ils s'étaient jetés pour échapper au coup précédent, ils n'auraient pas le temps d'éviter le prochain !

A cet instant, deux silhouettes se matérialisèrent au milieu des éclairs.

L'une d'elles tomba du ciel.

Vree !

Gwena se cabra derrière Ancar. Elle s'était cachée dans les ombres d'un escalier.

Vree se jeta sur Ancar. Lui lacérant le visage et le front, il l'empêcha de remarquer le Compagnon, derrière lui.

Ancar hurla de colère et de douleur. Il leva les mains, prêt à détruire l'oiseau.

Gwena s'abattit sur le roi, le jetant au sol.

On entendit des os craquer.

Ancar hurla quand il vit les sabots fondre sur lui.

Le Compagnon évita de toucher la tête d'Ancar, probablement pour ne pas blesser Vree, toujours accroché aux cheveux du roi.

L'oiseau se dégagea et s'éloigna, une aile froissée, mais vivant.

Gwena piétina Ancar jusqu'à ce qu'il cesse de hurler et qu'il ne soit plus qu'une masse informe sur le sol.

Voilà pour Talia ! cria Gwena. *Et pour Kris ! Et pour…*

— Et voilà pour *toi,* maudit cheval ! lança une autre voix.

Un éclair d'énergie frappa Gwena, la soulevant du sol comme une marionnette. Elle tomba sur le flanc avec un bruit mat.

Ventnoir regarda le balcon d'où était venu le coup.

Hulda !

Il s'agissait forcément d'elle, même si la femme était vêtue comme une servante.

Elle avait le regard aussi fou qu'Ancar…

— Et voilà encore de quoi te distraire ! cria-t-elle en lançant un autre éclair sur Gwena.

Ventnoir dévia le coup avec un bouclier érigé pour protéger Gwena. Elle bougea, ses pattes s'agitant alors qu'elle essayait de se relever.

Un homme tira Hulda en arrière.

— Ne sois pas idiote ! cria-t-il avec un accent bizarre. Nous devons filer d'ici !

La sorcière se dégagea et recommença à accumuler du pouvoir pour une autre attaque. Mais l'homme la tira de nouveau, la forçant à rentrer dans la pièce.

Ventnoir n'était pas décidé à la laisser s'enfuir ! Il se releva et entreprit d'escalader le balcon.

Ce n'était pas grand-chose pour un Tayledras.

Vas-y ! cria-t-il mentalement à Elspeth. *Passe par en bas et coupe-leur la route !*

La jeune femme obéit. Ventnoir arriva devant la salle dévastée.

Puis il perçut dans les courants d'énergie, un frémissement annonçant que quelqu'un construisait un Portail...

Ils avaient tous étudié le plan du palais d'Ancar et auraient pu s'y déplacer les yeux fermés.

Elspeth se souvint qu'un escalier menait à l'étage, derrière la porte principale. Le palais était désert. Les gens combattaient les incendies ou s'étaient enfuis au début du combat magique.

Elle monta les marches quatre à quatre. Quand elle arriva en haut, elle entendit du bruit derrière la deuxième porte du couloir.

Elle fonça sans réfléchir. Envoyant un éclair magique sur la porte, elle la désintégra et entra.

Elle s'arrêta net quand elle heurta quelque chose d'invisible qui se referma autour d'elle et l'immobilisa.

Puis elle vit l'homme dont la tunique portait un blason si reconnaissable...

Par les dieux ! L'envoyé de l'Empereur !

... Il construisait un Portail ! Et il ne s'était même pas soucié de l'ancrer, le bâtissant au beau milieu de la pièce !

Est-il responsable d'une partie de ce qui s'est passé ?

Ventnoir était agenouillé sur le balcon, se protégeant tant bien que mal des éclairs magiques d'Hulda.

Jusque-là, elle ne s'était pas aperçue de la présence d'Elspeth.

La jeune femme se débattit contre les liens invisibles, cherchant le point faible.

Puis le centre du Portail s'illumina. Une pièce apparut, meublée dans un style qu'Elspeth n'avait jamais vu.

L'homme se tourna vers Hulda.

— Venez-vous avec moi ? Ou trouvez-vous tout ça si amusant ?

Elspeth s'aperçut que les lèvres de l'homme n'avaient pas bougé. Il avait parlé par l'esprit, mais d'une voix mentale si forte que n'importe qui l'aurait entendu.

Quand l'attention de l'émissaire se relâcha, partagée entre le Portail et Hulda, Elspeth sentit ses liens se desserrer.

Libérant ses mains, elle saisit son couteau.

Quand Hulda se tourna pour répondre à l'homme, Elspeth lança l'arme.

Si l'envoyé était tué, le Portail s'effondrerait.

L'homme ne s'était pas attendu à une attaque physique. Le couteau le frappa à la gorge, sectionnant une artère. Un flot de sang jaillit.

L'émissaire tituba et s'écroula dans le Portail, qui se referma aussitôt sur lui.

Les liens invisibles d'Elspeth se défirent.

Alors, Hulda la vit.

Elle ne sembla pas la reconnaître, mais son regard brûlait de rage.

Elspeth voulut lancer un éclair magique, mais Hulda fut plus rapide. Elle se battait avec le désespoir d'une créature qui n'a nulle part où fuir.

Avec l'énergie qu'elle avait absorbée pendant des années, elle ne risquait pas de manquer de puissance…

C'était une Adepte du niveau de Fléaufaucon, mais sans le handicap d'une autre personnalité tapie dans son esprit.

Elspeth comprit qu'elle allait avoir des problèmes. Elle essayait en vain de maintenir ses protections contre le vent magique d'Hulda qui érodait peu à peu ses boucliers.

Puis un souvenir lui revint.

Flammechant… La leçon…

Elle fit tourbillonner ses boucliers au même rythme que le vent. Puis elle entreprit d'intégrer l'énergie de l'attaque dans ses propres défenses.

Dès qu'Hulda comprit ce qu'elle faisait, elle redirigea les tourbillons vers Ventnoir, attaquant Elspeth avec… des démons !

Des créatures toutes en dents et en griffes sortirent du sol et se jetèrent sur Elspeth. Elle recula, paniquée. Comment combattre ces *choses* ?

Puis elle réalisa que c'étaient probablement des illusions.

Celles-ci disparaissaient quand on les défiait…

Elle tira son épée et attaqua. Les créatures s'évanouirent.

Hulda invoqua un mur de flamme.

Elspeth absorba l'énergie et avança.

Hulda la reconnut enfin.

— Toi ! Maudite gamine !

— Une *Adepte* ! rectifia Elspeth. Meilleure que toi, chienne !

La réponse d'Hulda fut couverte par un coup de tonnerre. Elspeth lut de la peur sur le visage de la femme.

Elle avait peur d'elle ! Ils pouvaient la vaincre !

Mais Hulda décida qu'elle emmènerait ses ennemis avec elle.

Elle poussa Elspeth contre le mur avec une décharge d'énergie, puis, tremblant sous l'effort, entreprit de démolir le bâtiment.

Les murs et le plafond gémirent. Elspeth sauta pour éviter un lustre qui s'effondra, entraînant avec lui un quart du plafond.

Elle eut seulement le temps de voir Ventnoir tomber contre le mur, enterré sous une avalanche de pierres et de cartes murales enflammées.

— *Non !*

Elle se tendit dans sa direction, physiquement comme mentalement, oubliant le danger qu'elle courait.

Elle ne reçut pas de réponse, seulement un flot d'énergie, comme si sa vie la quittait définitivement.

Son cœur se serra.

Mais son corps agit. Secouant le bras, elle dégaina son second couteau.

Avec un cri de rage, elle mobilisa toute sa puissance.

Et lança l'arme.

Le couteau traversa les boucliers d'Hulda, qui s'écroula comme une masse.

Les tourbillons cessèrent aussitôt. Un étrange silence envahit la pièce.

Hulda gisait sur le sol, le manche du couteau sortant de son orbite gauche.

Elle était morte, mais elle avait emmené Ventnoir avec elle !

Elspeth se retourna, la gorge si serrée qu'elle ne pouvait même pas pleurer.

Vree entra par la fenêtre et se posa à côté de la seule partie encore visible du corps de Ventnoir : sa main.

Il lui picora les doigts, comme s'il essayait de les faire revenir à la vie…

Il était mort. Elspeth était seule. Hulda avait gagné, après tout !

Maudit… oiseau…, murmura une voix dans sa tête.

Comment ?

Elspeth… ashke…

Il était vivant !

Elle se rua vers les gravats et commença à dégager son amant.

Vree sautillait près d'elle, surexcité.

Enfin elle libéra la tête et les épaules de Ventnoir.

Il avait l'air en piteux état : couvert de bleus et saignant d'une douzaine de coupures. Elle se douta qu'il avait des os brisés et n'osa pas se demander combien.

Mais il était vivant !

Dieux... J'ai l'impression... qu'un mur m'est tombé dessus...

Elspeth continua à retirer les pierres, sans se soucier des bords coupants qui lui blessaient les paumes. Elle arriva à une épaisse plaque de bois qui s'était logée en biais et avait empêché les gravats d'écraser la poitrine de Ventnoir. Elle essaya de déterminer s'il était gravement blessé.

Attends... Occupe-toi de Gwena d'abord...

Inutile, dit une voix mentale épuisée. *Je survivrai. Je n'ai pas de fractures, je crois... Des brûlures et des hématomes phénoménaux, mais c'est tout. Empêche-le de s'évanouir. Je vais appeler Cymry. Envoie Vree prévenir Skif, au cas où je n'arriverai pas à le joindre.*

Vree, va chercher Skif ! demanda Elspeth. *Nous avons besoin de lui ! Vite !*

Vree hocha la tête, picora un doigt de Ventnoir et s'envola lourdement.

Il vole très mal... la nuit... J'espère qu'il ne heurtera pas... quelque chose...

— Reste avec moi, dit Elspeth. Ne t'évanouis pas !

Je vais essayer...

Elle se frotta les yeux.

— Tu as intérêt, sinon je... je te raconterai des blagues douteuses...

Tout mais pas ça..., supplia Ventnoir.

Quand Skif arriva, Nyara et Besoin étaient avec lui. Il soupira, soulagé de constater que la situation n'était pas aussi grave que l'appel mental de Gwena le lui avait fait craindre.

Il examina Ventnoir et annonça qu'il avait déjà vu de

pires blessures pour le même type d'accident. Ventnoir s'en était bien sorti.

Les gens commencèrent à revenir dans le palais. Certains s'arrêtèrent à la porte, regardant avec étonnement les dégâts.

— Dehors ! cria Elspeth, qui portait toujours son uniforme d'emprunt.

Les badauds ne se le firent pas dire deux fois.

Ils emmenèrent Ventnoir, transformant la carte qui lui avait sauvé la vie en civière improvisée. Besoin était posée à côté de lui, sa main sur le pommeau.

Skif s'arrêta à côté du cadavre d'Hulda.

— Un couteau, fit-il. Comme c'est… ordinaire !

Si Elspeth n'avait pas été aussi fatiguée, elle lui aurait flanqué un bon coup sur la tête.

Il se pencha et récupéra l'arme, la nettoyant sur sa manche. Puis il la tendit à Elspeth.

— Où est l'autre ? demanda-t-il.

— Planté dans la gorge de l'envoyé de l'Est. Qui, j'imagine, est retourné sur les terres de son maître quand il est tombé dans le Portail.

— Oh ! Très subtil, Elspeth ! L'envoyé revient chez lui sous forme de cadavre, un couteau portant l'emblème de Valdemar dans la gorge…

— Je n'ai pas eu le choix. Maintenant, nous devrions partir avant que quelqu'un s'aperçoive que nous avons assassiné le roi…

— Tu as raison.

Skif prit une extrémité de la civière.

— Besoin, Gwena est assez handicapée pour le moment, pourrais-tu…, commença-t-il.

Grands dieux ! Vous ne pouvez donc rien faire seuls ?

— Nous ne sommes pas des Guérisseurs, dit Nyara. Toi, oui.

D'accord, soupira l'épée. *Amenez-moi le cheval.*
Je ne suis pas un cheval ! grogna Gwena.

Skif aida Ventnoir à s'installer sur la selle de Cymry. Les blessures de Gwena étaient surtout musculaires et Besoin pouvait les traiter aisément.

Pour Ventnoir, c'était plus compliqué, car il avait de nombreuses fractures. Pour l'instant, elle avait remis les os en place et avait improvisé l'équivalent d'une attelle.

Gwena était suffisamment guérie pour avancer seule, mais pas pour porter Elspeth. La jeune femme décida de marcher à côté de Cymry, prête à soutenir Ventnoir si nécessaire.

— Je vous rattraperai plus tard, dit Skif. Retournez à la foire et prévenez tout le monde que... (il réfléchit un instant) ... qu'Ancar, Fléaufaucon et Hulda se sont entretués. Dites que ça ne va pas être la joie quand les gens d'ici réaliseront que les trois « dirigeants » sont morts. Les forains voudront peut-être filer.

— Ou rester et participer au pillage, dit Elspeth.

— Peu m'importe ! Ils récupéreront indirectement une partie de ce qu'Ancar leur a pris... Mais il y a quelques bricoles appartenant au roi que je veux détruire.

— Des documents ? Comment sais-tu où... ? Non, oublie ma question. Je ne veux pas savoir comment tu es au courant. Nous allons nous préparer à lever le camp rapidement. Nous t'attendrons à la foire.

Ils partirent.

Skif s'introduisit dans le palais.

Quand il en ressortit, la mise à sac allait bon train. La plupart des pillards portaient l'uniforme des soldats d'Ancar, ce qui n'étonna pas Skif. Il vit aussi sortir les prisonniers politiques et les jeunes filles qu'il venait de libérer du donjon, se dirigeant vers la ville.

Skif s'arrêta dans les écuries royales, le temps de se

procurer deux chevaux et un petit chariot. Ils en auraient besoin pour Ventnoir et An'desha. Puis il s'arrêta dans la cour du palais et récupéra un « souvenir », qu'il jeta dans le chariot : la carte qui avait sauvé la vie de Ventnoir.

Elspeth serait contente de l'avoir.

Quand il sortit de la ville, il était déjà en train de réfléchir au chemin qu'ils devraient suivre pour quitter Hardorn. Il faudrait éviter le plus possible les villages qui abritaient peut-être des garnisons.

Arriver à la frontière ne serait pas du gâteau.

Et la traverser serait encore moins drôle...

Nous devrions demander à Flammechant s'il n'a pas encore un tour ou deux dans sa manche. Un Portail pour retourner à Valdemar me semblerait une très bonne idée...

Pires Nieth s'installa sur le trône d'Ancar. Il était épuisé, mais il n'osait pas le montrer. Il avait pris le contrôle de la situation à grand-peine, uniquement parce que les commandants des Gardes d'Elite avaient trop peur des sorciers pour laisser libre cours à leur cupidité. Les illusions de démons avaient suffi à les convaincre. Heureusement, car il aurait été en peine de produire autre chose.

Le palais était désormais débarrassé des pillards et la ville avait rapidement retrouvé la paix.

Il allait hériter de la couronne d'Ancar. Quand on penserait à la lui disputer, il serait trop tard.

Hardorn n'était plus ce qu'il avait été, mais ça restait toujours davantage que ce qu'il possédait avant.

Le trône était pratiquement intact.

La salle était noircie de fumée et boueuse. Mais c'était toujours un endroit imposant et il avait assez de serviteurs pour réparer les dégâts.

Tu t'es fort bien débrouillé, Pires, se félicita-t-il, tandis que les moutons tremblants — *mes courtisans sorciers*, se corrigea-t-il — s'assemblaient pour lui rendre officiellement hommage.

Il y eu des mouvements à la porte.

Un messager échevelé entra.

— La frontière, haleta-t-il. Une attaque à la frontière !

Damnation... Les Valdemariens. Je n'ai aucune querelle avec eux. Et si je leur proposais une trêve ?

— Que font les Valdemariens ? demanda-t-il au messager. Qui est le commandant de l'armée ? Peut-il se replier rapidement ?

— Pas la frontière de l'ouest, gémit l'homme. Celle de l'est ! Les tours viennent de relayer les messages de la frontière de l'est. Une armée écrase tout sur son passage. Nous sommes à un contre cent !

A cet instant, Pires Nieth comprit que son trône n'aurait peut-être pas longtemps de la valeur. Il se demanda avec qui il pourrait échanger la couronne aplatie d'Ancar contre un cheval rapide...

Treyvan était dans la salle d'entraînement avec les petits. Les quatre enfants n'étaient pas heureux, car leurs parents les avaient prévenus qu'ils partiraient bientôt vers un endroit dangereux.

Il essayait de son mieux de les rassurer. Soudain ses plumes se dressèrent sur son corps et il sentit les perturbations magiques caractéristiques de la formation d'un Portail.

Sa première pensée fut que Fléaufaucon venait attaquer les petits. Il les poussa derrière lui, érigea un bouclier et accumula du pouvoir pour répondre à l'agression.

Les deux Hérauts de garde sortirent leurs armes.

Flammechant, Elspeth et le reste du commando émergèrent du Portail en titubant.

Un des Compagnons portait Ventnoir et tirait une

plaque de bois. Sur l'autre, le griffon vit un corps enveloppé de tant de tissu qu'on ne distinguait rien.

Le Portail s'effondra.

Flammechant aussi ! Et Ventnoir n'avait pas l'air très en forme...

— Un Guérisseur ! cria Treyvan.

Le Héraut le plus proche rengaina son épée et partit à la course.

L'autre approcha des rescapés.

— Qu'est-il arrivé ? demanda-t-il.

— Nous avons eu Fléaufaucon, Ancar et Hulda, dit Elspeth. C'est le chaos en Hardorn. Nous en verrons bientôt les effets sur le front. Il y avait des émeutes en ville quand nous sommes partis. Nous avons chevauché le temps que Flammechant trouve assez d'énergie pour construire un Portail. Et nous voilà !

— Et cette planche ?

Ventnoir sourit.

— Un trophée... qui m'a sauvé la vie !

L'autre Héraut revint avec trois Guérisseurs. Selenay, Daren et leurs gardes du corps les suivaient. Quelques instants après, arriva un messager venu des tours de relais.

Ayant vu la reine quitter le palais à la hâte, il l'avait suivie.

— Message urgent de la frontière ! cria-t-il.

— Je parie que ça a commencé, murmura Skif.

Il aida Nyara à faire descendre l'inconnu de la selle du Compagnon. Puis il s'assit lourdement sur le sol. Flammechant le rejoignit avec un Guérisseur.

Skif avait raison. Le chaos avait gagné la frontière. Une partie de l'armée — les Gardes d'Elite — continuait à attaquer. Le reste fuyait. Les sorciers se battaient entre eux.

— Nous devons y aller, dit Selenay. A dos de Compagnon, nous n'en aurons pas pour longtemps.

— Je peux construire un Portail, mère, dit Elspeth. Je

suis encore en bonne forme. Je connais assez le chateau Landon depuis notre dernière bataille contre Ancar pour ouvrir un Portail dans la chapelle !

— D'accord, dit Selenay.

Elle se tourna vers le griffon.

— Ne craignez rien, ma dame, affirma Treyvan. Hydona et moi pouvons nous occuper des sorciers qui arriveraient jusqu'ici.

— Revenez dans une heure avec ce que voulez emmener, dit Elspeth. Je devrai vous accompagner…

— Non, ma chérie. Daren et moi y allons parce qu'il y aura des décisions à prendre au sujet d'Hardorn. Mais il reste seulement à remettre les choses en place.

— Il faut éviter une retraite désordonnée, dit Ventnoir. Les gens vous connaissent, ils vous obéiront. Et il n'ont plus besoin d'une Adepte.

— Exact, ajouta Treyvan.

Selenay et Daren partirent se préparer. Quand ils revinrent, avec une escorte de six Hérauts et de six Gardes Royaux, Elspeth était prête.

Treyvan lui rappela comment lancer un sort de création de Portail.

Elle se concentra et commença son invocation.

Elle n'eut pas besoin de l'aide de Treyvan. Quelques instants plus tard, l'image d'une grande pièce mal éclairée apparut à la place de la porte de la salle d'entraînement.

— Ce vieux pingre n'achètera donc jamais assez de chandelles pour éclairer sa misérable demeure ? marmonna Selenay, cachant son étonnement sous une remarque ironique.

La reine passa le Portail, suivie par Daren et les membres de leur escorte.

Elspeth dissipa le Portail.

Puis elle s'assit. Treyvan s'y attendait. Il fit signe au Guérisseur qu'on n'avait pas besoin de lui.

— Elle est juste fatiguée, dit-il.

Il s'adressa à l'esprit d'Elspeth :

Tu peux disposer de l'énergie de la pierre-cœur pour reconstituer la tienne. Utilise-la ! Flammechant ne s'en prive pas !

Oh ! répondit Elspeth. *J'avais oublié...*

A ce moment, le Guérisseur qui s'occupait de l'inconnu le persuada d'émerger de ses vêtements.

Fléaufaucon !

Treyvan se raidit, prêt à tuer.

Mais il vit les yeux de l'homme et ne reconnut pas le sorcier noir, mais un jeune garçon effrayé.

Il se détendit.

— Qui habite le corps de notre vieil ennemi ? demanda-t-il.

— An'desha, dit Flammechant. Il...

Il a gagné plus que la récompense qu'il espérait.

La voix mentale résonna dans sa tête. Les plumes de Treyvan se hérissèrent de nouveau quand il sentit des fluctuations dans le flux de magie.

Une chaude lumière emplit la salle, aussi brillante que celle d'un jour d'été.

La lumière se solidifia derrière An'desha et une autre colonne apparut derrière Nyara.

De grandes ailes de feu s'ouvrirent au-dessus des deux jeunes gens.

Ils ont donné sans compter, dit la voix désincarnée. *La Guerrière souhaite que ce qui leur a été volé leur soit rendu.*

C'était une voix de femme. Ventnoir tendit la main vers la colonne de lumière, derrière Nyara, et il murmura un nom, comme s'il reconnaissait l'entité.

Deux oiseaux dorés les regardaient de leurs yeux pleins d'étoiles.

Que l'équilibre soit restauré..., dirent les deux voix.

La lumière se fit plus vive. Treyvan ferma les yeux, aveuglé.

Quand il les rouvrit, les deux faucons de lumière avaient disparu.

Le bec de Treyvan béa de surprise quand il regarda An'desha.

A la place du sorcier se tenait un jeune homme dont le corps était indéniablement *humain.* Sa peau dorée trahissait ses origines shin'a'in. Il avait toujours les yeux vert-jaune et fendus comme ceux d'un félin, mais personne ne le regarderait avec insistance au milieu d'une foule.

Treyvan tourna la tête vers Nyara et vit que des changements similaires avaient eu lieu sur elle.

La jeune femme regarda ses mains puis sa peau, désormais dépourvue de fourrure.

Alors, elle éclata en sanglots.

Il fallut un moment à Skif et à Treyvan pour comprendre où était le problème. Enfin, Skif parvint à la persuader qu'il l'aimerait autant maintenant qu'elle était moins *exotique.*

Treyvan conseilla à Besoin de ne pas se mêler de la conversation. Pour une fois, elle eut le bon sens d'obéir.

An'desha était ravi. Il n'avait jamais espéré retrouver son apparence humaine. Avoir un corps où loger son esprit lui semblait déjà un miracle. Il apprit aux autres que les deux oiseaux de feu étaient les « Avatars de la Déesse, le chaman Tre'valen et sa compagne, Aubefeu. »

Ventnoir hocha la tête, échangeant un sourire avec Elspeth. Flammechant avait l'air d'avoir eu une révélation divine. Les enfants humains et les griffonneaux regardaient tout le monde, les yeux écarquillés.

Ils rentrèrent enfin au palais. Treyvan bouillait d'impatience.

— Je veux tout savoir, dit-il quand ils entrèrent dans la

pièce des griffons, suivis par une petite armée de serviteurs et de Guérisseurs. Je vois qu'An'desha n'est pas Fléaufaucon, mais comment est-il *devenu* Fléaufaucon ?

— Fléaufaucon est devenu *lui*, dit Flammechant, un bras autour des épaules du jeune homme. Et ça, c'est une très longue histoire...

Une longue histoire ? dit Rris en accourant. *Racontez-moi tout !*

Treyvan sourit intérieurement. Quand Rris saurait ce qu'il avait manqué, ils en entendraient parler jusqu'à la fin des temps !

— Nous aurons le temps de tout t'expliquer, Rris, dit Flammechant. Pour le moment, An'desha, Ventnoir et moi sommes les plus fatigués de l'assemblée, et...

— Et vous resterez où vous êtes le temps de récupérer, grogna un Guérisseur. Pas question de partir sur le champ de bataille !

Elspeth s'assit à côté de Ventnoir.

— Eh bien, Rris, on dirait que nous serons à ta disposition pendant quelque temps...

Oui ! cria le kyree. *J'immortaliserai vos exploits dans mes récits !*

Il se planta devant Ventnoir et le regarda dans les yeux.

A vous ! Racontez-moi tout, sans omettre un détail !

Ventnoir ramassa la carte qui lui avait sauvé la vie et fit mine de frapper le Kyree.

— Ne le tue pas, *ashke*, dit Elspeth. C'est un barde. Il bénéficie de l'immunité diplomatique !

Ventnoir sourit et reposa la planche.

— Tout a commencé le jour où nous sommes partis de chez nous...

De k'Sheyna ? demanda Rris.

— Non, répondit Ventnoir, les yeux rivés sur Elspeth. Chez nous. Valdemar.

Treyvan avait cru que rien ne pourrait être plus lumineux que les Avatars.

Il se trompait.

L'éclat qui dansait dans les yeux d'Elspeth était plus brillant.

Achevé d'imprimer sur les presses de

BUSSIÈRE

GROUPE CPI

à Saint-Amand-Montrond (Cher)
en novembre 2000

POCKET - 12, avenue d'Italie - 75627 Paris Cedex 13
Tél. : 01-44-16-05-00

— N° d'imp. 2603. —
Dépôt légal : décembre 2000.

Imprimé en France